当代文学发展现状及其研究

易晓慧 ◎ 著

吉林出版集团股份有限公司

图书在版编目（CIP）数据

当代文学发展现状及其研究 / 易晓慧著. — 长春：
吉林出版集团股份有限公司，2023.9

ISBN 978-7-5731-4325-9

Ⅰ. ①当… Ⅱ. ①易… Ⅲ. ①中国文学－当代文学－
文学研究 Ⅳ. ①I206.7

中国国家版本馆CIP数据核字（2023）第181920号

当代文学发展现状及其研究

DANGDAI WENXUE FAZHAN XIANZHUANG JI QI YANJIU

作　　者	易晓慧
责任编辑	滕　林
封面设计	林　吉
开　　本	787mm×1092mm　　1/16
字　　数	205千
印　　张	13
版　　次	2023年9月第1版
印　　次	2023年9月第1次印刷
出版发行	吉林出版集团股份有限公司
电　　话	总编办：010-63109269
	发行部：010-63109269
印　　刷	廊坊市广阳区九洲印刷厂

ISBN 978-7-5731-4325-9　　　　　　　　　　　定价：78.00元

前　言

　　中国现当代文学是用现代的文学语言和形式表达现代中国思想情感的文学。当前，中国现当代文学的问题严重，文学分歧越来越大，对于文学的核心价值体现得越来越模糊。因此，如何客观地去评价当代文学，重新确立对当代文学的信心，建立新的文学批评机制，是摆在当代文学研究界面前的一个紧迫课题。

　　中国现当代文学面临文学边界的扩大和文化研究的开拓，文学本体认知有较大的深入和改变。当前来看，由于社会的发展现状，社会出现了一种急功近利的环境。因此，很多学术研究方面的普及化现象出现，具体表现为，现当代文学呈现出标准化、规范化、模式化的套路。对于文学的本体研究多了，尤其是对于一些作家的研究，如沈从文、金庸、钱锺书等，这些作者和其作品文章的研究成了学术研究一些很热门的话题，但是，学术深度影响和实用价值范围甚小，对于这些作家的研究，都只是局限于其文学的外在上面，真正有创新性和学术突破的少之又少，这样一来，导致研究的内容千篇一律，从而出现了很多的文化快餐。这些都是对现当代文学发展极为不利的方面。

　　当前中国现当代文学呈现的发展有利也有弊，最主要的是需要我们去重拾我们优秀的文化，用优秀的文化来带动现阶段文化的发展，超越平庸，树立探寻真理和生命真谛的信心。同时，也要求我们感受生命与心灵，让我们的文章能够有灵气，少一些快餐文化，对于文学的创作上，走该有的文学道路，而不是让商业的鱼钩带走了文学的纯洁，要多多地去感受文学的真谛，用心做文学。这样，中国的优秀文学才能够得到发展，文学的道路也才能够持续地走下去，从而推动中国文化的前进。

易晓慧

2023 年 3 月

目　录

第一章　中国当代文学的发展现状

第一节　中国当代文学理论

文学理论与中国当代文学研究之间究竟是一种什么关系？二者关系的历史与现状如何？中国当代文学可以脱离文学理论而独立进行吗？文学理论在中国当代文学研究中究竟以什么形态存在是合适的？学术界有一些研究，比如，程光炜的《韦勒克、沃伦的〈文学理论〉与中国当代文学》、赵毅衡的《形式论在当代中国》、郜元宝的《"中国当代文学研究"的"史学化"趋势》等都是很重要的成果。本节将重新检讨文学理论对于中国当代文学研究的价值和意义问题。

一、文学创作实践与文学理论永恒互动关系

文学理论与文学创作之间究竟是鸡生蛋，还是蛋生鸡？不论是历史还是现实，都是不能简单下结论的问题。当人类最早讲一个故事时，这可以看作小说的起源；有了故事，就有对故事的评价和看法，故事是好还是不好？故事有什么意义和价值？故事还可以如何讲？这就是最早的文学批评和文学理论。这样看来，似乎是文学创作在前，文学批评和文学理论在后。但人类最早讲一个故事一定有它的理由，在讲故事之前，他一定想过为什么讲故事、如何讲这个故事等，也就是说，文学创作是建立在文学思考的基础上，这个"文学思考"就是文学理论，这样看来则又似乎是文学理论在前，文学创作在后。纵观文学史和文学理论史，我们可以发现，文学创作实践和文学理论任何时候都是纠缠在一起的，二者互为支撑，是永恒的交互影响关系：文学创作为文学理论提供实践依据，根据实践经验总结出

来的文学理论又反过来指导文学创作，给文学创作提供理论依据。同时，二者又互相推动，协同发展，新的文学创作会推动文学理论更新或者产生新的文学理论，反过来新的文学理论又会影响新的文学创作，促进文学创作发展，二者是辩证统一的关系，而不是"鸡"与"蛋"的起源或先后问题。

在目前的文学教育和学科体制中，中国当代文学与文学理论分属于"文学"。在本科专业设置中，"汉语言文学"属于"文学""门类"下的一个"专业"，其中"文学概念"和"中国当代文学"属于"汉语言文学"专业的两门"核心课程"。在研究生学位教育中，"中国语言文学"一级学科下设8个"学科方向"，其中"文艺学"和"中国当代文学"属于平行的两个"学科方向"。在科学研究国家"学科分类"中，"文学理论"和"中国现代文学"为"文学""一级学科"下的"二级学科"，其中，"中国现代文学""说明"中注明"包括当代文学"。"文学概论"和"文艺学"其实就是"文学理论"，由此可见"文学理论"与"中国当代文学"的相对独立性。二者的分工大致是：中国当代文学主要研究中国当代文学史上的作家作品、思潮流派社团等现象以及文学史的发展变化及其原因等；文学理论则主要是从理论上研究抽象的文学问题。表面上，两种研究由于性质、对象不同，似乎可以独立进行，但在实际的学术实践中，二者很难分开，它们实际上深深地相互交织和相互渗透，是"互证"的关系。文学理论如果没有文学实践作为支撑，如果不能与当代文学创作实践相关联也即具有实践形态，那它就是没有意义的，在某种意义上也可以说它就不是真正的文学理论;同样，对于中国当代文学研究来说，脱离了文学理论可以说寸步难行，差别仅在于这种理论是表面的还是深潜的，是有意识的还是无意识的。邓晓芒说："缺乏哲学思想的文学评论不是完全的文学评论，它要么只是文学欣赏和文学评点，要么停留于文学形式上的技术分析，而对于文学作为人性中的一种强大的精神力量一无所知。"[1]没有理论的中国当代文学研究也是很难想象的。

当研究者说某部作品刻画了某个典型人物形象时，评价作品真实客观地反映某种社会生活时，他实际上秉持的是现实主义文学理论，用的是"反映论"的文学标准。当研究者强调不同的读者对作品独特的感受、印象的合理性时，强调文学阅读和欣赏个体主观性时，他实际上秉承读者接受理论。当研究者撇开作者的写作意图，撇开作品的写作背景而专注于文本分

---

[1] 邓晓芒.中西哲学三棱镜 [M].天津：天津人民出版社，2020.

析，诸如细节分析、词句分析、修辞和隐喻分析、情节结构分析等时，背后其实有英美"新批评"理论。当研究者强调文本的形式创新，挖掘文本形式意义，这其实是一种形式批评，其背后是形式主义文学理论、结构主义文学理论等。当研究者对文学作品的研究一反过去的规范，持一种无标准、无原则、无客观、无中心、无主题等，"怎么都行"的时候，其实是后现代主义文学理论在支撑。当研究者解读作家作品过程中不再把它看成一个统一体，而是把作家看作矛盾集合体，把作品看作碎片化的拼贴，把作品中的矛盾合理化的时候，这背后其实是有一种解构主义文学理论在支撑。中国当代文学研究中的重要问题，比如，文学思潮流派、文学史书写、中外文学关系、纯文学与通俗文学关系等，哪一个问题不涉及文学理论呢？哪一个问题的研究又可以不需要文学理论呢？

　　中国现代文学是在外国文学影响下发生的，现代时期中国所产生的"为人生"小说、抒情小说，"乡土写实小说"、"新感觉派"小说、"小诗"、象征主义诗歌、"九叶派"诗歌、"美文"、话剧等，无不是受西方文学的影响而产生的，而每一种文学的背后都有相应的西方文学理论，诸如浪漫主义、现实主义、象征主义、唯美主义等。如果不懂得这些理论，不应用这些理论，怎么可能把中国现代文学中的"为人生"小说、"抒情小说"这些文学现象论述清楚呢？比如，李金发的诗歌，这是中国最早的现代主义诗歌，它和胡适的开创性的"尝试"新诗不一样，和郭沫若的"狂飙突进"诗不一样，和"新月派"的诗不一样，和"湖畔派"情诗不一样，和闻一多等人的"新格律诗"也不一样，它是对这些新诗的巨大叛逆，当时大家都觉得读不懂，事实上也是如此，因为它是一种新的诗歌理念，其背后是一种新的文学理论，一种不同于当时流行的现实主义、浪漫主义文学理论，它背后是法国象征主义诗歌理论，理解了象征主义，再用象征主义诗歌理论来解读李金发的诗歌，不仅能够有效地理解它，包括理解它的令人"读不懂"，还能够对它进行准确的评价和文学史定位。再比如，20世纪30年代在上海兴起的以施蛰存、刘呐鸥、戴望舒为代表的"新感觉派"小说，它是受日本新感觉派小说的影响而产生的，精神分析文论是其重要的文学理论背景，所以，应用精神分析理论不仅能够很好地解释这种小说的写作原理以及意义生成方式，还能够帮助我们对这种小说进行深层的社会学、心理学的解读。

　　中国现代文学中的著名作家都不同程度地受西方各种文学理论的影响，比如，鲁迅就受到各种流派、风格的作家和作品的影响，也受各种文学理论影响，特别是英国浪漫主义和俄国批判现实主义文学对鲁迅的影响非常大，鲁迅还曾翻译日本节学批评家厨川白村的《苦闷的象征》，厨川白村的理论多少对鲁迅会有所影响。直观的阅读和感受显然是无法真正深刻理解鲁迅及其创作的，西方文学理论有时是解开鲁迅文学创作之谜的钥匙。其，他作家也是这样，周作人的创作直接渊源于欧洲文艺复兴时期的人文主义思潮，郭沫若的创作有意识地吸收了表现主义的观念，具有表现主义的风格和特色，茅盾则受到了欧洲19世纪末20世纪初"新浪漫主义"的影响，戴望舒受到象征主义的影响，闻一多、徐志摩受西方唯美主义的影响，梁实秋受英美人文主义的影响，等等。对这些作家进行研究，只有充分理解影响其创作的文学理论，才能够充分认识其文学品格与特性，在这个基础上才能够看清楚其学习与创新，才能够更进一步展开评价与定位等。

中国当代文学也是如此。20世纪50—70年代，中国文学和西方文学的关联变得松散和相对疏离，但现代文学的传统决定了西方文学理论的有效性，所以我们可以看到，西方的现实主义、浪漫主义包括古典主义文学理论仍然是那时中国文学研究的重要理论基础。特别是20世纪60年代，中国文学相对封闭，但仍然深受苏联社会主义现实主义文学的影响，这一时期的文学虽然形式和内容都非常单一，且简单明了，但今天对它们的研究、评价和书写仍需要相应的文学理论作为参照才能准确客观地加以定位。我们可以看到，正是在社会主义现实理论和"两结合"理论指导下，那时对"样板戏"《金光大道》《牛田洋》《虹南作战史》等都有高度的评价。今天，我们对20世纪60年代的文学持否定态度，这其实与我们对社会主义的现实主义、革命的浪漫主义、革命的现实主义以及二者相结合的理论态度有很大的关系，所以其深层的原因仍然是文学理论问题。

20世纪80年代以后，伴随着中国在经济、科技、文化、教育等领域的全方位开放，西方各种现代主义文学作品和理论也开始被大量介绍进中国。受这股潮流的影响，再加上思想解放带来的创作自由，大量优秀的文学作品在这一时期开始涌现，除了传统的现实主义和浪漫主义文学作品以外，还出现了朦胧诗、后朦胧诗、先锋小说、实验小说、新历史小说、新写实小说等现代主义和后现代主义或者具有现代主义与后现代主义倾向的文学作品。我们可以看到，每一种文学类型和流派背后其实都有西方文学和文学理论的影子。大多数的作家都受到西方文学不同程度的影响，只不过有的非常明显，而有的比较隐晦，有的比较直接，而有的比较间接。例如，余华深受卡夫卡、福克纳、川端康成等人的影响。莫言深受马尔克斯、福克纳、略萨等人的影响。残雪深受卡夫卡、博尔赫斯等人的影响。事实上，20世纪80年代以及稍后成名的优秀作家如贾平凹、马原、格非、刘震云、阎连科、韩少功等大多都是在外国文学的影响下成长起来的，因此，不理解西方现代主义文学，则无法理解80年代以来的中国文学；不理解当代西方现代主义文学理论，就不能准确地解释、定位和评价这些具有现代主义文学理论背景的中国文学。伊格尔顿说："文学理论就其自身而言，与其说是一种知识探索的对象，不如说是观察我们历史的一种特殊看法。"[1] 卡夫卡、舒尔茨、博尔赫斯、马尔克斯、卡尔维诺等作家笔下的神奇、荒诞与魔幻，绝不是表象，其背后都有文学理论的深层道理，不理解这些理论而仅凭感觉评论这些作品本质上是肤浅的文学研究，属于文学研究的初步形态。"20世纪世界文学艺术的大趋势，是尽力寻找全新的思维方式、感觉方式和表达方式，以开掘现代人类丰富复杂的内心世界及其对外部世界的'掌握'。……20世纪中国文学在这一点上与世界文学是息息相通的。"[2] 因此，要理解作为现代性本体表达的中国现代主义文学，西方现代文学理论不仅仅是一种工具，更是一种重要的思维方式，也是一种必要的批评视角和批评模式。

不论是从中国现代文学的发生还是发展来说，中国当代文学与西方文学理论都有着千丝万缕的联系。在思想的层面，中国现代文学的思潮和主张都受到西方文学理论的影响；在创作的层面，中国现代文学是在借鉴和吸收西方优秀文学作品因素的过程中成长起来的。在话语上，我们的文学理论、文学批评和文学史都大量使用西方话语，脱离这些话语，我们已经无法言说我们的文学，这不是态度和方法的问题，而是事实的问题。特别需要说明的是，本节所说的"文学理论"虽然也包括中国当代文学理论和中国古代文学理论，但主要是指西方文学理论。中国现代文学理论主要是受西方影响，同时吸收中国文论等因素而建立起来的。因为学习西方以及背后深层的科学思想基础，所以中国现代文学理论具有浓厚的西方文学理论特点。本节强调文学理论对中国当代文学研究的工具性和方法论，主要是强调西方文学理论特别是西方新的文学理论对中国当代文学研究的工具性和方法论意义。

[1] 伊格尔顿.文学原理引论[M].刘峰，译.北京：文化艺术出版社，1987.

[2] 伊格尔顿.文学原理引论[M].刘峰，译.北京：文化艺术出版社，1987.

二、新文学理论与中国当代文学研究创新

因为中国现当代作家、作品、文学思潮等受到西方文学的影响，我们当然要弄清楚其背后的文学理论背景，这是事实层面的需要，也是研究"还原"的需要，即"解铃还须系铃人"，因而理论不可或缺。但更重要的是，新的文学理论就是文学研究新的工具、新的武器、新的技术手段，它可以对历史上的文学作品进行新的分析，从而获得新的发现。

以鲁迅为例，鲁迅还在世时就被广泛研究，鲁迅逝世之后鲁迅研究则成为一门学问，早期的鲁迅研究偏向于从新民主主义政治革命的角度来解读鲁迅作品，采用的是政治学和社会学的研究模式。50—70年代之鲁迅研究更多的是对鲁迅的人格、政治倾向、艺术成就、对新文学的贡献等进行研究和定位，在文学理论上可以概括为"泛文学政治学"和"泛文学社会学"。但到了20世纪80年代，整个中国文学的研究格局发生了改变，思想解放运动给新时期的鲁迅研究带来了新的气象。1984年，王富仁发表博士论文《中国反封建思想革命的一面镜子：〈呐喊〉〈彷徨〉综论》，他在文中对政治革命和思想革命做出了明确区分，将鲁迅放在新民主主义思想革命的历史进程中进行评价。王富仁充分运用了列宁在《论托尔斯泰》和《托尔斯泰是俄国革命的一面镜子》等文章中所提出的"镜子说"，并对它进行了创新性阐释。列宁主要是站在政治革命的角度论述托尔斯泰对俄国革命的意义，而王富仁则从思想革命的角度阐释鲁迅的意义，在"引论"中他写道："从五十年代开始，在我国逐渐形成了一个以毛泽东同志对中国社会各阶级政治态度的分析为纲、以对《呐喊》《彷徨》客观政治意义的阐释为主体的粗具脉络的研究系统"，"由于这个研究系统所描摹出来的《呐喊》和《彷徨》的思想内容的图式是一个变了形的思想图式，所以势必与鲁迅前期的实际思想产生不协和性的状况，有些地方甚至于彼此抵牾。"[1]他在文中明确指出早先从政治革命角度解读文学作品的这一研究系统的缺陷，认为过度地强调政治意义会在一定程度上遮蔽作品思想上独立的价值："这个研究系统的方法论上，它主要不是从《呐喊》和《彷徨》的独特个性出发，不是从研究这个个性与其他事物的多方面的本质联系中探讨它的思想意义，而是以另外一个具有普遍性也具有特殊性的独立思想体系去规范和评定这

[1] 王富仁，李怡，宫立.论鲁迅（上）[M]//王富仁，李怡，宫立.王富仁学术文集.太原：北岳文艺出版社，2021

个独立的个性。"[1] 进而提出："以一个较为完备的系统来代替我们现有的研究系统。……应当首先以鲁迅当时的实际思想追求和艺术追求为纲。"[2] 王富仁的见解在当时具有开创性，而他的文章所采用的可以说是"思想史"和"美学"的理论，在今天看来这很普通，但在当时这却是一种巨大的突破，它恢复了鲁迅作为文学家和思想家的本位。

在鲁迅研究史上，汪晖的研究也有巨大的突破，现在看来，这种突破本质上是理论的突破，也可以说是研究模式和方法论上的创新。汪晖说："《呐喊》和《彷徨》的研究经过半个多世纪的发展逐渐形成了一种以'镜子'理论为基础的研究模式。"[3] "'镜子'模式难以从内部提供《呐喊》《彷徨》作为同一创作主体的创造物所必须具备的统一基调和由此产生的语气氛围，也没有追寻到任何一部艺术史诗固有的内在精神线索及其对作品的基本感情背景和美学风格的制约作用。"[4] 他进而提出应注重"鲁迅小说作为作家心理史的自然展现"。汪晖将鲁迅放在中国社会的现代化进程中评价，把鲁迅小说"看作一座建筑在'中间物'意识基础上的完整的放射性体系"，[5] 其背后事实上暗含着一种现代性的研究视角，这里，"现代性"实际上是一种新的理论，可以说是广义的文学理论。

在鲁迅具体作品的研究上也是如此。自《阿Q正传》诞生之后，产生了无数的研究这部小说的论文。具体于阿Q这个形象，也是有各种各样的说法和观念，比如，有"贫雇农"说、"精神胜利法"说、"革命不彻底"说、"落后农民"说，"民族劣根性"说等，林兴宅把20世纪80年代在中国兴起的"三论"（"系统论""控制论""信息论"）的方法运用于《阿Q正传》研究，提出了"阿Q性格系统"的观点，"用有机整体观念代替机械整体观念；用多向的、多维联系的思维代替单向的线性因果联系的思维；用动态的原

[1] 王富仁，李怡，宫立. 论鲁迅（上）[M]// 王富仁，李怡，宫立. 王富仁学术文集. 太原：北岳文艺出版社，2021

[2] 王富仁，李怡，宫立. 论鲁迅（上）[M]// 王富仁，李怡，宫立. 王富仁学术文集. 太原：北岳文艺出版社，2021

[3] 汪晖. 反抗绝望：鲁迅及其文学世界（增订版）[M]. 北京：生活·读书·新知三联书店，2008.

[4] 汪晖. 反抗绝望：鲁迅及其文学世界（增订版）[M]. 北京：生活·读书·新知三联书店，2008.

[5] 汪晖. 反抗绝望：鲁迅及其文学世界（增订版）[M]. 北京：生活·读书·新知三联书店，2008.

则代替静态的原则；用普遍联系的复杂综合的方法代替互不关联的逐项分析的方法"[1]。从而导致鲁迅研究在方法论上的突破，也对整个文学研究中的人物形象分析有很大的推进。《论阿Q性格系统》在很大程度上弥补了此前关于鲁迅小说中阿Q这个形象的片面和机械的看法，成功地解决了阿Q性格"超阶级、超时代、超民族"的普遍性问题。

再比如，《故事新编》研究。在传统的现实主义、浪漫主义包括现代主义的观照之下，《故事新编》是"历史小说"，是鲁迅所有文学创作中最失败的作品。夏志清甚至说："《故事新编》的浅薄与零乱，显示出一个杰出的（虽然路子狭小的）小说家可悲的没落。"[2]比如，《理水》被看作对潘光旦、顾颉刚等人的"影射"。小说写舜、禹、鲧、皋陶等传说中的中国远古祖先治水的故事，但小说却有这样的叙述："灾荒得久了，大学早已解散，连幼稚园也没有地方开，所以百姓们都有些混混沌沌。只在文化山上，还聚集着许多学者，他们的食粮，都是从奇肱国用飞车运来的，因此不怕缺乏，因此也能够研究学问。然而他们里面，大抵是反对禹的，或者简直不相信世界上真有这个禹。"这里出现了"大学""幼稚园""文化山""飞车""研究学问"等，人物对话说的是"古貌林""好杜有图""古鲁几里""OK"等，这按照传统的现实主义、浪漫主义甚至现代主义文学理论是根本不能理解的，是胡乱编造。但后现代主义文学理论引入之后，这些现象全部都从哲学和文学的角度得到了有效的解释，它们其实是戏谑、消解、游戏、"去中心""反主题"的表现方式，因而《故事新编》是一种完全不同于传统小说写作方式的小说，这时我们才发现鲁迅的超前，才发现其在艺术形式上的先锋性以及所达到的艺术高度。《铸剑》也是这样，小说写黑衣人唱歌，其歌词有"哈哈爱兮爱乎爱乎""爱乎呜呼兮呜呼阿呼""阿呼呜呼兮呜呼呜呼"等，完全不可解。"不可解"在传统的文学理论中是不被允许的，但在后现代主义文学理论中，它变成了"常规"。当然，这不是说鲁迅早在20世纪20年代就开始使用后现代主义的创作方法，而是说鲁迅的小说《故事新编》和传统的现实主义、浪漫主义小说迥异，运用了很多后来称为后现代主义的方法和技巧，后现代主义文学理论能够更准确、更合理地解释它，从而更能够让我们深刻地认识到它的艺术价值和文学成就。事实上也是这样，一般读者包括学者都能够感觉到《呐喊》《彷徨》与《故事新编》的差异，

[1]　林兴宅.文学评论概要[M].厦门：厦门大学出版社，1992.

[2]　夏志清.中国现代小说史[M].上海：上海人民出版社，2022.

凭直觉也能够感觉《故事新编》很好，艺术上很有创新性，但好在什么地方？创新的理论根据是什么？却说不出来，后现代主义文学理论可以说很好地解决了这些问题。在这一意义上，后现代主义文学理论解决了鲁迅研究中的很多问题，加深了我们对鲁迅的理解，从而推进了鲁迅研究的发展。在后现代主义文学理论视域中，《故事新编》不再是"失败之作"，而是一部超越时代的杰作。《故事新编》的价值在今天已经被学界广泛接受了，但是如果没有西方后现代主义理论的介入，这一现状或局面是难以想象的。

纵观中国当代文学学科史，我们可以看到，中国当代文学研究的每一次突破都与文学理论的突破或西方文学理论引入有关。王瑶所编写的《中国新文学史稿》是中国当代文学学科奠基之作，它从理论、方法、边界和框架上奠定中国现代文学这一学科和研究体系，其意义非凡，但以今天的学术眼光来看，这本书仍有许多不足和缺憾，譬如，沈从文、张爱玲、钱锺书等人都不在其介绍范围之内，这一现象在今天看来似乎难以理解，但这其实反映了不同时代文学观念及文学理论背景的差异。王瑶说："中国新文学史既是中国新民主主义革命史的一部分，新文学的基本性质就不能不由它所担负的社会任务来规定。"[1] "从理论上讲，新文学既是新民主主义革命的一部分，它的领导思想当然是无产阶级的马列主义思想。"[2] 这实际上是文学政治学或文学社会学的理论模式，在这种模式下，文学史更看重文学在社会进程中的社会作用和政治作用，所以鲁迅、郭沫若、茅盾、巴金、老舍、赵树理、蒋光慈、阿英以及左联五烈士等必然有很高的地位，而沈从文、张爱玲、钱锺书这些在政治上"革命"色彩不强的作家自然就没有位置。

文学史从根本上说是历史，而每一种历史叙述的背后都暗含着一种史学思想或者说史学理论。早期的中国现代文学史是现代文学内容上的革命史，它以新民主主义革命的性质来界定新文学，将新文学作为新民主主义革命的一部分，所依据的是马克思主义历史学理论。今天的中国现代文学史当然已是另一种面貌，这其实根源于其背后文学理论和史学理论的差异。在中国当代文学学科史上，夏志清的《中国现代小说史》也是一部具有巨大突破且对后来的文学史研究有很大影响的著作。《中国现代小说史》对沈从文、张爱玲、钱锺书、师陀等人特开专章篇幅，承认他们的文学史地位，

---

[1]　王瑶. 中国新文学史稿 [M]. 上海：上海文艺出版社，1982.

[2]　王瑶. 中国新文学史稿 [M]. 上海：上海文艺出版社，1982.

这和王瑶的《中国新文学史稿》有很大的不同，这种不同其实根源于历史观、文学观的不同，夏志清在《中国现代小说史》的结论部分说："我所用的批评标准，全以作品的文学价值为原则。"[1] 又说："一部文学史，如果要写得有价值，得有其独到之处，不能因政治或宗教的立场而有任何偏差。"[2] 这种观点和理论在当时的美国非常普遍，也即"新批评"和"比较文学"理论，但对 20 世纪 80 年代的中国当代文学研究却具有颠覆性，从而极大地影响了中国当代文学研究。

20 世纪 80 年代之后，中国当代文学研究发生了很大的变化，出现了"人文精神"大讨论、"重写文学史"运动、"女性主义"热，提出了"新文学整体观""二十世纪中国文学"等观念，晚近则出现"语言论转向""重返 80 年代""经典重读"等热点问题。我们可以看到，每一种研究的背后其实都有新的文学理论特别是西方文学理论的支撑，且不止一种文学理论，多数是以一种文学理论为主以多种文学理论为辅的方式。换一个角度我们也可以说，80 年代之后，西方各种文学理论特别是现代主义文学理论输入中国，它们从哲学基础、历史学基础、理论范式、文学观念、研究方法、研究技术等方面全方位地影响中国当代文学研究以及中国文学批评，也推动中国文学创作实践向前发展，因而才有今天中国文学、中国文学研究与批评的繁荣局面。比如，女性文学一直是中国当代文学的传统，五四时期周作人就提倡"人的文学"，提倡"妇女解放"，中国现代女权运动特别是男女平等观念与社会实践一直走在世界的前列，这种观念和社会现实也深刻地影响中国当代文学，所以，中国当代文学中的"女性文学"特别发达，产生了一大批著名女性作家，比如，冰心、丁玲、萧红、张爱玲、草明、茹志鹃、张洁、宗璞、王安忆、舒婷、霍达、残雪、铁凝、迟子建、方方、池莉等，她们书写自己的经验，反映对社会的观察和认识，表达她们自身的女性权力追求和维护，具有浓厚的性别意识。同时，不仅女性作家写女性文学，男作家也书写女性及其问题，也写"女性文学"。但是，在女性主义文学理论输入中国之前，中国现代文学研究对女性作家、女性文学的研究更多地停留在直观的层面上，停留在社会学的层面上，结论多是表面和普通的，女性主义文学理论对性别、权力、女性意识、女性经验等都有深入的研究，它有自己的话语体系和话语方式，它对于中国当代文学研究具

[1] 夏志清 . 中国现代小说史 [M] 上海：上海人民出版社，2022.

[2] 夏志清 . 中国现代小说史 [M] 上海：上海人民出版社，2022.

有极大的参考价值，提供了理论基础和方法，从而极大地推动了中国女性文学的研究，至今，女性文学仍然是中国当代文学研究中的一门"显学"。从学科史角度来看，文学理论特别是西方文学理论不论是对中国当代文学这一学科的格局，还是对当代文学研究的视野、范式和具体的研究方法均有推动作用。

历史充分证明，文学理论特别是西方文学理论的引入在很大程度上激发了中国当代文学研究的突破，反之，文学理论的局限或者西方新文学理论输入被阻隔则会造成学科视野的局限，从而导致中国当代文学研究的相对落后。中国当代文学研究过去繁荣与当前困境均与文学理论的突破和引入有密切的关系。

三、文学理论缺失与中国当代文学研究的疲乏现状

21 世纪以来，中国当代文学研究中文学理论越来越弱化，西方新的文学理论很多被排斥，当代文学研究在创新上出现了长时间的疲软状态。必须承认，20 世纪 90 年代以来，中国当代文学研究在现象范围、边界等方面都有很大的突破，在某些领域具有很大的开拓，比如，史料的发掘与整理，作家作品的编辑与出版，包括对手稿的重视与研究，对文学广告、文学书话等文学"附文本"的重视与研究，这与现代技术条件特别是电脑制作技术的发达有很大的关系，这些研究成绩显著，除了为中国当代文学研究提供更为坚实的基础以外，也极大地丰富了中国当代文学及其周边，但这不是否定借用文学理论新成果来研究中国当代文学的理由，也不能替代对中国当代文学作品进行理论上的深度阐释。重视史料发掘和甄别这是绝对正确的，中国当代文学研究应该从材料出发，如果能够从原始材料出发，在对原始材料的阅读和理解中得出结论那就更好。中国当代文学研究也不能从理论出发，理论先行，不能把中国当代文学研究"沦为"西方新的文学理论的材料和佐证，不能用中国当代文学研究来证明西方某种文学理论的正确性。但这同样不是否定和排斥运用新的文学理论来研究中国当代文学的理由，充分运用新的文学理论包括其他诸如哲学、心理学、伦理学理论对文学作品进行艺术和思想上新的阐释仍然是中国当代文学研究的主流和核心内容，厘清历史事实只是中国当代文学研究的前提而不是研究本身。

也必须承认，20 世纪 90 年代以来，中国当代文学研究包括文学批评

在应用西方文学理论时出现了一些问题，出现了偏差，比如，生硬地使用西方某种文学理论和批评理论，和中国文学的事实不适宜、不相容。但更普遍的现象则是西方文学理论在中国当代文学研究中流于表面，流于词句，而不是精神实质的无痕使用。理论先行的中国当代文学研究实际上是将文学理论而不是中国当代文学现象放在了研究的中心位置，从而丢失了中国当代文学研究作为"文学研究"的"文学"本位，最后是中国当代文学消融在新的文学理论研究和论证之中。我们承认这一类研究在方法和模式上有其不足之处。所以，21世纪以来中国当代文学研究界反对使用文学理论特别是很反感大量使用西方文学理论的新名词和表述把简单问题复杂化，这是对80、90年代"理论热"和理论对中国当代文学"粗暴干涉"的一种纠偏，有它的合理性。

另一方面，我们不能因为当代文学研究中由于文学理论使用不当或者出现问题而把文学理论之于中国当代文学研究之价值本身也予以否定，这又有矫枉过正之嫌疑。任何研究中都有不成熟，都有平庸和误解，我们应该宽容地对待中国当代文学研究中理论运用的各种不成熟、平庸和误解。不论是从理论上还是历史经验来看，没有文学理论和其他理论基础和深度的中国当代文学研究是素朴的，是不可能深刻的，事实上，中国当代文学不重视理论，其弊端已经显示出来了，越来越多的中国当代文学研究没有哲学、史学、文化学、社会学等理论基础，没有文学理论支撑，没有深度。西方新的文学理论在中国当代文学研究和文学批评中缺乏应用，中国当代文学多年来没有大的理论和方法论上的突破，没有突破性的研究成果，都是一些老话题，理论是陈旧的，方法是陈旧的，观念是陈旧的，根本就不能和80—90年代的活跃相比。重视材料包括原始材料当然没有错，任何结论都要有充分的材料根据，但如果没有理论的预设，材料只能是一堆材料，看到新的材料也不能发现其价值。中国当代文学研究越来越平面化，越来越讲"堆头"，有各种"集成"成果，印刷装帧都很漂亮，但大量只是现象描述、材料汇集和资料汇编，没有"研究"内涵，观点上老调重弹。

如何提升中国当代文学研究？我认为一个很重要的措施就是借助和应用新的文学理论特别是西方新的文学理论，开阔视野和思路，提高分析问题和解决问题的能力。中国当代文学学科发展已经充分说明，文学理论不仅能够准确地解释具有文学理论背景的文学现象特别是作家作品，而且能够从新的角度以新的方式对过去的文学现象进行新的解读，从而推动中国当代文学研究向前发展。关键还在于，中国当代文学研究需要文学理论，这本身是有理论根据的。美国学者汤普森·克莱恩曾提出"学科互涉"的问题，他主要是从"知识"的角度讨论文学、历史、哲学、社会学、政治学、语言学、伦理学等学科之间的关联、交叉、互相印证、互为基础的问题，他还专列一章"文学研究中的学科互涉谱系"讨论文学与历史学、语言学等之间的互涉问题。冯黎明以文学研究为本位，研究文学研究的"学科互涉"问题，也即文学理论如何借用其他学科知识来进行学科建设的问题。"一种理论活动要形成整一性的学科，必须建立具有方法论意义的知识依据，这一依据的获得大概有三种方式：一是内在地形成……二是向外学科借取……三是在学科互涉中产生。"[1] 他认为，"文学研究不必依赖任何单一的、固定的知识学依据，我们可以将全部现代学科知识产品当作学理基础，由这众多的学科'互涉'形成属于文学研究自身的知识依据。"也就是说，"学科互涉"是学术分工、学科独立之后的知识基本形态。

从大的一级学科之"间性"来说，文学借助其他学科的理论来研究从而取得突破性的例子很多。比如，王国维把康德、叔本华、席勒、斯宾塞等人的哲学思想、美学思想引入《红楼梦》研究，用西方的"美学""悲剧""审美"等概念来言说《红楼梦》，将《红楼梦》视为文学作品而非政治教科书，称其为"悲剧中的悲剧"，不仅纠正了此前各家的《易》"淫""缠绵""排满""宫闱秘史"等庸俗看法，并且发掘了《红楼梦》在哲学、美学和伦理学上的价值，这不论在《红楼梦》研究史上，还是在中国文学研究史上均有开创意义，因此王国维也被认为是现代"红学"奠基人。再比如，闻一多在接受了社会学的理论和方法后，用社会学的理论解释《诗经》，认为《关雎》是"爱情"主题，颠覆了自《毛诗序》以来两千多年对《关雎》所谓"后妃之德"的政治学解读的主调。

"学科互涉"不仅限于一级学科之间，比如，文学与哲学之间，同时在二级学科之间也有"互涉"，并且关系更为紧密，中国当代文学与外国文学，中国古代文学与中国当代文学，文学批评与文学史等都有"互涉"的问题，而文学理论与中国当代文学研究其"互涉"关系尤其紧密。关键在于持何种本位观，当我们以中国当代文学为立场和出发点时，文学理论、外国文学、中国古代文学都是资源和工具，都是借用，都具有方法论意义。学术分工有合理性，但学术分工的合理性建立在协作的基础上，也即一方

---

[1] 冯黎明. 学科互涉与文学研究方法论革命 [M]. 武汉：武汉大学出版社，2014.

面"学有专攻"，学科具有自主性，另一方面学科又要充分吸纳其他学科知识，"为我所有"，否则就是学科分隔，画地为牢。中国当代文学研究成果也应该作为知识为其他学科所用，这并不能构成对其他学科的伤害和否定，同样，其他学科的研究成果作为知识和资源为中国当代文学研究所用，也构不成对中国当代文学研究的主体性伤害。当代文学研究中要涉及一些文学理论问题，如果当代文学对这些理论都进行"自主研究"而排斥文学理论界已有的成果，这实际上是否定学科分工，是一种巨大的学术倒退，对文学理论也是不尊重，最终伤害的是中国当代文学研究。一切研究都从头开始，回到学术的原初状态，且不说这是否合理和可能，是否符合学术规范，即使合理和可行，符合学术规范，也是巨大的学术浪费。中国当代文学研究中遇到的很多理论问题，在文学理论中有的已经解决，有的则正在解决，充分借鉴文学理论领域的最新成果，中国当代文学研究可以减少很多无用的思考和无谓的劳动。中国当代文学研究中很多苦思不得其解的问题，其实在其他学科中早已解决了，甚至是常识问题，比如，文学史的"真实""客观"问题，历史学从传统史学到现代史学，都有充分的研究。文学作品中的"真实"问题，哲学中有更系统的讨论。文学作品的"阐释"问题，哲学中的现象学、解释学等有非常深入的研究。文学中所写的"梦""无意识""本能"等其深层的缘由及意义，心理学早有揭示。中国当代文学为什么不去借鉴这些研究成果而从头思考呢？

新的文学理论也有不成熟的地方，也有一些文学理论缺乏创作实践和批评实践的检验，甚至有一些哗众取宠的文学理论，但绝大多数文学理论都不是赶时髦的产物，特别是那些有影响的文学理论，都经过无数理论家进行了充分论证，都经过了漫长的探索过程，都有它自己的哲学、史学、心理学等理论基础，都有充分的文学创作实践依据包括历史根据与现实根据，都经过实践检验和正在接受实践检验。真正新的文学理论其产生非常艰难，被文学理论界和其他学术领域所接受并发生辐射产生持久的影响更不容易。正是因为如此，中国当下文学理论真正具有创新的并不多，这不是文学理论界的同仁们不努力，而是创新太难。也正是如此，中国当代文学研究不仅要重视本土文学理论新成果，更要重视国外文学理论新成果。新的文学理论并不完全否定和颠覆旧的文学理论，它是在克服旧的文学理论缺陷的基础上产生的，所以它不仅在产生新的文学理论，也是在完善旧的文学理论。中国当代文学研究即使使用旧的文学理论（很多学者对文学理论的使用都缺乏"自意识"，即沿袭性地使用了某种文学理论而不自知），也需要随着文学理论的发展而对自己所使用的文学理论更新升级。

新的文学理论是各种各样的，绝大多数都是在克服旧的文学理论缺陷的基础上诞生的，也有的是对新的文学创作实践的总结，还有的是哲学等其他社会科学的演绎或延伸，或者综合这些因素而成。比如，读者接受理论（今天已经不是很"新"了），就是对传统文学理论只重视作家与作品而不重视读者接受偏颇的一种克服或发展，文学接受理论并不否认作家、作品的地位，并不否定文学"生产"的决定性，但它认为文学理论也应该把"消费"及其对"生产"的影响纳入研究范围，把读者的接受纳入文学的"环节"，即把读者及其接受确定为文学理论重要的"维度"。引入读者之"维"，不仅是维护了文学问题的完整性，有为文学理论"完形"的意义，更重要的是引入"读者"维度之后，传统文学理论的"作家""作品""意义""价值"等观念都将发生很大的变化。这并不是说传统的文学活动和文学批评中没有"读者"，事实上，文学正是为读者而产生，文学自产生时起就离不开读者，没有读者阅读，文学就无法存在也没有存在的必要，文献中也大量记录了读者对作品的不同感受，理论家和批评家也提到了读者，也有关于"读者"的观念，但非常素朴，属于印象和感受，只有接受美学、读者—反应批评以及英美"新批评"才把读者问题进行了系统的研究，从而把它建构成一种文学理论。读者接受理论对于中国当代文学研究是非常有应用价值的，它为我们对经典文本的不同阐释及其合理性提供了理论根据，打开了从读者接受的角度来研究中国当代文学的新思路。

再比如，后现代主义文学理论，其理论来源与现代社会的新困境以及现代人的焦虑有关，与后现代主义哲学、历史学、女性学等对人的反思有关，也与新兴的反传统的颠覆性的各种后现代主义文学创作实验有关，还与文学理论对传统中不被重视的"另类"文本和文本中的"另类"因素的新研究、新解读有关。后现代主义文学理论其实有很多争议，但必须承认，西方后现代主义文学理论对当今中国文学创作、文学批评、文学研究及文学理论都带来了深刻的改变，它大大拓展了文学研究的领域，突破了传统文学研究的边界，深入文学作品中那些非理性、不确定性、内在性、悖谬、荒诞的事物中去，对传统的宏大叙事、中心论、整体性、同一性、等级、秩序、和谐等都进行了"解构"，提出了"游戏""反讽""即兴表演""含混"等概念，为中国当代文学研究提供了更大的可能性。作为一种文学理论，它既可以有效地解释后现代主义文学现象，也可以对传统的文学进行后现代主义的解读，或者发现传统文学中的后现代主义因素，从而丰富传统文学的内涵，使传统文学显得更加立体和复杂，显示出张力。

其他如"文学伦理学批评"也是这样。"伦理"是世界文学的一个古老主题，绵延不断，文学理论与批评中也有很多谈论伦理道德的问题，但主要是从文学内容上来讨论的，直到近年来，以聂珍钊为代表的学者通过对历史经验的总结，理论建构、话语建构及文学批评实践从而把它发挥成一种系统的文学理论。这种理论一旦建立起来，反过来又可以解决中国当代文学研究中的很多问题，特别是伦理叙事、道德叙事及批评的问题。每一种文学理论都有它特殊的功能，对中国当代文学研究具有特殊的作用和意义，比如，结构主义视文本为自足的有机体，运用它，不仅使中国当代文学研究更趋科学化，而且为中国当代文学研究增添了宏观的视野。精神分析文论则打开了文学潜意识的大门，可以为中国当代文学研究在发掘人物内心和作者潜意识方面开辟新的视野。叙事学的引入则为我们分析作品结构和解读作品意义增添了有力的理论依据，且具有技术性。

总之，在当今文学思潮、流派和现象日新月异的背景下，没有新的文学理论特别是西方新的文学理论的帮助，已经无法应对文学中所出现的新问题和新思想，已经无法解释各种纷繁的文学现象。中国当代文学研究需要对新的文学理论特别是西方新的文学理论有充分的理解和认识以及适当地运用。

第二节　中国当代文学思想

中国当代文学思想史是文学史研究的深化，是思想史的重要内容，也是古代文学思想史的接续和创新。它以社会思想、作家创作、文学作品和理论批评为对象，关注作家与作品、理论与批评、内容与形式的思想内涵和历史演进，体现思想史与文学史互动共生的述史理念。在方法论上，它将文学体制、观念认知、生命体验和文本形式结合起来，并加以立体化和复杂化阐释，特别将文学体制、文学观念和语言形式纳入研究视野，力求还原历史，呈现复杂的思想场域，建构中国当代文学思想史的学术体系和话语体系。

中国文学思想史研究已取得丰硕成果，但主要集中在中国古代文学领域，它以求真求实的历史还原为目的，将理论批评与创作实践结合起来，注重历史环境和文人心态的中介要素，重视主体感悟和文学本体的交叉与融合，形成了独特的学科特点。"中国当代文学思想史"则是一个有待开拓和深化的重大课题。尽管中国当代文学研究早已进入历史化和学科化阶段，各种类型的文学史亦有上千种，如"文学史""思潮史""文体史""流派史"和"社团史"等，不一而足，但迄今却没有出现全面完整的中国当代文学思想史研究。

一、问题的提出：文学思想史的背景及资源

中国当代文学思想史命题的提出并非空穴来风，而是拥有厚实的学术基础和学科背景。中国古代文学思想史和中国当代文学史和思想史是其基础和背景，只是相对于中国古代文学思想史，中国当代文学思想史研究却具有相当难度。中国现当代社会及思想本身非常复杂，自不待言，就是中国当代文学思想及表现方式也多种多样，驳杂而零散。目前，学术界对中国当代文学思想史进行整体性、系统性的研究成果还比较少见，直接标名为中国当代文学思想史的著述仅有杨春时的《百年文心——20世纪中国文学思想史》、刘忠的《思想史视野中的中国当代文学》和胡传吉的《未完成的现代性：20世纪中国文学思想史论》三种。杨春时"以现代性为经，以文学思潮为纬"，将百年文学思想分为"五四文学""革命文学""左翼文学""战争文学""社会主义文学""文革文学""新时期文学"以及"后新时期文学"等几个时段，分别从它们与传统文学思想、西方文学思想、苏联文学思想和毛泽东文艺思想的传承关系描述其思想特点。虽名为文学思想史，实为文学思潮史，侧重的还是20世纪文学批评理论的描述，虽"力图突出文学思想自身的历史"，对作家作品的思想分析却非常薄弱，无法展现中国当代文学思想的复杂性及其历史进程。刘忠认为："作为思想的承载物，文学既感应、宣传着思想，又生成、建构着思想，从而为'新民''启蒙''革命'等社会使命提供可能。"[1] 于是，他采取审美与思想互渗互融的视角，关注社会思想和思潮的文学表达，以及文学文本对社会整体思想状况的建构和参与，并以同情、理解的眼光审视中国当代文学的非文学性，

[1]　刘忠.思想史视野中的中国现当代文学 [M].上海：上海人民出版社，2006.

呈现了中国当代文学与社会思想的互动关系，凸显文学审美与社会思想的共振性，对作家生命体验和观念认知却没有深入细致的讨论，忽视了文本审美化、形式化的思想构成。胡传吉主要将文学作为思想媒介方式，分析中国当代文学思想中"牺牲""群治""人的发现""新道德"和"理想主义"等观念，采用了近似文学观念或文学关键词的描述方式。这样的思维路径，在李怡主编的《词语的历史与思想的嬗变——追问中国现代文学的批评概念》也有着扎实而丰富的展现，只是它更偏重于对文学批评和理论概念的清理和阐释。

事实上，中国当代文学史研究已涉及中国当代文学思想史问题，只是文学思想常常被文学思潮、文学批评、文学理论等观念所笼罩或遮蔽，被掩藏于与之相关的各种观念和概念之中，而没有获得应有的独立性，没有确立自己的阐释理论和方法论，这也为中国当代文学思想史研究留下了充足的阐释空间。如孔范今主编的《二十世纪中国文学史》（上下）[1]，注重 20世纪中国文学思想、文学范式生成的相关因素，在描述文学思潮的同时也关注文学思想的生成与发展轨迹。丁帆主编的《中国新文学史》（上下）[2] 以历史、人性和审美的价值立场架构起"人的文学"的历史描述，对文学的经典化品质进行了全面梳理，对百年中国文学的思想变迁也有勾勒和呈现。洪子诚的《中国当代文学史》通过对中国当代文学史料的深入分析，描述文学历史背后的意识形态张力及其绵延和断裂，特别关注左翼文学传统与当代社会政治文化的转型与重组，丰富地呈现了当代文学发展之历史缝隙和思想细节。顾彬的《二十世纪中国文学史》"借文学这个模型去写一部20 世纪思想史"，以文学思潮、作家和文体为中心，从思想史角度勾勒了20 世纪中国文学的演变历史，当然也涉及中国现代性发生的许多重要问题，尤其是揭示出中国现代文学文化中文学形象和社会现实的紧张关系。应该说，中国当代文学思潮史、批评史、文体史与中国当代文学思想史都存在一定的亲缘关系，文学思潮、文学批评、文学概念的历史叙述也或多或少包含着社会思潮、作家观念和文本思想的诸多内容，对文学思想史的书写显然会有镜鉴意义。

与中国当代文学思想史密切相关的则是中国古代文学思想史研究的成熟。1936 年，日本汉学家青木正儿的《中国文学思想史》以文学内部和外

[1]　孔范今 . 二十世纪中国文学史 [M]. 济南：山东文艺出版社，1997.

[2]　丁帆 . 中国新文学史 [M]. 北京：高等教育出版社，2013.

部双重视角展开考察，从文学发展的内在逻辑出发，描述中国文学思想的历史演变和总体规律，将中国文学思想总结为"达意主义""气格主义"和"修辞主义"，将中国文学思想演进规律归纳为"仿古主义"的"创造主义"，认为中国文学思想经历了"实用娱乐""文艺至上"和"仿古低回"三个发展阶段。他还关注了中国文学发展的外部环境，特别是儒家、道家和玄学等哲学思潮对文学思想观念的影响，留意到传统美术、绘画、音乐、书法等艺术形式与文学观念的渗透与互动关系。青木正儿继承了日本中国学京都学派的学术理念，坚持"杂文学"概念，采取内部研究和外部研究相结合，既注重文学思想和时代精神的外部关系，又注重文本节学思想的独特性，开创了中国文学思想史研究方法论。真正将中国古代文学思想史研究推向学科化和体系化的，应是南开大学罗宗强先生的倡导和实践。罗宗强较早地将中国古代文学思想研究作为一个学科化论题加以讨论，撰写了《隋唐五代文学思想史》《魏晋南北朝文学思想史》和《明代文学思想史》等论著，系统地阐述了中国古代文学思想史，建立了系统的学术思想和研究范式。他将文学批评、文学理论、文学创作以及历史环境和士人心态都纳入中国古代文学思想考察体系，重视文学思想发展的具体过程和演变原因考察。他所建立的研究范式影响了一大批中青年学者，贡献了系列学术成果，如张毅的《宋代文学思想史》、左东岭的《明代文学思想研究》、吴崇明的《班固文学思想研究》、赵建章的《桐城派文学思想研究》等，他们都基本上沿用了罗宗强的研究范式和阐释逻辑，也更为具体而丰富地呈现了中国古代文学思想史内容。

中国当代文学思想史不同于中国古代文学思想史，它拥有中国现当代思想史与文学思想史相融共生的研究思路和资源。文学史和思想史本来就有着"剪不断、理还乱"的惆怅和暧昧，中国当代文学与中国现当代思想文化的联系紧密而复杂，"五四"新文学的发生，就脱胎于新文化运动。从此，新文学就与现代社会和思想文化如影随形，互相缠绕，相伴而生。中国当代文学既受现当代社会思潮的影响，又以独特的文学形式参与现当代思想文化的建构。这也是中国当代文学史包括文学思想史的宿命。这样，中国现当代思想史研究也极大地拓展中国当代文学研究视野，为理解现代作家创作所面临的社会现实，把握作者的观念认知和生命体验提供了思想依据。同时，思想史研究也不断为当代文学研究注入活力，特别是对审美体验和现实观照相对突出的思想研究，更会为文学思想史提供思维空间和知识背景。事实上，中国现当代思想史研究也曾为文学史研究开启了新视角，提供了新论题。如李泽厚就曾提出"启蒙与救亡的双重变奏""救亡压倒启蒙"等命题，就开创了 20 世纪中国思想史中"启蒙"与"救亡"关系话题的先河，也对中国当代文学之思想启蒙和民族国家话语产生了重要影响。许纪霖、罗志田、启良和张宝明等学者也接续了李泽厚的思想命题，并对中国思想启蒙的意义和困境进行了深入讨论，有助于人们理解中国当代文学的思想与审美难题，包括文学的现代性和社会性等价值。金观涛和刘青峰的现代中国思想研究，特别是对中国社会结构的梳理和思想核心概念的辨析，都给学术界带来了不少启示。汪晖在从事鲁迅研究的同时一直关注现代中国思想悖论性问题的考辨，在反思"现代化"叙事的基础上提出了新的思想范畴和研究范式，如"反现代性的现代性"等概念，也影响到人们对激进主义思潮的反思，并为左翼文学、延安文艺以及"十七年文学"研究打开了新视角。因其学科背景和学术理论主要还是中国当代文学，其转向思想史研究，虽曾引发不少讨论，也有助于人们深入思考中国当代文学思想研究的边界、本体和方法论问题。

伴随中国思想史研究的科学化诉求，它也不断征用现当代作家作品作为分析案例，特别是海外汉学家对中国思想史、文学史和历史学的穿越与打通，鲁迅小说和杂文、周作人散文、胡适日记和茅盾小说等也常成为中国思想史研究的文献材料，中国当代文学被作为中国现当代思想的表征及内容。当然，文学思想绝不仅仅是社会思想的单纯载体，它有自己的思维方式、想象逻辑与情感特质，虽与社会思想有着不少重合之处，也有思想史不能替代的地方。因此，中国当代文学思想史研究，不能简单地将文学作为思想史研究的材料和工具，而以概念化和逻辑化的思想观念代替文学思想史，而应将其看作审美化的思想，具有鲜明的主体性和独立性，只有这样，才能抓住文学与思想、文学史与思想史的历史关系，呈现文学思想史的内在逻辑。总之，中国当代文学史、中国古代文学思想史及中国现当代思想史等都可作为中国当代文学思想史不可或缺的学术资源和背景，具有某种启示性和方法论意义。

二、研究对象：文学思想史的内部与外部

顾名思义，中国当代文学思想史，是中国当代文学思想事实的历史，

它不仅是中国当代文学观念史，文学创作主题史，不纯粹是文学思潮史，而是社会思想、作家观念、创作心态、文本内容、语言形式、文学理论批评的融合及演进的历史。它不是古代文学思想的简单延续，也不等同于西方文学思想，但同时转换了古代文学思想，移植了西方文学思想，内化了现代社会思想，更为重要的是，它创造了现代中国的文学思想。所以，中国当代文学思想史，是中国当代文学思想的历史，是中国当代文学思潮、作家作品和文学理论批评所蕴含的文学思想历史，包括文学制度、观念认知、生命体验、语言文本和理论批评等多重内涵。如果做一个区分的话，社会思想和文学理论批评属于文学思想史的外部结构，作家观念、创作心态、文本内容和语言形式属于文学思想史的内部问题。

文学制度是文学思想生产的平台与河床，包括文学与社会政治和人生的联系。中国现当代思想不同于古代和西方文学思想的地方，正是在于它拥有自己独特的文学思想生成机制，或者说文学思想生长的社会土壤，甚至可以说，如果没有这样的生产机制，没有这样的思想土壤，也就没有这样的文学思想产生。就中国文学史而言，没有哪个时期，像中国当代文学这么密切地参与现当代社会生活，被充分融入现代个人、阶级、民族和国家的思想诉求。至于作为文学语境的社会思想如何生成文学思想还需要有深入分析和精准拿捏。思想史与文学史之间有着密切的关系，二者从来就是密不可分的统一体。研究文学史不可能剥离其思想内涵，研究思想史也不能离开文学这一重要的表现形式，这是中国文学史和思想史不同于西方文学和西方思想的地方。中国当代文学思想史研究，如果隔绝了与现代中国思想文化的整体联系，也就难有抽丝剥茧般的深度分析，也就无法描述文学思想史的真实形态。现代中国之所以不同于古代社会，就是因为它具有不同于古代社会的一套思想预设。作为现代观念，它们固然与古代思想观念有着某种历史联系，但从根本上说，它并不能借助古代思想观念和逻辑来证明和解释自己，只有在现代思想世界中才能建构自己。在某种程度上，中国当代文学也是现代社会思想的代言方式，当然，文学思想本身有其独特性与独立性，它与思想史既有渗透和融合，也有错位和分裂，还有"观念化"和"艺术化"的冲突和矛盾。现代中国除现代思想对文学产生影响以外，现代文学对现代社会和思想也产生着重要影响，乃至成为社会思想的重要载体。如左翼文学不仅是文学史问题，还是一个现代思想史问题，鲁迅、茅盾、瞿秋白和胡风等既是左翼作家，也是左翼思想者。中国当代文学之所以有别于古代文学，也与现代思想文化的成分和构成有关，与现代思想文化的深度和广度有关。尽管中国传统思想文化的文史哲不分家，但有着板结化的特点，从先秦诸子、两汉经学、魏晋玄学、隋唐佛学到宋明理学和清代朴学，不断推演思想的年轮，但都逃不出儒释道的规范，它们对各个时代、各种体式的文学思想都产生了深刻影响，但总体上确是十分清晰而明朗的，有着不出儒释道之外的沟渠化现象。中国现代社会思想有如大江大河中的洄水沱，先锋与常态、主流与暗道、共名与专名呈现流转奔突而又错综复杂的状态。

就文学思想而言，当代文学有其独特性。柄谷行人认为："现代之前的文学缺乏深度，不是以前的人不知道深度，而仅仅是因为他们没有使自己感到'深度'的装置而已。"[1] 文学思想的深度成为现代文学的标准和尺度，这关涉到文学的思想问题和领域。朱光潜也说过类似的话："在现代中国，我们一提到文艺，就要追问到思想，这是不可避免的。在任何时代，文艺多少都要反映作者对于人生的态度和他的特殊时代的影响。各时代的文艺成就大小，也往往以它从文化思想背景所吸收的滋养料的多寡深浅为准。整部的文学史，无论是东方的或西方的，都是这条原则的例证。"[2] 文学史就是别样的思想史。周作人"五四"时期主张"人的文学"，同时对文学思想的观念性保持高度警觉，担心失去文学的地方性和个人性，认为："我们常说好的文学应是普遍的，但这普遍的只是一个最大的范围，正如算学上的最大公倍数，在这范围之内，尽能容极多的变化，绝不是像那不可分的单独数似的不能通融的。这几年来中国新兴文艺渐见发达，各种创作也都有相当的成绩，但我们觉得还有一点不足。为什么呢？这便因为太抽象化了，执着普遍的一个要求，努力去写出预定的概念，却没有真实地强烈地表现出自己的个性，其结果当然是一个单调。"[3] 他感觉到五四新文学"太喜欢凌空的生活，生活在美丽而空虚的理论里"。用今天的话说就是不接地气。自五四新文学开始，中国当代文学就热衷于表达的思想性和哲理性，喜欢追问和反思社会人生中的普遍性问题，这既是现代文学的特点，也许还是其审美缺憾。

相对于古代文学，中国当代文学缺少一些文人文章趣味，却不断追求

---

[1] 柄谷行人. 柄谷行人文集 [M]. 北京：中央编译出版社，2018.

[2] 朱光潜. 谈文学 [M]. 上海：东方出版中心，2018.

[3] 周作人. 中国新文学的源流 [M]. 北京：朝华出版社，2018.

现代思想者的身份。观念认知是作为创作主体的作家对文学、思想与社会的认识和看法，包括自我身份的认同及其历史文化和文学素养。文人士大夫在中国古代社会占据重要地位，担负着传承主流文化观念的重要使命，维护着中国道统和文统的中心地位，创造了中国古代文学思想。中国当代文学的创作主体作家，其身份角色却发生了巨大变化，拥有思想者、革命者、谋生者等多重身份，担负着新的社会责任和历史使命。茅盾认为新文学的责任就是"要把文学与人的关系认得清楚，自己努力去创造"[1]，应"校正一般社会对于文学者身份的误认。'装饰品'的时代已经过去，文学者现在是站在文化进程中的一个重要分子；文学作品不是消遣品了，是沟通人类感情代全人类呼吁的唯一工具，从此，世界上不同色的人种可以消融可以调和"[2]。文学的任务是"改造人们使他们像个人。社会里充满了不像人样的人，醒着而住在里面的作家却宁愿装作不见，梦想他理想中的幻美"[3]。沈从文也认为新文学作家不应是都市里的新文人，他首先"得承认现代文学不能同现代社会分离，文学家也是个'人'，文学决不能抛开人的问题而来谈天说鬼"；其次对社会不合理处应"毫不含糊"地表达自己的"爱憎"；最后还要"觉得文学作家也不过是一个人。就并无什么比别人了不起的地方，凡做人消极和积极的两种责任皆不逃避。他们从事文学，也与从事其他职业的人一样，贡献于社会的应当是一些作品，一点成绩，不能用其他东西代替"[4]。他们都强调了文学与社会的紧密联系，包括由此而建构的作家身份，拥有现代人的思想感情，并担负的社会责任，参与推动现代社会和人的改造。生命体验是作为思想者的作家感受与人生经验，是作家的精神和心理存在方式，也是社会思想进入文学思想的前提条件，只有经由作家感受和心理体验的思想观念才会成为文学思想。语言文本是思想的形式化和审美化，是文学形式所创造和表达的思想，如白话文学的兴起就与五四新文化运动有着密切关系，20世纪80年代出现的先锋文学也与新思潮有联系。文学理论批评也是创造文学思想的重要力量，如朱光潜所说："要想伟大的创作出现，题材与时会必须互相凑合。所谓时会，便是当时思想潮流。"[5]那么，"时会"来自何处呢？主要是文学批评和理论，"创作家只能利用时会，

[1] 茅盾等. 新民主主义的文学 [M]. 上海：新生书局，1949.

[2] 茅盾等. 新民主主义的文学 [M]. 上海：新生书局，1949.

[3] 茅盾等. 新民主主义的文学 [M]. 上海：新生书局，1949.

[4] 沈从文. 文学闲话 [M]. 成都：四川文艺出版社，1998.

[5] 朱光潜. 谈文学 [M]. 上海：东方出版中心，2018.

处被动地位，受当时思想潮流之激荡，而后把他所受的时代影响反射到作品上去。假如没有批评家努力传播思想，思想便不能成为潮流，世间纵有天才，也必定因为缺乏营养，缺乏刺激，以至于干枯无成就"。文学批评和文学理论形成文学的观念场域，确立作家作品的历史定位，引导文学思想的价值取向。

三、学术理念：文学史与思想史的互动共生

众所周知，中国当代文学与现代思想文化有着深度融合，出现了思想优胜，文学思潮主导文学创作的倾向。实际上，如果失去现代思想文化的滋养，中国当代文学就走不出传统文学的老路，也无法回应和满足现代社会思想的诉求。现代社会思想影响中国当代文学发展的方式和途径多种多样，它不仅渗透在文学之中，成为文学的筋骨和脊梁，而且社会思想变革也推动文学变革，并成为其主要力量。如果没有社会思想变革的支撑，文学变革也只能停留在形式层面，其格局和力度都会受到影响。反过来，中国当代文学所表达的思想也是丰富多样，可以说，丰富的思想生成了丰富的文学，文学史和思想史构成互动共生关系。一方面，中国现当代思想史进入了中国当代文学史，诸如启蒙主义、激进主义、自由主义思想，既是现代社会思想，也是中国当代文学思想。另一方面，中国当代文学思想史理所当然属于中国现当代思想史的构成内容，如为人生文学思想，人道主义和个人主义文学观念也是现当代思想史的文学方式。文学与思想以及文学思想史和社会思想史应是各美其美，美人之美，互融共生。五四时期的新文学和新文化都有"思想启蒙"的共同主题，无论是倡导自由、平等、民主和科学观念，还是主张白话文和人的文学，在其背后都有启蒙主义和个性解放的现代性诉求。在 20 世纪三四十年代，阶级革命、民族救亡、自由主义和爱国主义等思想观念是社会时代主潮，也是现代文学表达的主要内容。到了共和国时期，社会主义文化和文学更是趋于一体化和同质性。20 世纪 80 年代，人道主义思想成为新时期社会思想和文学的共同主题。由此可见，文学史与思想史是相互依存而融合的，文学史是思想史的审美形式，思想史是文学史的资源背景。与此同时，文学思想史也有不可混淆和无法替代的品格。某些思想范畴和观念形态是文学自身发展的结果，而非思想史的简单移植，并且，越是深入文学思想史内部，越能显示文学思

想史的独特性和个人化，所以，如果社会思想和范畴要成为文学思想内容，则需要进行思想整合和形式转化。"思想整合"即在社会势力、文学价值和作家身份等方面建立联系，"形式转化"涉及思想如何进入文学。文学思想不是一堆观念材料，不是思想与文学的势均力敌，观念与形式的旗鼓相当，不是作家创作的概念演绎，而是作家认识世界的范围和深度拓展，成为文学中的人物、故事、对话、意象和结构元素，实现文学的语言形式和审美创造。所以，中国当代文学思想史应融合主题学、思潮史和批评史，打通思想史和文学史的学科障碍，建立互通、互补和立体化的述史策略。

文学思想史应是"诗、思、史"的融合与统一，应将思想的审美化和审美化的思想结合起来，呈现文学与思想，文学史与思想史的互动共融，由此彰显社会思想的光芒，揭示文学的文化内涵和人性意蕴，展现文学的历史品格和诗性内涵。"思"是文学之思想，"史"是文学之历史，"诗"则是文学之艺术。韦勒克曾说："写一部文学史，即写一部既是文学又是历史的书，是可能的吗？应当承认，大多数的文学史著作，要么是社会史，要么是文学作品中所阐述的思想史，要么只是写下对那些多少按编年顺序加以排列的具体文学作品的印象和评价。"[1]文学史有社会史、思想史和审美史的不同取向，在我看来，文学思想史则应走社会史、思想史和审美史相融合的路子。"纯审美"文学史以审美标准评价作家作品，有"思想"的文学史，则偏重受思想影响的文学因素。如果只关注文学的审美性，一些作家作品就难以进入文学思想史视野，特别是一些文学现象并非文学史叙述中心，但可能成为文学思想史的焦点，如"左翼文学"和"文革文学"，在审美化的文学史中可能会被忽略或被遮蔽，但在文学思想史中是不可或缺的研究对象。文学思想史是文学思想的存在方式，着重考察文学思想的历史状态和文学形态，无论是关涉文学思想的文学思潮、文学运动、文学创作、理论及批评，还是构成文学思想中的主体、作品、形式和效果，只有它们形成共时性或历时性的合力时，文学思想史才得以被丰富而自由地展开。文学思想史勾连社会史，穿越思想史，而成为文学的思想、文体、形式和审美的历史。

中国当代文学思想史具有整体性、丰富性与动态性特征。它将文学思潮、文学批评、文学制度等内容纳入研究视野，既明晰文学思想史的内涵与边界，也体现文学思想史的整体性。在结构上，将文学思潮与文学运动，

---

[1]　勒内·韦勒克，奥斯汀·沃伦. 文学理论 [M]. 北京：文化艺术出版社，2010.

文学思想和人生体验，艺术思潮与审美风尚，文学创作与理论批评结合起来，切近文学历史的真实面貌，呈现文学思想的丰富性。在时空性上，应涵盖自清末以降的近百年文学思想之变迁，以大陆文学为主体，同时包括港澳台地区的文学思想。建立以文学制度、观念认知、生命体验及语言文本等要素组成的阐释体系，呈现中国当代文学思想史的独特性和复杂性。就历史阶段而言，它有短时段、长时段和超长时段，每一时段既有新旧杂陈和新陈代谢，也有时代选择和中西汇通。每一个文学思想都处在不断变化之中，不同文学思想此起彼伏、交错更替。有时某一思想成为主流，独领风骚，有时又是多元思想并存。有的思想只是短暂停留，有的则绵延悠长。各种思想之间互相促进、流传和发展，或者互相对立、矛盾和斗争，构成文学思想不断演进的历史进程。文学思想史有思想的发生和转变、集聚与整合、变化和更改，拥有历史的具体化、动态性和变异性。中国当代文学之人道主义和个人主义思想，自由主义和革命主义思想，科学主义和民主主义思想，审美主义和功利主义思想，既有各自独立发展的思想空间，也有相互冲突、并行或融合的历史节点。五四新文学以思想启蒙和白话文体开创了中国文学的新纪元，白话文、个性解放、科学精神和人道主义成为五四新文学思想的追求，到了 20 世纪 30 年代，阶级意识、民族观念和自由主义、审美主义并驾齐驱，革命文学、左翼文学、自由主义和民族主义文学群峰并峙，延续并拓展了新文学发展空间，也同时因政党政治、民族战争和审美价值的不同选择而使文学出现了区域化和板块化，不同区域有不同创作的思想趋向。中国文化和文学受到民族战争的影响，但新文化和新文学运动并没有中断，而是进入一个新的历史阶段。如各种抗日文艺社团的涌现，文艺救亡时代性的凸显，强调文艺的战斗性和民族性，文艺的大众化和传统文艺转化。五四新文学的个人现代性和审美现代性发生了转向，民族国家认同成为抗战文学思想生产和再生产的主要动力，民族国家与个人生活实现新的对话与融合，现代个人的生命意识和国家意识，时间体验和空间观念发生了重叠和交织，形成了抗战时期文学思想的混合性和过渡性特征。

文学思想史是文学的思想和思想的文学的统一，体现了文学思想史的历史化和理念性特征。中国当代文学思想史虽有社会现实的复杂，作家体验的深切以及思想文化的丰富，由此创造了文学思想史的变异和驳杂，也同时存在概念化、空洞化和浅表化等特点。文学思想史研究，不仅需要设身处地地思考作家所处的历史场景，感受他们是如何思想及其如何表达思想，而且意味着一切历史需要联系社会现实才有可能被充分地阐释和真实地理解。我们正处于一个社会转型期，现代思想文化的积累并不充分，文学及其所面对的社会环境和接受方式也处于不断变化之中。中国当代文学思想史研究，既需要面对当前的社会现实环境，又需考虑学科发展前景；既与现代思想及其困境相连，又要注意文学史与思想史的不可分割；既要面对全球化和区域化的文学现实，又要关注中国当代文学思想与古代文学思想的关系。中国文学思想拥有绵延不断的连续性，它在主动变化或被动改变中而不断生长。现代中国的生活、制度、思想和艺术都或多或少受到了西方思想文化的影响，但它们都常常消融于中国文学的历史传统，成为拥有中国特色的文学现实。我们虽不能说文学思想史就是思想的战场，但至少应坚持中国当代文学思想史既是中国文学思想史的延续和丰富，也是中国当代文学史研究的挑战和超越。

四、方法与意义：文学思想史的综合路径

作为"方法"的"文学思想史"研究，主要是指它观察问题的独特视角和作为一种学科知识的基本原则及其策略选择。它关注文学思想的历史语境，文学思想的内涵及其思想修辞，作家思想的独创性及思想风格的变迁。原来林林总总似乎没有头绪、彼此夹缠的现象，在文学思想史这里，都将由某种具有结构性的"思想框架"和反思性的"思想逻辑"所整合，成为"历史性"和"有机性"的知识体系。讨论中国当代文学思想史，可按照历史与影响、结构和机制的综合思路进行。一是探究不同历史阶段文学思想的主要内容，包括不同历史阶段所呈现出芜杂纷呈的文学思想面貌，以及复杂多元的思想特质。二是描述不同阶段文学思想的历史轨迹。伴随现代政治和社会变革的介入，作家的美学追求和理论批评的选择，不同历史时期的文学思想有着不同的存在状态和走向。三是考察不同历史阶段文学思想的生成机制。中国当代文学思想的生成机制和生产主体有别于古代文学和西方文学，它是文学思想与社会思想，作家与社会实现互动的中介性力量，是社会对文学思想发生作用的平台和路径，是创造和生成文学思想的主体性结构。四是阐释不同历史阶段文学思想的历史意义。不同历史阶段的文学思想既有连贯性，也有相对的独立性，它如同大树之根，吸取

思想养分，扎入社会土壤，但又盘根错节。它不是空穴来风，同时承续过往，如同竹之节，变化与承续都同时存在。最终主要解决三个问题：一是中国当代文学思想的总体和个性特征。中国当代文学思想的总体走向是在实现文学与现代社会和民族国家的互动融合的同时又不失去文学的独立身份，它有思想和文学的共名，也有审美性和个人性的专名。这些都需要加以仔细辨析和考察。二是中国当代文学思想的历史生成及演进。文学思想的生成有制度性、社会性因素，有作家的观念认知和思维方式，还有作家个人的人生经历、生命体验、精神特质及心理状态，它们都或多或少影响文学思想的形成，直至借助文学创作来建构文学思想。文学思想是审美化的思想，是语言化的思想，也是社会组织、社会思潮、理论话语等共同建构的思想。三是中国现当代思想的独特性与复杂性。不同历史阶段的文学思想都存在不断吸收、借鉴、创化的过程，它是文学与社会互通的桥梁，也是文学思想和社会文化的分水岭。

在方法论上，坚持史料中心、思想穿透和文本细读相统一，注重文学体制、观念认知、生命体验、语言文本的生成结构及其历史推进，注重文学的"思想—观念—思潮—语言"的整合和消融。以"文学体制—观念认知—生命体验—文本形式"作为文学思想的阐释框架。首先，从文学体制分析文学思想生成发展的制度性语境，包括时代背景、文学机构、思想渊源、理论前提等，呈现不同时代文学思想与其社会思潮、政治思想和文化思潮之间的关系。其次，从文学思想内在结构讨论其思想观念、思维方式和精神底色等。再次，将作家批评家的生命认知、生存体验、生活情致、文化心态和精神追求等纳入文学思想考察视野。最后，阐释代表性作家及作品思想，呈现其如何与文学批评和文学观念发生共振、感应和冲突，乃至分裂和异变。由此区别于以往的文学思想史研究，成为纵横交错的文学思想史。

文学史的叙述方式多种多样，有以文学思潮和文学运动为中心，有以作家作品为中心，也有以文学文体为中心，还有历史编年体，等等。文学思想史也是文学史叙述之一种，它不仅关注文学思潮，也关注文学思想，尤其关注作家作品和批评理论；它不仅需要清晰而完整地描述文学思想的历史及其价值，也要考察作家作品和理论批评与外部社会各方面因素的互动关系；既对作家作品加以细密感受和解读，又对文学现象进行社会历史的批评和阐释。中国当代文学思想史与古代文学思想史有相通之处，在研究方法上可以相互借鉴，如求真求实与历史还原、理论批评与创作实践的结合、文学体悟与回归本位等方法，具有某种普遍的有效性。但中国当代文学思想史也有它特殊的地方，如文学思潮、文学批评和文学创作的关系特别紧密，文学思潮不断引领文学创作，文学批评也参与指导作家实践，时常出现先有理论主张后有创作实践的情形，文学思潮的作用尤为突出和鲜明。文学思潮本身也属于文学史考察内容，如唐宋古文运动、明代复古运动，近代的改良主义，但当代文学思潮如五四新文学运动、左翼文艺运动和文艺大众化运动等，却与文学思想直接发生重叠，可作为一个时期文学思想的代表，只是文学思潮更偏重文学整体性，而文学思想不仅有整体性，还有思想的个体、细节和局部。所以，中国当代文学思想史研究的整体概括和理性分析力度应更为强劲和凸显。

中国当代文学思想史，是以文学思想的制度要素，作家主体的观念认知、生命体验，以及语言文本和理论批评而建构的阐释体系，是拥有中国特色的学术体系和话语体系。首先，它拓展了中国当代文学研究领域，扩大了研究理论和方法视野。从文学思想史角度，重新审视文学现象、形态与规律，其意义远不止于文学对象的扩大，而是丰富了中国当代文学研究视野、理论与方法，为其注入了新的思路与活力。文学史，只有当其还原为时空并置而交融的思想图景时，才有可能充分重现其相对完整的总体风貌，因此，文学思想史就是对文学思潮、文学批评、文学观念研究的拓展与深化。其次，它力争还原中国当代文学思想的丰富性与独特性。文学思想史是对中国文学进行的"思想还原"和"生产复原"。文学思想是一个具体鲜活、丰富多彩的文学世界，拥有丰富的文学思想"场域"与"过程"，它与社会经济、政治、文化存在十分紧密的关系，也与作家作品有着内在关联。文学思想的生产与流变，是立体而多元的，是个人与社会、传统与现代、理性与感受相互交融的文学世界，这也就是文学思想史研究的精髓所在。最后，它有助于推动中国当代文学与古代文学和其他学科的互动，建构中国当代文学研究新方向。中国当代文学就其性质而言是中国现代社会的文学，它是在中国现代社会的广泛联系中发生和发展的文学，它的存在和影响与整个现代社会的方方面面都有着十分紧密的关系，包括与现代个人、民族、阶级和国家的普遍联系。中国当代文学不同于西方文学和中国古代文学，不仅是在内容和形式上所显示的现代性和本土性，而且在于它与中国现当代社会思想和作家思想所建立的内在联系。由此，中国当代文学思想史需要借鉴或整合其他学科知识，重建"文学与思想""形式与内容"的思想意义，推动中国当代文学思潮、语言文体和理论批评的整合与互动，为中国当代文学学科及研究提供更加坚实的学术支撑。

第三节　中国当代文学的研究现状

将现代文学和当代文学进行结合，统称为中国当代文学。在一般情况下，现代文学指的是从五四运动到 1949 年之间的文学，当代文学指的是 1949 年以后的文学。伴随着越来越多人对当代文学的兴趣和学者们坚持不懈的努力研究，当代文学也得以更加细致和全方位地展现，相对应的是不断提升的学科地位。但是面临着现代化社会信息爆炸的现状，迅猛发展的通信技术和网络技术，网络文化和外来文化的侵略，使得当代文学偏离了其原来的发展路线，产生了一些负面影响，渐渐暴露出来的大部分问题，对当代文学的发展和生存起到了严重的阻碍。

中国，作为四大文明古国之一，拥有着五千年的文明史，文学在历史岁月中扮演着不可或缺的角色，在时代的发展过程当中，文学也进行着自身的改变和进步，在接近 70 年的发展、努力和探究之下，当代文学的发展情况获得了不错的成绩。

一、中国当代文学概述和发展过程

（一）中国当代文学概述

分析中国当代文学发生的时间点，它们随着中国社会的变革而产生，而中国社会变革的实质是从农耕文明转向工业文明，从农业社会转型为工业社会，也就是我们说的现代化历程。

（二）中国当代文学发展过程

在中国现代文化的视角来看，中国当代文学的发展过程经历了三个阶段：三个十年。第一个十年指的是文学革命时期，从 1917 年到 1927 年，创造社和文学研究会是该时期最为重要的两个文学社团，文学作家的代表人物是郭沫若和鲁迅。第二个十年是革命文学的十年，指的是 1928 年到 1937 年 6 月。这一阶段的代表作家是巴金、曹禺和老舍等自由主义作家或左翼作家,而伴随着茅盾的作品《子夜》的发表,文学的形式也进行了创新。第三个十年指的是抗战时期,从 1937 年 7 月至 1949 年 9 月,鲜明的时代特点被注入了该时期的文学作品当中,将社会背景通过文学作品反映出来,在这其中,国统区最为优秀的作家是钱锺书和张爱玲,而解放区最为优秀的作家以赵树理为代表。

二、中国当代文学发展的现状

（一）商业化的文学创作

在现代社会,市场化的发展在不同程度上影响和侵蚀了当代文学创作者的文学创作,推动了当代文学的巨大变化,朝着文学功利化的方向发展,文学成了谋取利益的工具,成了名利的附属品。在市场经济迅猛发展的刺激下,"纯文学"逐渐消失,伴随着大众文化在网络等传媒方式大肆发展,导致严肃文学的文学地位受到"俗文学"的挑战。文学在这一过程中逐渐失去了启蒙、审美甚至教化功能,被逐渐放大的仅仅是文学的娱乐功能,抑制了文学作品中历史使命感和社会责任感。严肃文学逐渐地被边缘化,仅仅被一部分的精英分子所接纳。伴随着文学的功利化,越来越多的作家进入了市场和名利的竞争当中,他们希望各种奖项都可以通过自己的文学作品而获得,想让自己在文学界中的地位越来越高,更加希望市场被自己所创作的文学作品进行主导,并且从中赚取大量的财富,文学创作根据市场需要来进行,庸俗化、名利化和市场化占据了文学创作过程,扭曲了原本正常的文学创作状态。

（二）缺少自我审视精神

对于"自我"的认真反思和审视,是文学研究和批评过程中不可缺少的方式,我们传统文化的延续指的是"自我"。中国当代文学的根基应该是以中国传统文化为基础,当代文学创作的营养应该从博大精深、源远流长的中华文化中汲取。在我国历史发展过程中的一些特殊阶段,自我的反思和审视被我们忽略甚至放弃,文学的发展自由散漫。因此,当代人深刻的心理没有从中国当代文学作品中体现出来,缺少自我审视精神是文学极端化的表现。

（三）缺乏创新研究

通过分析人们现在的生活情况可知，人们的生活被都市文化和网络文化填满，社会发展阶段非常迅猛且日新月异，在这个阶段，发展较快的是纯文学和先锋文学，并且成为目前文学领域方面研究方向和热点。举例来说，底层写作、革命小说和乡土文学。与此同时，在时代发展特征的影响之下，深刻的变化也在文学研究方面发生，造成了研究领域和形式的便捷化，导致功利性占据了文学领域的研究。在目前的时代社会环境中，我国大多数学者都在积极努力地对当代文学发展进行研究，这种当代文学研究热度的提高，虽然将文学研究领域进行了拓展，人们的文学视野和文学角度得到了增强，但完全没有体现出当代文学的研究意义，并且将当代文学的实用价值和社会价值进行了缩减，造成了降低研究深度的后果，在大家忽略了社会价值和使用价值的研究之下，文学创新研究更是迟缓，学术研究的负担过重的现象层出不穷。

三、中国当代文学发展方向

（一）民族化的文学模式

在当前全新的社会发展阶段，要将中国当代文学作品回归传统，就必须发展民族化的文学模式，与中国文学发展规律进行相符合。就目前的情况来看，虽然西方文学在一定程度上影响了中国当代文学作品，但是民族文化还没有被一些当代文学作者忽略。举例来说，当代文学当中，部分作者创作的白话诗歌，它们的来源多是描述民间的真实生活，或者是一些关于民间生活的歌谣，将民间的这一生活群体进行了细致的刻画，表现出了当代文学作品中民族化精神的体现。与此同时，当代文学创作者们对于中国传统文化进行弘扬的心理，也在民族文化的描写和中华民间产物的汲取过程当中体现出来，积极地推动了中华传统文化的发展、在中国当代文学创作的过程当中，对于外来文学的借鉴必不可少，但是中国传统的特色也要在创作过程当中得以体现，中国当代文学创作的基石是传统文化和民间精神，这样，中国当代文学的深层次发展才会得到保障和促进。

（二）世界化的文学模式

将创作当代文学的时代背景作为出发点，在今后的发展过程当中，"西方化"的观点要从中国当代文学当中进行剔除,文学发展的模式要走向世界化。作为一种精神上的文化承载体,文学在任何国家、任何时代,它的发展应该能够将人类的精神内涵和审美情趣进行反映,而不是将人的价值观进行否定或者是从中获利。文学没有国家的界限,也没有阶级的区别,所以,在今后中国当代文学的发展过程当中,一种世界性的交流模式亟须被建立,只有这样,每个国家之间的文学和文化交流才能够得以保持,我国当代文学的稳定和健康发展才会更好地促进。值得注意的是,在此过程中,中国当代文学的创作者和研究者要明辨是非,在世界文化交流中发扬长处避免缺点,头脑要时刻保持清醒,不是将创作动力基于西方文化,也不是固执地发展传统文化,而是要将一种具有特殊文化内涵和创新动力的新文学精神进行建立,积极健康的文学精神是具有创新性的,看待世界文学要用整体的眼光,才会促进中国当代文学的发展。

(三)人性化的文学模式

通过研究中国当代文学作品发展史可以得知,中国的文学创作者在挖掘人性本质特征的时候,会按照自己的思想和方式,也会树立起一些人性的鲜活的人物形象。对于文学创作者来说,发展人性化的文学模式,要有以下三个步骤:第一,中国当代作家不能忽视重读经典的文学作品,只有将经典进行重读,才能将新文化达到更好的衔接,才能更好地传承我国民族文化。第二,要持续扩大中国当代文学的学术氛围,在扩大的过程当中,还要持续地深入研究传统的古诗词和戏曲,将传统文化的生命力进行深刻的体会和感悟。与此同时,还要重视社会变革或转型期的市民文学,将它的文学特性和社会效应进行认真分析,使文学发展的平衡可以得到保持。第三,中国当代文学作品缺少的是感动人心的语言,面对这种现状,中国当代文学作家一定不能将自己的意识进行禁锢,要在自己的实际生活中将生命的意义进行寻找,将自己对人生的感悟和社会发展过程,用独一无二的方式进行重绘或记录。发展人性化的文学模式,使中国当代文学发展有一个明确的方向。

根据以上对中国当代文学的现状分析和概述,笔者提出以下几点建议:第一,作家在进行文学创作时,应该将自身作为出发点,重视选择语言表达方式,不能忽略文字的运用,创造出具有积极作用的文学作品。第二,在当代文学的范畴内,需要更能体现时代性的文学作品,文学创作者要把这个目标谨记心中,作为自己文学创作的动力。第三,商业化是社会发展的必然趋势，但是文学创作不能完全地受制于商业化，文学创作者要放大对社会的责任感，积极发展民族化的文学模式、世界化的文学模式和人性化的文学模式，避免文学的功利化，使自身的影响力得到提高，文学创作要伴随着积极的心态，文学的创作者们要切实地体会到，自身对生活的感悟和文化积累影响自己的文学作品的优秀程度，自己的文学作品不是名利场上的筹码。生活需要用心感悟，作品需要用心创作，中国当代文学未来创作方向由这样的文学作品决定。

第四节 "中国当代文学"何来何往

"中国当代文学"经过百余年的发展，在走向成熟的同时，也于潜移默化中形成了一个封闭的关卡，上断绝于传统，外隔膜于西方，普通大众进不来，研究学者出不去。想要摆脱这种局面，就要"出关"。只有"向上"打通古今，挖掘当代文学与历史传统间的血肉联系，"向下"突破边界，将其纳入世界文学的范畴之内，才是"中国当代文学"的生存之道。

鲁迅在《出关》中借老子西出函谷，关令尹强求讲学，影射了传统文化所面临的生存困境。而所谓"关"，其本义是"门闩"，后引申为"界限"，阻断往来，分割内外。

一、何为"中国"，何为"现代"

想要探寻"中国当代文学"的生存之道，首先得明确何为"中国"，何又为"现代"。

所谓"中国现代文学"的"中国"，其外延实际是发展变化着的。在20世纪50—70年代，"中国"一词仅仅指代中国大陆地区，也正是因为政治的界定和区域的划分，导致一大批优秀的文学作品被遗漏在外。改革开放之后，港澳台文学才被重新纳入研究范围内，"台湾文学""香港文学"兴起，白先勇、钟理和、金庸、李碧华等作家纷纷跃入人们的研究视野，掀起一阵狂烈的"文化热"。而到了21世纪初期，文学间的壁垒被逐渐打破，人们开始从世界范围内探究中国文学，"华语语系文学"开始成为新的关注焦点。从过去的"海外文学""华侨文学""世界华人文学"的说法，到现在流行的"华语语系文学"，这实际上反映了文学地理与政治地理间紧密关系的松动，而所谓"中国现代文学"的"中国"，其范围和边界则也在慢慢地模糊与扩大。

其次，何为"中国现代文学"的"现代"呢？其实早在民国时期，人们通常使用"新文学"而非"现代文学"这一概念。所谓"新"自然是与"旧"相对立。因而早在成立之初，中国现代文学便为了争取自己的生存权益与合法地位，以和旧文学毅然决裂的姿态登上历史舞台。到了1940年，毛泽东在《新民主主义论》中对古代、近代、现代有了明确的划分之后，"现代"一词则作为严格的时间概念被固定下来。直到"文革"结束，民众开始反思历史，现代文学的起源问题重新得到广泛关注。人们开始普遍接受"文学现代化"的说法，它将"现代"从简单的时间概念中抽离出来，而追求内容和形式上的现代意义。一些研究者逐渐注意到被忽略的旧体诗词和通俗文学，在这种情况下，"五四"的起源位置也开始变得岌岌可危。

二、何往：突破文学视域，扩大研究边界

在向"上"挖掘现代文学的起源之后，更要向"下"探寻当代文学将要何去何从。究竟"关"在何处？该如何"出关"？出关之后又将奔往何方？

首先，从研究对象来看，"当代文学"若要"出关"，就要突破既成体例，打破文体盲区，重新审视边缘性的写作样式。

长久以来，当代文学的研究对象都被牢牢禁锢于诗歌、小说、散文、戏曲之中，凡隶属此四种之外，皆不在研究之列。而其中，又以小说、戏曲最为兴盛，诗歌、散文则是相对寂寞的。事实上，散文作为传统体例在现代的延续，其本身就有包罗万象的文学蕴涵。

其一，从定义上来看，散文的界限本身就是开放的，除了传统意义上的美文、杂文、小品文之外，书话、札记等都应在散文之列。对此，吴调公就曾指出："以先秦诸子和史传为渊源的作品，一般可以说是属于正统一类的散文。在正统散文以外，还有一种出于'杂书'的散文，即所谓笔记散文。"[1]因而散文的外延是丰富而多元的。然而当下，我们多仅仅强调散文的抒情性和叙事性，导致一大批优秀的作品被拒之门外。其二，以"书话"自身来看，其本身具备着极强的文化性与审美性。书话以谈书为主要内容，

[1]　吴调公. 文学概论 [M]. 南京师范学院函授科，1957.

而书籍的浩如烟海就注定了书话承载量的广博，理应得到我们应有的重视。

除此之外，从研究主体来看，"当代文学"想要出关，也需要文学研究者从醉心学术变为关怀普及社会，从学院化的知识分子变为公共性的知识分子。

当前"中国当代文学"这一概念，已从应被普遍大众共同阅读的文学样式，逐渐演变为一种封闭的学科体系。而从研究主体来看，在严格的学科分工和考核制度下，一大批人文学者们逐渐退出公共空间，进入专业领域，成为学院化的知识分子。"在其内部，原先统一的知识场域被分割成一个个细微的蜂窝状专业领地，不同学科之间的知识则不再有共同的语言、共同的论域和共同的知识旨趣。在其外部，由于专业知识分子改变了写作姿态，面向学院，背对观众，他们与公共读者的有机联系因此也断裂了，重新成为一个封闭的、孤芳自赏的阶层。"[1] 在这种情况下，当代文学逐渐成为一门封闭学科，普通大众并不涉足其中。因此，当代文学想要发展，也需要这些研究主体的"出关"，使得"当代文学"不再作为一种精英文化，而是被普遍大众所阅读和接受。当前，已有一些电视节目注意到传统文化里的极大空间，将新兴媒体与传统文化相结合，如《中国成语大会》《中国诗词大会》等，这无疑是让当代文学走下神坛，面对大众的一个好方法。但同时需要注意的是，人文学者可以介入社会生活，谈论公共话题，但绝不能打着专家的旗号在不熟悉的领域瞽言妄举。

因而当代文学的"出关"，需要多方面的齐头并举。而"出关"之后，它也将被纳入世界文学的范畴内进行重新审视，只有在更广阔范围内的多次沉淀，才能让中国当代文学走得长远。

老子门生认为，老子得道升天，成了我们口中的太上老君。而章太炎则指出老子西出函谷后，去了秦地，那儿没有儒生，能逃避迫害。无论是去了秦地，还是羽化成仙，老子出关后最终都有了一个较为圆满的结局。而今，"中国当代文学"也正面临着一系列的生存困境，"出关"迫在眉睫。所谓"出关"，既得纵看历史，打通古今，认祖归宗，寻其根底，挖掘当代文学与历史传统间的血肉联系；也要在横的方面突破现有的文学视域，将其纳入世界文学的体系之内。在纵横两面的多方拓展，才是"中国当代文学"的生存根基。

---

[1] 许纪霖.公共性与公共知识分子 [M].南京：江苏人民出版社，2003.

第五节 中国当代文学的人文精神

中国当代文学作品中，很多都深刻展示了时代变化、刻画了人们不同时代的价值追求，弘扬了强烈的生命意识，体现了对人性的客观审视和拷问。进入21世纪以来，社会经济发展速度不断加快，但是社会文化发展并没有得到同步升华。人文精神教育上存在很多不尽如人意之处。本节围绕着人文精神教育的内容进行研究，针对目前大学生人文精神缺失方面的现象和原因，提出了利用中国当代文学，深入推进人文精神教育的途径和方法。

进入21世纪后，中国高速发展获得了世界各国的瞩目。国家和社会发展遇到了良好契机，但是社会群体，人类个体的人文精神、文化精神缺失等问题也日渐凸显。在金钱至上、速食文化等肤浅文化的影响下，人们的价值观变得日益实用、功利，道德感的下降导致很多人丧失了精神和信仰，国民整体人文素质和人文精神迫切需要得到改善。人文精神是影响社会文明、发展进步等的重要因素。从概念上看，人文精神主要表现为对个体的价值、尊严等的认可、关怀和维护，对人类长久发展中形成的各种文化精神、文化现象的高度重视，对人类理想、人格的肯定和追求。在20世纪末期90年代，国内的很多学者就发起过对价值失范、信仰危机、道德失衡等社会现象的思考和研究，提出重建人文精神高地，推动国家获得更为长久和持续的精神发展动力。高等院校是为国家发展培养人才的重要基地，在开展知识文化教学中，还要承担起弘扬人文精神的重任，致力于促进大学生不断提高人文精神，促进国家社会文明和谐发展。

一、人文精神相关概念综述

人文精神一词是来源于西方的翻译语言，最初翻译为"人文主义、人道主义、人本精神"等。人文精神的概念有狭义和广义上两种。从狭义范畴上看，人文精神代表的是文艺复兴时期提出的思想，即以人为中心的人文主义，其最大的创新之处在于改变了过去以神为中心的概念，倡导发扬不同人个体的个性，鼓励人人都追求自由平等，追求现实生活的幸福。从广义上看，人文精神代表的是一种文化传统。这种文化传统来源于古希腊的哲学研究，是体现人类精神世界的内容，如人性、理性、超越性等。其中人性倡导的是人道主义精神，突出了对不同个人的尊重和关怀。理性倡导的是科学研究精神，鼓励人类以思考来探索、寻求真理。超越性主要体现在宗教层面上，激发人们对生命的热爱，对生命意义的追求。人文精神经过长期的发展，目前学术界对其的概念比较一致，认为人文精神就是对人类自我的、普遍性的关怀，是对个体的价值、尊严等的认可、关怀和维护，对人类长久发展中形成的各种文化精神、文化现象的高度重视，是对人类理想人格的肯定和追求。

对人文精神的认识和理解中，一定要明白人文精神体现的是特定时代背景下，人类群体的价值观和人生观，有着很深的时代精神烙印。不同的时代下的人文精神内容都会有不同的变化。但是不同时代的人文精神也有着共性特点，那就是主要体现着人类对精神世界的追求，而不仅仅只在意外界的物质。中国当现代社会中，人文精神为国家社会精神层面的发展、文化的进步提供了有力支持，为形成国民正确的价值观指出了方向。现在学术界普遍认为，人文精神是衡量一个地区文明发展程度的重要指标，是代表区域内个人人文修养的标尺。因此，加强人文精神教育是一项需要高度关注的研究课题。

二、大学生人文精神缺失的表现

一是功利社会导致实用主义、物质主义抬头。我国改革开放以来，社会经济发展进入转型期，商品经济社会背景下，物质至上、实用主义、功利意识等价值观念冲击着人们的思想，也不可避免地影响到大学生群体的思想价值观。特别是随着大学扩招之后，教育进入市场经济中，成为一种产业。很多大学在课程设置上，不可避免地从学校的生存需要出发，为吸引生源而开设一些社会上就业前景好的热门专业，如管理学、财会学、计算机等应用型专业，而文学、数学等基础类、人文类学科慢慢处于边缘化，不再受到重视和欢迎。急功近利思想下，大学生更关注于是否取得了计算机等级、英语等级等资格证书，而不再重视是否对中国传统文化的学习，对当现代文学也不再有热情。甚至有的学生只关注学分，并不在意学习的课程内容，只要能帮助获得毕业证书就可。这种以实用为导向的价值观念，造成了社会上人文精神的失落。

二是我国现有的教育体系造成了对人文精神的不重视。我国目前从小学到大学采用的都是应试型教育，是以考试成绩作为评价学生水平的标准。没有好成绩，上不了好学校；上不了好学校，在就业时就进不了好单位。这种价值导向下，导致大学教育对人文精神培养的弱化。加上大学生群体主要是80后的独生子女，从小在家庭的呵护中长大，是温室中的花朵，在大学之前，基本从来没有体会过社会的冷暖和现实。进入大学后，对独立生活和学习准备不足，面对一些挫折和困难，价值观发生了扭曲。没有强烈的公平意识、是非观念，也没有对信仰和精神的敬畏。这些因素影响下，大学生很容易迷失自我，丧失批评精神和质疑精神，沦为社会化的功利者。

三是大学生人文精神的缺失，给国家社会的发展埋下了隐患。大学生是国家未来发展的希望，是国家繁荣进步的后备军。如果大学生群体迷失在商业社会中，丧失了人文精神，带来的不仅仅是个人信仰的缺失，最终将导致中华民族的价值失范，带来全体国民的信仰危机，让整个社会体系变得更为庸俗化、利益化。高等院校作为国家高素质人才培养的基地，不仅要培养具有良好知识水平、技能水准的人才，更要培养具有良好精神境界和价值观念的人才。但是现有大学教学模式并没有营造良好的人文精神培养环境。很多大学的教学方法还是在采用传统的填鸭式、单向式，机械化传授知识的方式。学生在学习中的主体地位不突出。特别是人文学科的教学中，政治说教意味过重，对人文精神内涵的挖掘不足。经常出现教师在课堂上滔滔不绝，而学生一头雾水、毫无兴趣听，在课堂上注意力不集中或者根本没有听课的现象。人文精神的教学需要深厚的人文知识功底，更需要教师具有良好的文化素养和自我体验感受。这样才能带领大学生进入人文精神的精神课堂。人文学科的教学中，如何营造轻松的课堂环境，带领学生进入精神世界的殿堂，是教师们日常教学中的短板。

三、中国当代文学在人文精神教育中的独特作用

人文学科在人文精神教育中有着无法替代的学科优势。中国当现代文学虽然不如中国古典文学作品有着深厚的积累，也没有外国文学的哲学功底，但是这些作品真实反映了中国人在20世纪发展中的生活和情感，反映的是作者对当现代生活的阐述、反思和解构，体现了中国人的生活、情感

等精神世界的审美和态度。中国当现代文学的人文精神内涵主要体现在以下方面：一是体现了"立人"思想，如鲁迅在五四时期的作品里，就强烈而深刻地反思了对国民性的改造问题，提出了"立人"思想。二是体现了对个人的关注和重视。其中的代表作有周作人作品中对人的文学的关注；冰心对自然、母爱和童心、爱的关注；朱自清在很多作品中体现的对人格健全的教育思想等。三是体现了对人性光辉的赞美。如沈从文的湘西世界，林语堂的系列散文、莫言的众多文学作品等，都从不同的侧面和角度，表达了对不同时代下市井小人物身上散发的人性光辉的赞美。

利用当现代文学作品开展人文精神教育，更容易让学生获得思想和精神上的共鸣。虽然学生没有经历过这些时代，但是身边的家人、长辈或多或少都会带来一些影响。教师在进行人文精神教育中，要注重发挥出中国当现代文学的特点，引导学生和作品在精神层面进行深入交流、共鸣。让大学生在作品中感受不同人生体验，激发精神升华，把作品主人公的优秀品格，转化为个人的精神认同和追求。

四、中国当代文学中开展人文精神教育的教学建议

在教学理念上，要采用更容易被学生接受的方式来进行教学，帮助学生深入掌握中国当代文学作品的文化知识和内涵。如教师可以在进行教学之前，对作品的时代背景进行讲解，帮助学生理解作品中人文精神的时代特点。要引导学生对作品中的人文知识进行积累和掌握。在对中国当现代社会的思想、价值、情感、观念、生活、工作等进行全面了解的基础上，更深入地理解作品中人文精神的起源和发展，对当时的时代的作用，以及对现代的启示。

在教学内容上，要注重引导学生理解作品的人文精神，认识到生命的可贵，尊重个体的生命尊严，保持乐观向上的心态对待生活、对待生命。当现代作品中，有很多作品都洋溢着积极向上的精神状态。如作家史铁生，面对突然变故带来的身体残缺，现身说法地在作品中体现了不回避、不逃避的人生态度，用手中的笔写下了自己向困境发起挑战、努力拼搏的过程。在他的作品中，学生能学会如何面对挫折、面对人生的起伏和不如意；学会在困难和挑战面前，始终保持为人处世的初心和原则，在对生命的尊重中，理解自己存在的意义和价值。

在教学方法上，教师要利用现代的多媒体教学手段，丰富教学的形式，让学生能和作品产生深度共情。比如，可以播放一些当现代作品改编的电影、电视剧，在观看中，阐释哪些是编者的情境再现，哪些是作者的观点表达。通过视频和录音等，让学生对过去的时代有更加全面和直观的感受，从而产生比较真实的对比。教师可以安排学生撰写一些影视作业和文学作品的心得体会，让学生学习利用文字梳理个人的思想认识和感受，从而对人文精神有更深入的领会。

中国当现代文学作品中蕴含的强烈人文精神，在当今大学生的人文精神培养中具有独特和重要的作用。人文学科的教师要注重深入挖掘当现代文学作品的精神内涵，让这些作品成为大学生的精神养料，为国家培养更多具有良好人文精神的优秀人才。

第六节　中国当代文学在东欧的传播

中国当代文学在东欧的译介和传播有过两次热潮，一次是与新中国建交伊始的20世纪50年代，另一次则是进入21世纪以来至今。其间也经历过两次低谷，一是20世纪60年代中期开始东欧与中国关系的疏远，二是1989年东欧剧变后的数年间。总体而言，中国与东欧国家之间的文学关系与国际政治形势、国家外交关系及国家综合实力的提升密切相关，同时受源语国生产环境和译语国接受环境的双重制约。

东欧是冷战时期形成的具有特定政治地理内涵的概念，广义上是苏联及战后建立的东欧人民民主国家的统称，狭义上则是指捷克斯洛伐克、波兰、匈牙利、罗马尼亚、南斯拉夫、保加利亚和阿尔巴尼亚等受苏联扶植的原社会主义国家。它起源于1945年的雅尔塔协定（Yalta Agreement），并在1955年共同签署了《华沙条约》（*Warsaw Treaty*），冷战时期与以美国为首的西方资本主义阵营对峙多年。

近代以来，东欧各国在地缘政治、历史际遇和文化传统等方面都有着相似性，中国对东欧国家的较早认知，也是将其作为一个整体来看待的。东欧诸国作为弱小民族国家长期遭受周边列强的欺凌和宰制，与晚清之后的中国有着相似的命运。文学文化意义上的东欧与国际政治范畴的东欧七国基本一致。东欧文学首先引起周氏兄弟的关注，早在1907年鲁迅就在《摩罗诗力说》里论及匈牙利的裴多菲（Sándor Petöfi，1823—1849）和波兰的密茨凯维奇（Adam Mickiewicz，1798—1855）等"立意在反抗，旨归在动作"的摩罗诗人；而《域外小说集》的出版，则开启了东欧文学汉译的滥觞。

20 世纪三四十年代是东欧汉学的初创期。"一战"后波兰、捷克等东欧国家摆脱了沙皇、奥匈帝国的统治，开始独立新中国成立。普遍在二三十年代与中华民国建立外交关系，如民国政府分别在 1929 年和 1930 年与波兰和捷克斯洛伐克签订了友好通商条约。

"捷克的汉学研究史是从建立捷克斯洛伐克共和国时才开始的，就是说在第一次世界大战结束后，1918 年。1927 年在首批命名的 34 位东方研究所的研究员中，非常遗憾，连一个汉学家都没有。"普实克（Jaroslav Průšek，1906—1980）当时还只是一名大学生。1937 年布拉格人民文化出版社出版了普实克翻译成捷克语的《呐喊》，鲁迅欣然为之作序。捷克斯洛伐克汉学真正起步是在"二战"结束以后，1947 年查理大学开设东方研究所，在捷克斯洛伐克科学院 1952 年成立后划归科学院，普实克是布拉格汉学学派的奠基人。

在波兰，1933 年雅沃尔斯基（Jan Jaworski，1903—1945）建立东方学院汉语教研室。"二战"后夏伯龙（Witold Jablonski，1901—1957）重建汉学系，并于 1948 年翻译了老舍的长篇小说《赵子曰》。20 世纪上半叶林语堂的作品在匈牙利曾一度风靡，《吾国与吾民》《京华烟云》《风声鹤唳》《讽颂集》《啼笑皆非》都被翻译成匈牙利语，"《生活的艺术》在 1939—1947 年间甚至出过 9 版"。在保加利亚，1934 年翻译出版的萧三诗歌《我们的命运是这样的》，"完美地契合了 20 世纪 30 年代的左派文学潮流并且扩充了它的国际化概念；而林语堂的小说创作与这一时期保加利亚的小说发展也有相似之处"。林语堂的《京华烟云》1942 年翻译出版了第一卷，1943 年出版第二、三卷。1946 年保加利亚翻译出版了老舍的《骆驼祥子》。罗马尼亚现代意义上的汉学研究是在 1949 年中罗建交之后开展的，根据两国签署的文化合作协议，1956 年布加勒斯特大学开设汉语专业。南斯拉夫和阿尔巴尼亚的汉学研究也是从 20 世纪下半叶开始的。

20 世纪 50 年代，中国与东欧同属新生的社会主义阵营，交往密切，译介频繁；20 世纪 60 年代中期之后由于中苏关系的恶化以及中国"文革"的爆发等原因，中国与东欧国家的文学交流遭遇寒流，1989 年东欧剧变后各国纷纷开始政治经济的全面转型，一时无暇顾及文化交流；进入 21 世纪以来，由于中国经济的迅速腾飞和文化影响力的大幅提升促使译介再度复兴繁荣。因此，下文拟从 20 世纪 50 年代、20 世纪 60 年代中期到 90 年代东欧剧变、进入 21 世纪以来这三个时间段，来全面考察和系统梳理东欧对中国当代文学的翻译和接受状况。

一、20 世纪 50 年代的繁荣

鲁迅先生曾说，"各种文学，都是应环境而产生的，推崇文艺的人，虽喜欢说文艺足以煽起风波来，但在事实上，却是政治先行，文艺后变"。20 世纪东欧国家对华的政治与文化关系，亦可作如是观。"一方面受到不同时期国家之间的政治关系的直接影响，另一方面也脱离不开各国战后的体制、意识形态话语、文化建设的基本方向，包括原有的东方学基础和传统，对中国文化的接受能力等因素。"[1] 东欧是最早与新中国建交的一批国家，受当时良好政治关系的影响，掀起译介和研究中国现代文学的热潮。

捷克斯洛伐克 1945 年 5 月解放，1949 年 10 月 6 日与中国建交。鲁迅的作品被翻译到捷克斯洛伐克的有：1951 年《呐喊·野草》，1952 年《白光》（内收《孔乙己》等 15 篇），《鲁迅著作集》第一卷即《呐喊》和《野草》，1954 年《鲁迅著作集》第二卷《彷徨》，1956 年第三卷《朝花夕拾·故事新编》，1964 年第四卷《杂文选》，第五卷《书简》。1953 年翻译郭沫若的历史剧《地下的笑声》，1958 年《百花齐放》。茅盾的作品译介有 1950 年《子夜》、1953 年《茅盾选集》、1958 年《子夜》（第二版）、1959 年《腐蚀》。解放区作家里，1950 年翻译了赵树理的《李家庄的变迁》，1952 年译《李有才板话》。丁玲作品译有 1951 年《太阳照在桑干河上》、1955 年《丁玲选集》（内收《莎菲女士的日记》及丁玲的其他小说）。1952 年译草明《原动力》。1952 年译周立波《暴风骤雨》上册，下册 1958 年出版。1953 年译袁静、孔厥《新儿女英雄传》，杜鹏程《在和平的日子里》。1954 年译《毛泽东诗词 18 首》。1955 年译贺敬之、丁毅《白毛女》，陈登科《活人塘》，方志敏《可爱的中国》。此外 1951 年还译有短篇小说集《荷花湾》，内收作家鲁迅、茅盾、赵树理、孙犁、刘白羽、周立波等人作品。研究方面也是如此，如普实克的学生、布拉格汉学学派的重要成员史罗甫（Zbigniew Słupski）专攻老舍，高利克（Jozef Marian Galik）则聚焦茅盾，普实克是欧洲第一个介绍鲁迅

[1]　鲁迅. 鲁迅全集（第 4 卷）[M]. 广州：花城出版社，2021.

和茅盾的汉学家。

波兰共和国 1944 年 7 月成立，1949 年 10 月 7 日同中国建交。20 世纪 50 年代波译中国现代文学里，鲁迅作品有 1951 年《故乡》《鲁迅小说选》，1953 年《鲁迅小说选》再版。郭沫若作品有 1952 年《屈原》，1955 年《郭沫若作品选》。茅盾作品有 1951 年《短篇小说四则》，1956 年《子夜》。老舍作品有 1950 年《赵子曰》再版，1953 年《骆驼祥子及其他》。1954 年译《短篇小说集》（内收鲁迅、茅盾、叶圣陶、巴金、郭沫若、赵树理作品）。解放区作家方面：1950 年译赵树理《李有才板话》，丁玲《太阳照在桑干河上》。1951 年译赵树理《李家庄的变迁》，草明《原动力》。1952 年译贺敬之、丁毅《白毛女》。1953 年译周立波《暴风骤雨》，丁玲《太阳照在桑干河上》再版。1954 年译马烽、西戎《吕梁英雄传》。1959 年译《毛泽东诗词 16 首》。

匈牙利人民共和国 1949 年 8 月成立，1949 年 10 月 6 日与中国建交。翻译过去的鲁迅作品有 1951 年《故乡》（小说集），1953 年《呐喊》《风波》（小说杂文集），1956 年《阿 Q 正传》（小说集），1959 年《故事新编》。郭沫若作品有 1958 年《屈原》。茅盾作品有 1955 年《子夜》《春蚕》。巴金作品有 1957 年《家》，1959 年《长生塔》（童话集）。老舍作品有 1957 年《骆驼祥子》《老舍短篇小说选》（内收《黑白李》和《月牙儿》）。曹禺作品有 1959 年《雷雨》。解放区作家方面，翻译的赵树理作品有 1950 年《李家庄的变迁》，1952 年《小二黑结婚》。丁玲作品有 1950 年《太阳照在桑干河上》。此外还有 1951 年译周立波《暴风骤雨》，邵子南《地雷战》，刘白羽《无敌三勇士》，草明《原动力》。1952 年译马烽、西戎《吕梁英雄传》，欧阳山《高干大》。1954 年译田间《赶车集》，孔厥、袁静《新儿女英雄传》。1958 年译艾芜《山野》。1959 年译《毛泽东诗词 21 首》。在 20 世纪 50 年代，匈牙利还翻译出版了四卷本《毛泽东选集》。

罗马尼亚人民共和国 1947 年 12 月成立，1949 年 10 月 5 日与中国建交。"罗马尼亚对中国文学的译介首先是解放区文学，是那些讴歌革命 / 土改和社会主义建设的作品。在社会主义阵营高歌猛进、领袖和广大人民充满胜利喜悦的革命激情年代，这很自然地成为社会主义国家文化交流的主要内容。"翻译丁玲的作品有 1950 年《太阳照在桑干河上》，1955 年《水》。赵树理作品有 1951 年《传家宝》（内收《传家宝》《李有才板话》《小二黑结婚》《孟祥英翻身》）。此外，还有 1952 年周立波《暴风骤雨》，草明《原动力》。1954 年孔厥、袁静《新英雄儿女传》。1956 年柳青《铜墙铁壁》。1959 年

《毛泽东旧体诗词》。1951 年翻译了《毛泽东文选》，50 年代还先后出版了《毛泽东选集》四卷。翻译鲁迅的作品有 1949 年《祝福》，1951 年《故乡》，1954 年《阿 Q 正传》，1955 年《鲁迅短篇小说集》（内收《阿 Q 正传》等 25 篇），1959 年《鲁迅选集》（小说、散文卷），1962 年《鲁迅选集》（杂文卷）。鲁迅之外的其他现代文学经典作品，多翻译于 50 年代中期以后。如 1955 年译《郭沫若选集》，1958 年译老舍《骆驼祥子及其他短篇》，1958 年译曹禺《雷雨》，1959 年译巴金《长生塔》。

南斯拉夫联邦人民共和国 1945 年 11 月成立，1955 年 1 月 2 日与中国建交。1950 年南斯拉夫翻译了丁玲的《太阳照在桑干河上》和鲁迅短篇集《阿 Q 正传》（收录《阿 Q 正传》《孔乙己》等）。1957 年翻译出版鲁迅短篇集《铸剑及其他》（《狂人日记》《伤逝》等），1958 年译《鲁迅小说集》（《故乡》《药》等）。1959 年译老舍《骆驼祥子》。

保加利亚人民共和国 1946 年 9 月成立，1949 年 10 月与中国建交。除了政治意识形态方面的因素外，保加利亚语与俄语较高的亲缘度也使得翻译更为方便快捷，保加利亚 1949 年就从俄文转译了丁玲的《太阳照在桑干河上》。赵树理的作品被译介的有 1950 年《李家庄的变迁》，1951 年《小二黑结婚》，1957 年《三里湾》。此外还有 1953 年译周立波《暴风骤雨》，袁静、孔厥《新儿女英雄传》，1959 年译杜鹏程《保卫延安》《高玉宝》以及《中国现代诗人作品集》（收有毛泽东、郭沫若、臧克家、田间等人诗作）。现代文学著名作家作品方面：1953 年译鲁迅《呐喊》，茅盾《子夜》。1955 年译鲁迅《幸福的家庭》。1957 年译茅盾《春蚕》。1958 年译《郭沫若文集》。1959 年译《茅盾选集》，老舍《骆驼祥子》。

阿尔巴尼亚人民共和国 1946 年 1 月成立，1949 年 11 月 23 日与中国建交。中国文学从 20 世纪 50 年代开始进入阿尔巴尼亚。1955 年译有《中国中短篇小说集》（收入鲁迅、郭沫若、赵树理、孙犁等人作品）。1957 年译《鲁迅选集》《茅盾选集》。1958 年译《一个英雄的自杀：郭沫若短篇小说和戏剧选》。此外，解放区作家作品译有：1953 年李季《王贵与李香香》，1954 年周立波《暴风骤雨》。

中国大陆形成的"鲁郭茅巴老曹，外加丁玲树理赵"的现代文学史格局，在 20 世纪 50 年代东欧国家对中国现代文学的译介和研究中得到鲜明体现。从作家构成来看，主要是两类作家作品得到译介，一类是鲁迅、郭沫若、茅盾、巴金、老舍等中国现代文学经典作家，一类是丁玲、赵树理等解放区及社会主义现实主义作家。早在第一次全国文代会上，周扬就开始了确立思想文化新秩序的努力，试图通过对新文学方向的阐释和引领来进行新文学大师的筛选与排位。虽然在最初的王瑶《中国新文学史稿》里还未出现"鲁郭茅巴老曹"的专章叙述模式，但其重要性已隐隐浮出历史地表。因此，有定评的作家以及作家在中国现代文学史上的地位和影响是被选择译介的一个重要因素。20 世纪五六十年代东欧对中国现代文学翻译的择取其实与当时中国现代文学界的主流看法极为相似，与我们打造和重塑所谓新文学史经典的努力是同步的。最主要的原因当然还是政治意识形态方面，因为同属社会主义阵营，意识形态方面的考量是必需的，甚至在审美标准上都有着某种共通性。以当时东欧翻译过去的郭沫若历史剧作《屈原》为例，《屈原》塑造的是战国时代楚国政治家及爱国诗人屈原的形象，表现的是其爱国忧民、痛恨黑暗、追求光明以及不屈不挠的抗争精神。这跟长期以来东欧文学翻译上的鲁迅模式是一致的。鲁迅在《摩罗诗力说》里论述摩罗诗人，何尝又没有以他们为民族独立而呼号，争自由、求解放的反抗精神来激励中国之意味？"五四"以来我们译介东欧"被侮辱被损害"的弱小民族国家的文学，苦难、反抗、追求、爱国主义精神和为民族代言的使命感成为汉译东欧文学的永恒主题。而东欧 20 世纪 50 年代对中国现代文学的翻译也与之有相似之处。

翻译对异域文化身份有着巨大的建构力量，而这种建构背后隐藏的却是本土的政治和文化关怀。这一译介取向在解放区作家那里体现得更为明显。"纵观国外中国解放区文学译介的轨迹，在东欧出版的丁玲与赵树理的 20 多种译品中，只有两种是 60 年代出版的，其余均是 50 年代的产物。所以，笔者认为 20 世纪 50 年代是东欧译介中国解放区文学作家作品的最佳期和高峰期。"在当时的冷战语境下，东欧的本土和现实与中国的本土和现实形成某种相似而又相异的参照，双方都自觉不自觉地将对本民族的自我想象投射到对方身上，以他者为镜获得对自身的一种观照，形成某种特殊的镜像关系。如对《白毛女》的译介可以看作借助他者对自身革命合法性的确证，而对赵树理、丁玲等反映土改运动作品的迅速译介，可能也有为捍卫和建设新型社会主义民族国家，将同为社会主义国家的中国的革命与建设的经验作为借鉴的意味。

表面看来，翻译好像仅仅取决于译者和研究者的阐释角度，但实际上，无论是译介工作本身还是译介成果的接受，无不与其自身的社会历史语境和民族文化诉求密切相关。因此，本土文学规范对文学翻译的制约也不容忽视。当时东欧文坛流行的文学思潮与新中国政治意识形态话语和民族国家话语颇为相似，因此这些作品的译介与传播也契合了东欧内在的翻译和接受需求。以波兰为例，历经数年对纳粹德国的抗争，波兰在"二战"后终于顺利新中国成立，作为意识形态重要组成部分的两次世界大战期间的波兰文学也被当作靶子来批判，"战前一切美学上的创新和形形色色的现代主义流派都被否定"。[1]1946 年到 1949 年三年计划恢复期，波兰文坛以现实主义为主潮，"反对形式主义，反对战前的先锋派和西方现代派文学，一大批作家的作品被禁止再版"。由于新意识形态的极力推动，在 20 世纪 50 年代初便产生了一大批"以波兰社会主义建设和国内外阶级斗争为题材的小说"[2]，而"写农村题材的总是围绕着农民参加合作化的小圈子"。[3]当代文学的核心主题，在于维护社会主义国家共通的政治利益，因此当时双方的文学主题是基本一致的。从我国被翻译过去的作品来看，农村土改题材、革命战争题材、工业题材是译介得最多的三大主题。苏联是当时两国革命和建设的共同样板。

在 20 世纪 50 年代初，东欧选择和引进中国现代文学明显受苏联的影响，甚至很大部分作品都是从俄文转译的。丁玲的《太阳照在桑干河上》，贺敬之、丁毅的《白毛女》，周立波的《暴风骤雨》都获得过斯大林文学奖。而在冷战时代，社会主义阵营的斯大林文学奖似乎有着跟西方的诺贝尔文学奖分庭抗争的意味。获奖自然也是作品在社会主义兄弟国家引起更多关注的原因，因此这些作品在东欧各国几乎都有翻译。"二战"后，东欧开始大力推行苏维埃文化，而苏维埃文化的范式便是斯大林的社会主义现实主义。如 1949 年年初波兰召开文学家代表大会，大会报告提出"社会主义现实主义创作方法乃是文学创作的基本原则"，确定苏联的社会主义现实主义为唯一合法的创作指南。在文学史家看来，1942 年毛泽东延安讲话之后的丁玲"似乎已经转向苏联社会主义现实主义小说的中文译本寻求指导了"，《太阳照在桑干河上》这部小说"还打算按照苏联的样子写成'社会主义现实主义'的"[4]。当时苏联的评论家也认为《太阳照在桑干河上》已经达到了社会

---

[1]　张振辉 .20 世纪波兰文学史 [M]. 青岛：青岛出版社，1998.

[2]　张振辉 .20 世纪波兰文学史 [M]. 青岛：青岛出版社，1998.

[3]　张振辉 .20 世纪波兰文学史 [M]. 青岛：青岛出版社，1998.

[4]　毛泽东 . 毛泽东论文学与艺术 [M]. 北京：人民文学出版社，1958.

主义现实主义文学水准，"在美学方面"，"有充分理由可将其列为社会主义现实主义的成就"[1]，社会主义现实主义这一问题，"已由人民民主国家的作家们和资本主义世界保卫世界利益的进步作家们深刻探讨并创造性地解决了"[2]。因此，20世纪50年代，东欧对中国解放区文学译介的特点是强调社会主义话语，突出现实主题，而且译介速度相当快。

二、20世纪60年代中期以来的式微

延续上一阶段，捷克斯洛伐克20世纪60年代初对中国现代文学翻译的重心仍是鲁迅、茅盾、老舍等作家，1960年译鲁迅的《火与花》，1961年译茅盾《林家铺子及其他短篇集》，1963年译《茅盾短篇小说选》，1962年译老舍《骆驼祥子》《老舍短篇小说集》，1960年译郁达夫短篇集《春风沉醉的晚上》，1967年译冰心《繁星、春水》。

1968年，苏军入侵捷克斯洛伐克，捷克斯洛伐克国内形势大变，布拉格汉学学派的研究遂告中断，普实克甚至被禁止进入东方研究所，普实克的弟子们也先后流亡他国，汉学研究直到20世纪90年代才得以恢复。整个20世纪70年代，捷克斯洛伐克没有中国当代文学译本，20世纪80年代也只有两本，一是1980年译老舍的《骆驼祥子》，二是1989年译王蒙等的《春之声》(收入王蒙、冯骥才、谌容等人作品)。以"布拉格之春"为标志，东欧各国内部在对苏联的态度和对华关系上立场开始分化，对中国现代文学的译介和研究，也更强烈地体现出各自的政治和文化主体立场。随着中苏关系的恶化乃至破裂，部分东欧国家与中国的关系开始降温，在20世纪六七十年代仅罗马尼亚和阿尔巴尼亚与中国的关系依旧密切。

20世纪60年代开始波兰与中国的政治关系跌入低谷，文学译介也数量骤减，这种状况一直持续到20世纪80年代。1961年波兰译巴金的《家》，1964年译老舍的《离婚》、1965年译《在大悲寺外》(短篇小说集)，此外还有1967年译艾芜的《南行记》、1961年译徐怀中的《我们播种爱情》。70年代没有译本。80年代也仅3部：1987年译高行健的《车站》、1988年译张贤亮的《绿化树：唯物论者的启示录》、1989年译古华的《芙蓉镇》。其中一个重要变化是曾经为50年代译介重点的"鲁郭茅巴老曹"等现代经典作家以及解放区作家都不再得到青睐，80年代译介的都是"文革"以后

[1] 费德林．前苏联学者论中国现代文学 [M]．宋绍香，译．北京：新华出版社，1994.
[2] 费德林．前苏联学者论中国现代文学 [M]．宋绍香，译．北京：新华出版社，1994.

的中国当代文学。《绿化树》和《芙蓉镇》都是新时期伤痕文学的代表作，涉及"反右""文革"等历次运动给人们带来的深刻创伤。"到了80年代末，波兰文坛便几乎只有一种声音，那就是对战后40年的清算。"[1] 因此，从歌颂到暴露，从廉价的喜剧到深刻的悲剧，伤痕文学这一以悲剧形式来反映社会主义现实的文学思潮，迟至80年代末才引起波兰方面的关注。伤痕文学里面有苦难，有同情，这种血泪史的基调跟当时波兰文学史上的第三次"清算文学"浪潮是相似的。选择什么样的作品译介，离不开那个时段的大众接受心理。中国的"伤痕文学"与彼时的波兰文学同样有着"重新发现世界"的感觉。在一些西方人看来，共产主义"新信仰"统治下的中国是个痛苦、充满压抑与摧残的地方，而在对中国作品的阅读中，也期待读到迫害与伤痕。人们期待看到创伤，而诉苦文学正迎合了西方对中国的传统认知，形成某种对中国的刻板印象。但波兰对中国的改革开放关注度明显不够，20世纪80年代，中国文坛伤痕、反思、改革、寻根、先锋等文学思潮风起云涌、接踵而至，而在波兰得到译介的却只有两部伤痕小说。在一些汉学期刊上也能发现一些中国现当代作品的零星翻译，主要是诗歌或短篇小说。如华沙大学汉学系伊莱娜·喀乌仁斯卡（Irena Kałużyńska）就曾翻译过艾青的不少诗歌：1979年《手推车》《北方》《冬天的池沼》，1983年《我爱这土地》《献给乡村的诗》等，1990年《关于爱情》《关于眼睛》《生命和时间》《鲜花和荆棘》。

匈牙利与中国的关系在20世纪60年代中期开始疏远，60年代初译介的尚有1961年译鲁迅《野草》；1961年译郭沫若《少年时代》，1962年译《学生时代》；1962年译巴金《憩园》；1960年译老舍《茶馆》，1962年译曹禺《北京人》。此外，还有1960年译赵树理《李有才板话》，1961年译《白毛女》《中国现代诗歌选》，1963年译柳青《创业史》。70年代只译有茅盾的《子夜》（1977）。80年代开始，一度中断的文化交流得以恢复，现代文学方面，1981年译有鲁迅的《文学·革命·社会》和老舍的《猫城记》。当代文学方面则有：1985年译王蒙短篇集《说客盈门》，1986年译聂华苓《桑青与桃红》，1987年译古华《芙蓉镇》，莫应丰《难与人言的故事》，1989年译谌容《人到中年》。

得益于中罗两国之间长期友好稳定的关系，20世纪六七十年代罗马尼亚仍在继续译介中国当代文学作家作品。1960年译有赵树理的《三里湾》，

---

[1]　张振辉.20世纪波兰文学史 [M].青岛：青岛出版社，1998.

1961 年译张天翼《宝葫芦的秘密》，1964 年译《茅盾小说选》（收入《林家铺子》等 8 篇），1965 年译《孔夫子吃饭——郭沫若诗歌、小说、戏剧集》。60 年代初还译有《白毛女》《鸡毛信》等。"文革"开始，波兰、匈牙利、保加利亚与中国交流中断，但罗马尼亚在 70 年代仍有译介，如 1973 年译《高玉宝》，1976 年译鲁迅的《故事新编》，1979 年译巴金的《家》。到了 80 年代，随着中国国门的再度打开，罗马尼亚中国当代文学译介更为繁荣。1981 年译有《中国 20 世纪戏剧选》，1983 年译《子夜》《四世同堂》《中国现代短篇小说选：春桃》；1984 年译王蒙《深的湖》，1985 年译叶圣陶《倪焕之》、巴金《寒夜》，1986 年译《中国现当代诗歌选》、冯德英《山菊花》，1988 年译《艾青诗选》。

在南斯拉夫，20 世纪 60 年代只译有茅盾的《子夜》（1960）。1971 年译《毛泽东诗词》，1977 年译鲁迅短篇集《呐喊》《毛泽东诗词》。1981 年译巴金的《家》《憩园》《寒夜》三部。1985 年译聂华苓的《桑青与桃红》。1989 年译老舍的《猫城记》。

有过 20 世纪五六十年代的辉煌，也曾历经 70 年代的落寞，但追逐中国文学的脚步从未停止。保加利亚在 20 世纪 60 年代前中期翻译中国当代文学的作品略有减少，但还保持一定数量。1961 年译有巴金的《寒夜》，茅盾的《林家铺子》，张天翼的《大林和小林》，1962 年译李英儒的《野火春风斗古城》，袁静、孔厥的《新儿女英雄传》，1963 年译周立波的《山乡巨变》，1965 年译杨沫《青春之歌》。1966 年 3 月，中苏两党关系中断，保加利亚与中国的文化交流也随之停滞，直到 80 年代才重新开启。1983 年译鲁迅的《故事新编》，1984 年译老舍的《正红旗下》，1987 年译艾青诗选《永远的旅程》。

中国文学真正在阿尔巴尼亚的译介开始于 20 世纪中叶。此后，中国文学在阿尔巴尼亚的传播经历了相对繁荣的 20 年。20 世纪 60 年代中阿关系走热，两国相交相知、惺惺相惜。1961 年译有曹禺的《雷雨》，杨沫的《青春之歌》。1962 年译郭沫若的《女神》，周而复的《上海的早晨》。1964 年译巴金的《爱情三部曲》，叶圣陶的《倪焕之》等。70 年代开始中阿关系逐渐趋冷，但在 1974 年仍译有鲁迅的《呐喊》《故事新编》。1978 年两国关系跌入谷底，中美关系的正常化和中国的改革开放被视为危险的信号，"1979—1993 年的近 15 年间，阿尔巴尼亚没有正式出版过译自中国文学的作品"。

1989 年波兰团结工会实现了政党轮替，捷克发生天鹅绒革命，罗马尼亚发生十二月革命。随着苏联的解体，东欧国家在 20 世纪 90 年代开始了政治、经济、文化的全面转型。原来的东欧国家纷纷摒弃具有强烈政治话语表征的"东欧"称谓，而是更愿意被称为"中欧"或"中南欧"国家。积极融入欧洲一体化进程、重新回归欧洲成了他们共同的追求。从这种种不约而同的举动中，我们能够发现他们在历史命运、现实处境及利益选择上的共通之处。"国际政治意义上的'东欧'或许逐渐被'中欧'或'巴尔干欧洲'所取代，但作为历史和文化意义上的'东欧'仍有其特殊的意义。"[1] 转型期的东欧经济陷入不景气，教育经费普遍被消减，翻译也开始淡化社会制度和意识形态因素，转而以经济效益为中心，因此纯文学翻译锐减。除了经济困境外，还有政治偏见，政治体制的变革导致了东欧与中国的改革道路南辕北辙，双方的文化关系一度再次短暂疏离。整个 90 年代，东欧国家里捷克对中国文学的翻译稍多一些，有 1990 年译闻一多的《死水》，1991 年译张贤亮的《男人的一半是女人》，1994 年译《落花：中国现代诗歌的形式主义和象征主义》（收入朱湘、徐志摩、穆木天等人诗作）。"普通的捷克读者对中国文学所谓的'认识'要么带有五六十年代强烈的社会主义色彩，要么散发着神秘、抒情的'远东'香味。流亡作家、异议作家、华裔作家（北岛、杨炼、高行健、廖异武、哈金、戴思杰、李翊云）和台湾作家从 90 年代以来在捷克有了更多的出版机会。"[2] 捷克在 90 年代开始出现了海外华人及华裔文学译介：1994 年译谭恩美的《喜福会》（2004 年重版）、《灶神之妻》，1996 年译张戎的《野天鹅》，1998 年译汤婷婷的《女勇士》。这种情况在波兰也有出现：1995 年译张戎的《鸿：三代中国女人的故事》，1996 年译闵安琪的《红杜鹃》，1997 年译谭恩美的《喜福会》，1998 年译谭恩美的《灶神之妻》《灵感女孩》、闵安琪的《凯瑟琳》。而在 90 年代，波译中国当代文学仅有 1999 年译张贤亮的《我的菩提树》，此外，1995 年由史罗甫主编、华沙大学汉学系教师集体翻译出版了两卷本中国现当代短篇小说选，上卷（1918—1944）收录鲁迅的《狂人日记》《示众》、茅盾的《春蚕》、郁达夫的《迟桂花》、沈从文的《柏子》《阿金》、丁玲的《莎菲女士的日记》、钱锺书的《上帝的梦》《灵感》；下卷（1979—1985）收录汪曾祺的《受戒》、高晓声的《陈奂生上城》、王蒙的《冬雨》《鹰谷》、张贤亮

---

[1]　宋炳辉 . 政治东欧与文学东欧 [J]. 中国比较文学，2010（4）：59-73.
[2]　宋炳辉 . 政治东欧与文学东欧 [J]. 中国比较文学，2010（4）：59-73.

的《邢老汉和狗的故事》、刘心武的《公共汽车咏叹调》、张抗抗的《白罂粟》、赵振开的《稿纸上的月亮》、张洁的《假如她能够说话》《冰糖葫芦》《未了录》《壁画》等。

东欧其他国家也是持续低迷，罗马尼亚仅在 1990 年翻译过一本《中国当代诗选》。匈牙利仅在 1991 年译过田汉的《咖啡店之一夜》《南归》《洪水》《江村小景》。南斯拉夫 1990 年译有老舍的《茶馆》，1991 年译陈逢华：《中国文学在阿尔巴尼亚的译介》，张贤亮的《男人的一半是女人》。在阿尔巴尼亚，"1994—1999 年的 5 年间，中国文学也只零星地展现在诸如《世界诗歌选》《泪珠——世界抒情诗选》《童话选集》等汇编的文学选集中"。[1]这种状况直到进入 21 世纪才略有改观。

三、进入 21 世纪以来的复兴

中国的改革开放特别是 21 世纪以来取得的巨大经济成就使得中国文化的国际影响力日益提升，东欧国家对中国文学和文化的关注度不断提高，因此形成了译介的又一次高潮。进入 21 世纪以来，捷克和波兰出现了译介中国当代文学的一波热潮，而东欧其他国家对中国文学的译介也出现了复苏的迹象。

进入 21 世纪以来，东欧对中国当代文学的译介主要有以下几种类型，以波兰为例：

首先是对异域东方的神秘好奇、窥探与想象，因此中国神秘文化图景或带魔幻现实主义色彩的作品得到青睐。比如，具有文化人类学价值的阿来的反映藏族文化的《尘埃落定》，韩少功的反映楚地历史文化传奇的《马桥词典》，苏童的将封建家族日常生活习俗细节奇观化的《大红灯笼高高挂》，莫言的《丰乳肥臀》以及带有异托邦乃至恶托邦色彩的《酒国》等。其中对莫言作品的翻译最多，这跟他获得诺贝尔文学奖有关。2012 年莫言获奖后，《酒国》和《丰乳肥臀》再版，2013 年波兰翻译了他的《红高粱家族》《四十一炮》和带有自传色彩的小说《变》，2014 年《蛙》翻译出版。2005年华沙大学出版了孔莉娅（Lidia Kasaretto）教授编选的《系在皮绳扣上的魂——中国当代短篇小说选》，其中收入的主要是扎西达娃等寻根作家的作品，也包括苏童的《妻妾成群》等。孔莉娅教授曾写过《生命的图腾：寻

[1]　宋炳辉．政治东欧与文学东欧[J]．中国比较文学，2010（4）：59-73.

根文学》等学术专著，她 2011 年曾告诉笔者，在中国当代作家里面她最看重也最喜欢的是莫言、高行健、苏童、韩少功、扎西达娃、贾平凹。作为东西方文化双重影响的产物，寻根文学是 20 世纪 80 年代中国当代文学的一个重要流派，同时最受西方关注。一方面是中国传统文化背景让他们觉得新奇，无论是对中国哲学和宗教思想的兴趣，还是东方主义式的神秘落后、野蛮愚昧图景，另一方面是寻根文学里运用的西方魔幻现实主义、象征主义及怪诞夸张的语言风格等又让他们觉得似曾相识。

其次是潮流性的 70 后美女作家。其中卫慧的《上海宝贝》先后共有四个波兰语译本，是中国作家里面同一本书被翻译最多的。自传色彩的成长经历、女性性意识的炫耀和感官体验的身体政治，同样满足了全球化背景下西方对中国都市新新人类的窥探欲。以文本观照现实来进行镜像式阅读，中国都市流行时尚、新新人类的边缘生活：摇滚、吸毒、酒精、畸恋、性和疯狂都是他们关注的焦点，也成了出版商的营销策略，棉棉的《熊猫》书名就被翻译成 "Panda Sex"。

最后是随着现代科技的发展，谍战小说、科幻文学等文学类型逐渐受到中东欧国家读者的青睐。从商业价值和传播效果上看，甚至超过了对中国当代纯文学的翻译。如麦家的《解密》《暗算》等先后被翻译成波兰语、捷克语和塞尔维亚语，刘慈欣的《三体》也在波兰、匈牙利等国家得到译介。他们的写作题材是世界性的，更容易跨越文化差异的障碍。麦家的小说充满了破译、推理、悬疑元素，契合了西方侦探小说的传统，又将充满魅力的中国文化元素与之成功融合，碰撞出崭新奇幻的火花。而刘慈欣的《三体》则是我们这个时代的隐喻和精神史诗，把对科学的反思糅合进对历史和人性的反思之中，又给西方读者带来了从宇宙角度对"后人类时代"人类生存境遇的深刻思考。

如果说 20 世纪 50 年代东欧对中国当代文学的译介是以意识形态为主导，90 年代开始以审美取向为主导的话，那么进入 21 世纪又加入了商业消费、市场翻译等更为多元化的因素。但总体而言，东欧对中国当代文学的翻译依然流于随意和零散，缺乏系统性。

匈牙利 2003 年译有《中国当代小说选》（收录苏童《妻妾成群》、余华《世事如烟》、刘震云《一地鸡毛》、马原《虚构》、韩少功《爸爸爸》）；2007 年译苏童的《我的帝王生涯》《中国现当代短篇小说选》（收入朱自清、沈从文、张爱玲、扎西达娃、郑万隆等人作品）；2008 年译高行健的《灵山》、姜戎的《狼图腾》、鲁迅的《朝花夕拾》《中国 20 世纪短篇小说选》；2009 年译余华的《兄弟》；2013 年译莫言的《酒国》；2014 年译莫言的《蛙》；2016 年译阎连科的《受活》；2017 年译余华的《十个词汇里的中国》、刘慈欣的《三体》、麦家的两本小说、吉狄马加的诗集《我，雪豹……》；2018 年译余华的《活着》和《许三观卖血记》。此外还译有马建、棉棉、卫慧等人的作品。海外华人文学方面译有哈金、戴思杰、闵安琪、谭恩美等人的作品。

罗马尼亚 2004 年翻译有老舍的《骆驼祥子》，2005 年译《茶馆》《恋爱的犀牛》，2008 年译阎连科的《丁庄梦》，2013 年译《受活》，2011 年译姜戎的《狼图腾》，2014 年译吉狄马加的《火焰与词语》，2015 年译《为土地和生命而写作——吉狄马加演讲集》，2016 年译余华的《活着》，2017 年译《十个词汇里的中国》，2018 年译《许三观卖血记》。莫言的作品译有2008 年《红高粱》、2010 年《变》、2012 年《生死疲劳》、2013 年《天堂蒜薹之歌》、2014 年《酒国》、2016 年《怀抱鲜花的女人》。同时有对欧美华人文学的引进：2000 年译戴思杰的《巴尔扎克和中国小裁缝》，2004 年译《狄的情结》，哈金的《等待》，山飒的《围棋少女》等。

在后南斯拉夫时期，塞尔维亚、斯洛文尼亚、克罗地亚等国对中国文学有较多关注。塞尔维亚 2006 年译有苏童的《我的帝王生涯》《吉狄马加诗歌选集》；2008 年译莫言的《丰乳肥臀》、姜戎的《狼图腾》；2009 年译余华的《活着》；2013 年译莫言的《变》《蛙》《酒国》；2014 年译莫言的《红高粱家族》《生死疲劳》《天堂蒜薹之歌》、吉狄马加的《火焰与词语》、阿来的《尘埃落定》、余华的《许三观卖血记》、王安忆的《长恨歌》、刘震云的《温故 1942》、麦家的《解密》、毕飞宇的《推拿》、王旭烽的《茶人三部曲》和张悦然的《十爱》；2017 年译余华的《第七天》；2018 年译余华的《十个词汇里的中国》《在细雨里呼喊》《我没有自己的名字》。斯洛文尼亚 2002 年译有卫慧的《上海宝贝》，2005 年译卫慧的《我的禅》，2006 年译苏童的《碧奴》，2007 年译莫言的《灵药》，2008 年译阎连科的《为人民服务》，2009 年译《狼图腾》，2017 年译余华的《活着》。克罗地亚 2013 年译有莫言的《变》《酒国》，2016 年译莫言的《蛙》。此外，前南斯拉夫国家对海外华人文学也有所关注，如高行健的《灵山》、哈金的《等待》、戴思杰的《巴尔扎克与小裁缝》、山飒的《围棋少女》均有译介。

保加利亚在 21 世纪初译介过张贤亮的《男人的一半是女人》。2006 年译有吉狄马加的《"睡"的和弦》, 2010 年译阎连科的《丁庄梦》, 2014 年译《受活》。还译有莫言的《生死疲劳》(2014)和《檀香刑》, 余华的《兄弟》(2018)。海外华人文学则有 2000 年译戴思杰的《巴尔扎克与中国小裁缝》, 2005 年译《狄的情结》。

阿尔巴尼亚进入 21 世纪以来翻译了张爱玲的《金锁记》、莫言的《蛙》(2013)和余华的《活着》。

进入 21 世纪, 中国当代文学在东欧的翻译出现了三种渠道, 这里仍以波兰为例:

一是延续以前的学院翻译, 以汉学家为翻译主体, 出版社一般是大学出版社或学术出版社, 目标读者则是汉学家及汉学系的学生。如上文提及的华沙大学出版社出版的史罗甫主编的两卷本中国现当代短篇小说选, 孔莉娅教授编选的中国当代短篇小说选, 华沙大学汉学系现任系主任李周(Malgorzata Religa)教授翻译的《马桥词典》等, 主要供教学及研究之用。此类译介主要受国家的文化战略、学校的课程设置及研究者的学术偏好等因素的影响。

二是开始出现民间自由译者。比如, 卡塔谢娜·库帕(Katarzyna Kulpa)就是华沙大学汉学系的毕业生, 张爱玲、虹影、卫慧、棉棉作品的译者, 她还翻译过莫言的《酒国》《丰乳肥臀》和《红高粱家族》。此类译介主要受译者的个人兴趣、审美偏好等因素的影响。当然他们也希望译作能够尽可能地吸引更多的读者, 虽然实现这一愿望的可能性并不大。因为受中国文学读者市场的局限, 市场机制运作下的商业翻译模式在东欧尚处于起步阶段。

三是随着中国文化走出去战略的实施, 与中国作协等单位合作推动中国文学走向世界。比如, 2010 年出现的两本中国作协与波兰出版社联合推出的选译本。《梦也何曾到谢桥及其他》一书选译了刘恒的《贫嘴张大民的幸福生活》、叶广芩的《梦也何曾到谢桥》、张洁的《雨中》、何士光的《乡场上》、苏童的《两个厨子》。《波湖谣及其他》选译了邓友梅的《那五》、王安忆的《发廊情话》、陈世旭的《波湖谣》等五篇小说和陈应松的一篇小说。但波兰汉学家对这两个译本评价并不高:"译介内容和形式在很大程度上偏向源语规范, 而不是译语规范, 很难被译语国家接受便理所当然。"[1] 政

---

[1] 郑晔. 国家机构赞助下中国文学的对外译介: 以英文版《中国文学》(1951—2000)为个案 [D]. 上海: 上海外国语大学高级翻译学院, 2012.

府推介工程对于中国文学走向世界有所裨益，缺点是选目不够精良，有的作家作品入选过多，缺乏代表性。

另外，还有国际书展、中国文化年以及作家外访交流等也在一定程度上促进了作品的对外译介。比如，2014 年贝尔格莱德国际书展就集中推出了塞尔维亚汉学家翻译的十部中国当代文学作品。自 2001 年以来，中国作协几乎每年都会派诗人参加波兰"华沙之秋"国际诗歌节，而吉狄马加、王久辛、梁平的诗集就是出访波兰之后被翻译过去的。

这一时期还有一个重大变化是海外华人作家作品翻译的大量涌现，在总量上与 21 世纪第一个十年中国当代文学的翻译相当，而且被译介作家数量也有大幅增加。这里所谓的海外华人文学，指的是海外华人或华裔用华语和留居国语言创作的文学作品。在波兰受到关注的大多是海外华人或华裔作家用所在国语言（主要是英、法等大语种）创作的文学作品，而用汉语写作的华文文学则几乎没有得到译介。所以，海外华人文学翻译的兴盛跟译者不需要掌握汉语有关，译者只需要从英文、法文等翻译，而不像翻译中国当代文学一样绝大部分还需要从汉语进行直译，这就在很大程度上降低了翻译的准入门槛，因为英语、法语对多数受过高等教育的东欧人来说并无难度。20 世纪 90 年代获得波兰译介的华裔作家只有谭恩美一位，而 21 世纪前十年除了谭恩美的作品被不断地译介和重版之外，还有邝丽莎、叶明媚等后起之秀不断涌现。20 世纪 90 年代波兰译介的中国获得语作家只有闵安琪和张戎，而进入 21 世纪以来除了闵安琪创作力恒定持续之外，又有山飒、李翊云等年轻作家的异军突起。所以，海外华人文学波译本的出现也预示着翻译方式的重大变化，以前的中国文学波译基本上都属于汉学家的学术翻译，在这之后作为畅销书的市场翻译也开始出现了。其他东欧国家亦是如此。

值得进一步探究的问题是：海外华人文学在东欧的译介（以及为何译介）又建构出怎样的中国想象？它跟 20 世纪中国文学在海外的接受和传播所建构的中国形象有何不同？这些移居海外的华人作家或华裔作家用所在国语言书写中国经验或所在国经验，它们的海外传播和中国国内作家作品的海外传播之间的差异性何在？

通过上文对中国当代文学在东欧的译介和传播的详细考察和系统梳理，我们发现其中出现过两次翻译高潮，一次是东欧与新中国建交伊始的20 世纪 50 年代，另一次则是进入 21 世纪以来至今。其间也经历过两次低谷，一次是 20 世纪 60 年代中期开始东欧与中国关系的疏远，另一次是 1989 年东欧剧变后的数年间。无论是译介高潮或低谷的出现，还是译语国译介目的或作品选择，都深受国际形势、外交关系及译语国接受环境的极大影响。诚如宋炳辉所言："中国与东欧文学的关系，是中国与东欧国家在社会意识形态、政治经济体制及国际关系历史等基础和上层建筑各层面的异同和相互关联的一种反映和折射，正因为这样，在东欧与中国文学的百年关系中，政治意识形态成为各个时期的一个极其重要的制约因素。"[1] 当然，这种意识形态的制约和文化权力机构的操控在社会主义年代体现得更为明显。文化操控具体体现在翻译对异域文本的选择上，倾向于排斥与本土利益不相符的文本，选择某些文本的同时就意味着对其他文本的排斥。而进入 21 世纪以来，社会制度和意识形态方面的因素则进一步淡化，影响译介的因素重心有着较为明显的从意识形态向诗学的转换过程。勒菲弗尔（Andre Lefevere，1945—1996）将影响翻译活动的要素归结为意识形态、诗学和赞助人，这对于分析中国文学在西方世界的传播也有着借鉴意义。翻译所造成的文化影响，并不在于语言的转换过程，也不仅取决于原著或译著本身，而在较大程度上受着目的语国社会现实、文化环境等多重因素的影响。翻译的文化转向，就是从关注译本如何生成转向关注译本在译入语的接受、影响、传播等问题。文学的海外传播是影响国家文化软实力的重要因素，而中国当代文学在东欧的译介和传播，作为中国文学传播不可或缺的组成部分，对于构筑积极开放的当代中国形象，同样具有重要的意义。

[1]　宋炳辉 . 政治东欧与文学东欧——论东欧文学与中国文学现代性的内在关联 [J]. 中国比较文学，2010（4）：59-73.

第二章　中国当代文学的发展

第一节　中国当代文学英译与传播

　　中国当代文学英译是"中国文化走出去"的重要内容，有必要总结百年以来当代文学英译的成果及路径，反思英译生产与传播的问题与对策。新中国成立前的现代文学英译活动主要限于外籍人士的个人行为，传播范围不够广泛。1949—1978 年，为建构新中国的合法形象，由国家机构"赞助"的《中国文学》英文版代表了国内当代文学英译的生态机制。1979—1999 年，"熊猫丛书"力推反映中国改革开放以来的当代作品，赢得了国际声誉。21世纪以来，当代文学英译面临着翻译规模大、传播效果差的窘境，但选材出现了多元化倾向，传播范围也正从学术研究逐渐走向平民阅读趋势。

　　以文学启蒙为重要特征的新文化运动，掀起了外国文学翻译的高潮。不可否认，新文化运动强调"西潮"输入来改造传统文化，以此推动社会变革，却忽视了本土文化及文学的输出与传播。2004 年中国外文局设立"对外传播研究中心"，2009 年中国外文局重新出版"熊猫丛书"40 本，2010年国家汉办批准"中国文学海外传播工程"项目，……"21 世纪的中西关系，出现了以'中国文化走向世界'诉求中的文化自觉与文化输出为特征的新态势"。实现中华民族的伟大复兴，向世界讲好"中国故事"，中国当代文学的外译理应成为"中国文化走出去"的重要内容。

　　不少学者已从不同视角梳理了不同时段中国当代文学英译的成果，如金介甫论述了 1949—1999 年中国文学英译本出版情况，张英进同样回顾了此时期海外中国文学研究状况，胡志挥整理的中国文学英译本索引，等等。多数研究聚焦 1949—1999 年某一时段文学作品英译活动，对新中国成立前及 21 世纪以来中国当代文学英译重视不够，且缺乏分析不同历史时段英译活动的内在历史关联。回顾百年以来不同历史阶段中国当代文学英译的历史成果，反思英译机制存在的问题并提出对策建议，以利于促进中国文化、文学"走出去"战略的实施。

一、发轫期（1919—1948）

新中国成立前现代文学作品英译活动主要是个人行为，多数由外籍人士翻译完成，传播的受众也主要限于中国大陆的外籍人士，传播媒介以英文报刊为主，有少量的小说译文集出版。

（一）作品集及单行本翻译

从翻译选材上看，此时期英译以五四启蒙作家的现实主义经典小说为主。从翻译主体上看，以外籍人士或海外华人译者为主，如王际真、赛珍珠、熊式一父子、林语堂父女等；国内比较活跃的翻译家为数不多，有萧乾、杨宪益、司马文森及香港的黄雯博士等。

据笔者不完全统计，作品集主要有由莫尔斯（E.H.F.Mills）翻译、敬隐渔作序的《阿Q正传和其他现代中国小说》（*The Tragedy of Ah Qui and Other Modern Chinese Stories*），收集了鲁迅、陈炜谟、许地山、冰心、茅盾、郁达夫等的作品；斯诺（Edgard Snow）整理了各大英文期刊鲁迅短篇小说英译本，又请萧乾等翻译了柔石、茅盾、丁玲、巴金、沈从文、孙席珍、田军、林语堂、郁达夫、张天翼等的作品，一同收录在《活的中国》（*Living China*）；王际真翻译出版了《阿Q正传及其他：鲁迅选集》（*Ah Q and Others : Selected Stories of Lusin*）、《当代中国小说集》（*Contemporary Chinese Stories*），收录了鲁迅、沈从文、老舍、茅盾、凌叔华等的短篇小说。白英（Robert Payne）与袁嘉华翻译出版了《现代中国小说集》（*Contemporary Chinese Short Stories*），收录了鲁迅、杨振声、施蛰存、老舍、沈从文等的短篇小说；王际真（Chi-Chen Wang）翻译出版了《中国战时小说》（*Stories of China at War*），收录了包括老舍、端木蕻良、陈瘦竹、茅盾、卞之琳等的小说。白英编译了《当代中国诗选》（*Contemporary Chinese Poetry*），收录了徐志摩、闻一多、何其芳、冯至、卞之琳、臧克家、艾青等现代诗人的代表作；白英、金隄翻译了沈从文的小说集《中国土地》（*The Chinese Earth*）。

小说独译本较少，梁社乾翻译了鲁迅的《阿Q正传》（*The True Story of Ah Q*），盛成的《我的母亲》是由阿瑟·威利（Arthur Waley）翻译的；

老舍作品的第一个英文译本是由伊文·金（Evan King）翻译的《骆驼祥子》（*Rickshaw Boy*），伊文·金还翻译了老舍的《离婚》（*Divorce*），郭镜秋女士（Helena Kuo）同年也翻译了这部作品，定名为 The Quest for Love of Lao Lee；在斯诺的力推下，萧军的《八月乡村》（*Villagein August*）于1942年在纽约出版。

（二）英文期刊的现代文学英译

英美国家在华主办的英文期刊是中国现代文学传播的重要载体，如《亚细亚》（*Asia*）、《今日之生活与文学》（*Life and letters Today*）、《今日中国》（*China Today*）、《密勒氏评论报》（*Miller's Review*）、《中国杂志》（*The China Journal*）、《远东评论季刊》（*The Far Eastern Quarterly*）等刊载过不少经典现代作品的翻译。海外的英文期刊，如英国的杂志《我们的时代》（*Our Time*）、《泰晤士报》（*The Times*）、苏联共产国际主编的《国际文学》（*The International Literature*）杂志多次译介中国现代经典作品。国人主办的英文期刊尚不多见，胡适与蔡元培支持下的几份时政性较强的综合性期刊，较少涉猎文学内容，如《中国评论》（*The China Critic*）只刊载过少量由林语堂、全增嘏等创作的小品文。值得注意的是，《中国剪报》（*China in Brief*）、《天下月刊》（*T'ienHisa Monthly*）及《中国文摘》（*China Digest*）3 份有不同文化身份"赞助人"资助的英文期刊，刊载的现代文学作品内容也不尽相同。《中国剪报》是美国人安澜（Allen）联合萧乾创办的，由于缺乏资金，期刊从1931年6月1日持续到7月29日共出版8期（笔者查，中国现代文学馆现共存6期），便宣布夭折。《中国剪报》选译了"鲁迅、茅盾、郭沫若、闻一多、郁达夫等人作品的片段，并为沈从文出了个专集"。《天下月刊》由中山文化教育文化馆资助，于1935年8月创办，1941年9月停刊，共发行12卷56期。《天下月刊》文学板块重视古代典籍等"汉学"知识的传播，只刊载了部分现代作家的经典作品翻译，包括邵洵美的《蛇》、闻一多的《死水》、卞之琳的《还乡》、戴望舒的《我的记忆》等13首诗歌，凌叔华的《无聊》、萧红的《手》、冰心的《第一次宴会》、鲁迅的《怀旧》等21篇短篇小说，沈从文的《边城》、巴金的《星》两篇中篇小说。《中国文摘》是中国共产党于1946年12月在香港创办的"红色"英文期刊，至1950年2月停刊止，共出版7卷81期。该期刊发刊词明确杂志的宗旨为"向世界描述中国人民的生活、艺术和活动"，通过报道解放区及党的各项方针政策，辅以译介解放区文学，力图建构即将诞生的新政权的合法性。

由上观之，"发轫期"内的现代文学英译主要是由外籍译者完成，以经典作家的短篇小说合集为主，现实主义作品与左翼作家的作品占了优势份额，这基本反映了五四运动后中国主流文学的发展脉络。

二、缓慢发展期（1949—1978）

"二战"结束后，世界冷战格局逐步形成。新中国成立后，英美国家与中国陷入了意识形态对立的状态。国内文学外译基本上由国家机构所主导，《中国文学》的英译文学活动以建构新中国的合法性为宗旨，代表了国内文学外译的基本机制。

新中国成立后，《中国文摘》完成过渡时期外宣任务，于1950年停刊。新中国外宣事业已迈上新里程，全英文的《人民中国》《中国画报》先后创刊，接过了外宣任务。1949年前后，叶君健在茅盾、周扬的委托下，开始筹备《中国文学》杂志。1951年10月1日《中国文学》创刊，叶君健先后邀请杨宪益、戴乃迭夫妇，以及沙博里（Sidney Shapiro）等外籍翻译家入社工作。《中国文学》作为国内唯一一份中国文学外译的期刊，50年出版590期，翻译文学作品3200余篇，成为国际社会了解中国文学和文化生活的重要窗口，为建构国家形象的外宣任务做出了自己的努力。

据笔者统计，从体裁上看，1951—1978年《中国文学》翻译的当代文学作品包括小说、诗歌、戏曲、话剧、电影文学等；从篇目上看，小说和散文的数量最多，共778篇；从翻译主体上看，共涉及小说和散文作者726位。

现代文学作品翻译，《中国文学》主要选译了鲁迅、巴金、郭沫若、沈从文、叶圣陶、郁达夫、李广田、许地山、萧红等创作的现实主义小说，其中翻译鲁迅的作品最多，高达97篇。杂志于1956年鲁迅逝世20周年、1961年鲁迅诞辰80周年之际，设立纪念专栏，分别翻译鲁迅作品14篇和12篇，并刊载冯雪峰、许广平、唐弢纪念鲁迅的文章。此后，杂志于1967年设"鲁迅杂文选"、1971年设"纪念鲁迅诞生九十周年"、1972—1973年设"鲁迅作品"、1974年设"鲁迅著作"、1975年设"鲁迅的故事"等专栏译介鲁迅本人及其作品。可见，《中国文学》翻译鲁迅的立场立足于国家政治的需要，力图把鲁迅建构为连接五四民主主义与社会主义的革命家、文学家与思想家形象，"为对外确立新生的新中国的合法地位发挥了至关重要的作用"。

《中国文学》选材丰富，按照题材主题基本可以分为解放区文学、革命历史小说、社会主义建设与民族文学题材。表现解放区人民生活与斗争的作品，如孙犁的《荷花淀》《芦花荡》，刘白羽的《早晨六点钟》《火光在前》，赵树理的《登记》《小二黑结婚》等；表现抗日战争以来与中国人民英勇斗争精神的革命历史小说，如袁静的《新英雄儿女传》、柳青的《铜墙铁壁》等；表现社会主义建设的伟大成就及社会新面貌的"十七年"小说，如柳青的《创业史》、周立波的《山乡巨变》等；展现民族团结的少数民族文学作品，如玛拉沁夫的《科尔沁草原上的人们》《鄂伦春组曲》，乌兰巴干的《第一个春天》等。

《中国文学》创刊号扉页虽印有"致力于出版中国当代作品"的字样，翻译的第一篇文章是周扬的《坚决贯彻毛泽东文艺路线》，显示出浓厚的政治色彩。1953 年杂志从年刊改为半年刊，1954 年出版季刊，1959 年又改为月刊，文学翻译数量与语种逐渐增多。由于时代限制，翻译作品与翻译质量良莠不齐，这份具有官方背景的文学外译期刊英译活动折射了那个时代真实的外译体制。

三、当代文学英译的繁盛期（1979—1999）

1976 年 10 月"文化大革命"结束，当代文学已经显示出思想复苏的迹象。真正引起西方关注中国新时期文学，当属《中国文学》对当代文学的及时翻译。依托《中国文学》出版社，1981 年开始推出的"熊猫丛书"，至 2007 年共出版英译本 149 种（2000 年后仅出版 5 本），涵盖了大部分中国当代作家的作品，是改革开放 20 年间中国当代文学英译成果的集中体现。

从翻译动机看，"熊猫丛书"仍然承担了与英文版《中国文学》类似性质的政治外宣任务，但任务内容有所不同。中国外文出版发行事业局推出"熊猫丛书"项目，主要以英法两种语言向西方世界传播中国文学，让国际社会了解中国文化，特别是改革开放以后新时期中国的崭新面貌。

从翻译内容看，以当代作品、短篇小说集为主。1981—1982 年"熊猫丛书"前两年出版的译作以现代作家为主，当代作品只包括《中国当代七位女作家选》《新凤霞回忆录》。即使现代作家的选择也体现了"去政治化"倾向，《中国文学》过去 30 年没有翻译过沈从文的作品，"熊猫丛书"前两年英译了沈从文的《边城》《湘西散记》。1981—2007 年，"熊猫丛书"英译巴金、老舍、孙犁、李广田、萧红、艾青等的作品，一直没有翻译鲁迅的作品，这也许是受到 80 年代"重写文学史"潮流的影响。20 世纪 80 年代是活力四射的年代，西方思潮涌入，中国文学创作活跃，各种文学流派纷纷登场。"熊猫丛书"先后英译了 40 多位当代作家的作品，如王蒙的小说集《〈蝴蝶〉及其他小说》、张贤亮的《绿化树》等"伤痕文学"，贾平凹的《天狗》《晚雨》、阿城的《空坟》、汪曾祺的《晚饭后的故事》等"寻根文学"，刘恒的《伏羲伏羲》、池莉的《不谈爱情》及方方等人的"新写实主义文学"。

从传播渠道及效果看，20 世纪 80 年代中国与西方国家逐步建立了良好的外交关系，文化交流增多，西方社会热切希望了解这个"神秘"国度所发生的变化。"熊猫丛书"使一大批中青年作家获得国际声誉，如古华的《芙蓉镇》、高晓松的《退婚》极大吸引了英美读者。20 世纪 90 年代，"熊猫丛书"销量下滑。一方面，"熊猫丛书"选材的诗学原则有所变化；另一方面，部分西方读者开始质疑官方赞助译作的"可靠性"，西方读者阅读的政治审美也限制了文学审美。当然，"赞助"的市场因素更为重要，各国传媒业都出现了纸媒危机，当下数字网络社会的外国读者了解中国渠道逐渐多元化，"熊猫丛书"于 2007 年最终停版。

四、21 世纪以来现当代作品翻译的趋势及问题

（一）选材的"多元化"

改革开放以后国内兴起"文学热"，当代文学流派纷呈，在具有官方背景的《中国文学》、"熊猫丛书"、外文出版社、新世界出版社，以及香港《译丛》杂志的推动下，优秀的当代文学作品在短期内得到有效的英译与传播。

随着经济实力的增长，借助于文化产业提高国家的软实力已成各界共识。2004 年党的十六届四中全会宣布"推动中华文化更好地走向世界"，2005 年英国企鹅图书公司买断《狼图腾》的英文版权，2012 年莫言获得诺贝尔文学奖，2014 年 2 月麦加的《解密》英译本出版当天就创下了中国作家在英语世界销售的最佳成绩，2015 年许渊冲获得国际译联颁发的"北极光"翻译奖，2016 年曹文轩获"国际安徒生奖"，……当代文学作品的翻译一次次受到激励。网络时代参与当代文学英译力量众多，选材已呈现出多元化趋势。如果说"伤痕文学""寻根文学""先锋文学"是 20 世纪 90年代英译市场的热点，那么 21 世纪以来翻译热点更加多元化，民族文学如迟子建的《额尔古纳河右岸》与姜戎的《狼图腾》、城市文学如卫慧的《上

海宝贝》、武侠小说如金庸的《笑傲江湖》、儿童文学如曹文轩的《青铜葵花》、海外华文文学如张翎的《金山》等英译本得到市场吹捧。中国官方助推的当代文学英译也力图注重多元化选材，《人民文学》英文版 Pathlight 的编辑总监艾瑞克曾认为该刊"按照不同的标准选择文本""考虑这些书译出后的市场价值""不做面子工程""尽可能选取能表现中国当代艺术特色以及能反映中国当代社会现实和精神面貌的作品来翻译"。[1]

（二）从学术研究到平民阅读的艰难路径

在国家行为的助推下，"典籍外译""图书推广""精品译介"等项目的确提高了当代文学翻译的数量和规模，但相关研究表明英译作品在海外传播效果不容乐观。

海外现代文学英译主要集中于汉学研究领域。就当代文学而言，据何明星统计，"大学出版社、学术研究机构、期刊社翻译出版的中国当代文学作品收藏图书馆数量远远排在前面，在前 5 名中，都是大学社的作品，前 10 名只有 2 家为大众图书出版机构。这样一个数据，标志着中国当代文学在欧美世界的地位仍然处在边缘化、小众化的格局之中，还尚未进入主流"。英美大学出版社出版的当代文学英译何以能排在图书馆收藏榜的前列？这当然与学术机构一向把中国文学作为学术研究对象的传统有关，更不可否认的是学术机构有着翻译的语言优势与汉学研究背景，如美国的哈佛大学东亚系、哥伦比亚大学东亚系和东亚语言与文化系，聚集了大量研究汉学研究与中国问题的专家。然而，如果中国文学的传播仅仅局限于象牙塔内的学术研究之用，那么我们力推的文学外译很难走向大众，难言完成外宣任务与市场盈利。

（三）问题及对策建议

当代文学英译本传播效果除了涉及翻译本身的质量问题外，还涉及营销策略、国家外交关系及阅读市场倾向等问题。

首先，从翻译本身的诗学原则出发，当代文学面临"译什么""由谁来译""怎么译"的问题。翻译的选材不仅要注重国家形象建构、彰显"主流叙事"的现代作品，更要关注市场需求，多译反映中国现实的、娱乐性强的当代通俗作品。英译模式通常有中国译者、英美人士和中西结合 3 种模式。马会娟认为，"文学翻译的质量与译者的国别、翻译模式无关，而与译者的

---

[1] 郑纳新 . 新时期《人民文学》与"人民文学"[M]. 上海：东方出版中心，2011.

文学修养以及跨文化翻译能力有关"。[1] 好在当下译者力量多元化，海外民间翻译力量为中国当代文学英译注入了活力。民间网络组织 Paper Republic 就为热爱中国文学的译者提供了良好的交流平台，"致译者"（Resources for Translators）栏目将英语国家和非英语国家从事中国文学的译者联系到一起，成为中国现代文学翻译的重要力量。"怎么译"的问题涉及过多的语言技能、审美倾向及翻译策略等诗学原则问题，但一定也要考虑文学艺术特色之外读者的意识形态问题。

其次，要重视完善中国现当代作品英译的传播过程。朱振武认为英译作品传播效果不好的原因是"我国译者对目标语读者的接受能力不够了解""推广发行没有受到重视"。[2] 因此，要重视利用权威媒体以及自媒体平台扩大英译本的影响力。目前，官方已经开始重视与英美权威杂志与媒体合作推广英译文学，如北京师范大学与美国俄克拉何马大学共同合作创办《今日中国文学》，重点向美国读者介绍中国当代文学。此外，要重视国际图书展及英美各国重要图书馆的营销推广机会，主动创造与商业性图书出版社及大学图书馆合作的机会。

第二节 "中国当代文学研究"的"史学化"

一、"中国当代文学研究"日趋"史学化"

最近几十年，"中国当代文学研究"一步步被压缩为"中国当代文学史研究"，"中国当代文学史研究"又通过一系列"向外转"的操作（人们总还记得 20 世纪 80—90 年代"向内转"的文学理论），进一步从"内部研究"彻底转到主要着眼于历史的"外部研究"，似乎这才脚踏实地，有点"真正的历史研究"的模样了。这就好比在"红学界"，老老实实研究小说《红楼梦》是不被承认的，只有从小说《红楼梦》跳出去，研究作者的家世生平、时代背景、版本源流，甚至研究小说所影射的清代政坛的秘密，才算有学问。

这是 90 年代至今"中国当代文学研究"一种普遍趋势，姑且称之为"由

---

[1] 马会娟.中国翻译文学域外之旅 [M].北京：中国对外翻译出版公司，2022.

[2] 朱振武等.美国小说本土化的多元因素 [M].上海：上海外语教育出版社，2006.

文向学"或"由文向史"，即不管是放弃"中国当代文学研究"，还是将"中国当代文学研究"改造和提升为"中国当代文学史研究"，努力靠向"真正的历史研究"，总的思路无非是认为文学研究本身不算学问，非要放弃文学研究，或者对文学研究来一番彻底改造，使之成为一种够资格的专门"史学"，这才有希望上升到"学问""学术性"高度，和其他史学研究平等对话、知识共享。

上述观察可能很不全面，但这个趋势基本上有目共睹，或许是思考与"中国当代文学研究"有关的全部问题的一个基本出发点。

二、过于倚重"外部研究"

说到"中国当代文学研究"的历史化趋势，不能不首先想到陈寅恪先生"诗史互证"的方法。一些致力于将"中国现代文学研究"史学化的学者也确实喜欢引陈寅恪为有力的援助，比如，王彬彬教授批评"中国现代文学研究与中国现代历史研究两不相干的现象"，提倡"中国现代文学研究与中国现代历史研究的互动"，就反复举陈寅恪为例。但有了这个参照，恰恰也更容易看出"中国现代文学研究"史学化在目前存在的问题。

这主要表现为，虽然对"中国当代文学研究"进行了"由文而学"或"由文而史"的改造与提升，但毕竟大多数学者的主业在"文"而不在"史"，所以史料的搜集、甄别和解读皆甚感吃力，同时"文"这一面往往又不能兼顾，以至于出现"有史而无文"的偏枯。许多本属文学的问题轻易被取消，以为可以转换和消弭为历史（主要是政治史）。似乎一旦讲清楚了某个政治史的关节，文学问题就迎刃而解，或者干脆不在话下了，结果历史问题的思索既不清楚，原本要解决的文学问题也被搁置一边。比如，应该怎样看待鲁迅晚期杂文对国民党不抵抗政策的批评？一些研究者从民国史角度出发，挖掘鲁迅当年很难知悉的国民党上层对日谋略和国共两党复杂关系的诸般细节，从而得出鲁迅的批评不得要领的结论。姑且不管这个结论是否可靠，能否据此解决鲁迅晚期杂文的全部问题呢？显然不能，因为鲁迅晚期杂文之得失并不完全取决于当今学者所追认的"政治正确"。关于鲁迅与"三一八惨案"，鲁迅与苏联的关系，都存在类似的偏颇，即以实际上并不能成为定谳的零星考据和后人眼里的"政治正确"充当文学史评价的唯一标准。

对柳青《创业史》的评价也有类似的问题。目前通行的观点是在否定柳青的合作化主题与阶级分析方法的前提下，承认其丰富的生活细节和传神的人物描写，甚至认为其生活细节和人物心理也被合作化主题和阶级分析方法系统改造和扭曲过了。与之针锋相对的观点则认为柳青对合作化运动一直有自己的独立见解，这主要表现在他不满毛泽东1956年批邓子恢"小脚女人"，一窝蜂地搞高级社，违背了1953年毛亲自制定的相对务实和稳健的过渡时期总路线思想。不仅如此，柳青与这以后的"大跃进"、人民公社和农业学大寨的潮流也都是格格不入，正是这种异端思想带来了《创业史》第一部的辉煌，也使得《创业史》后续的几部迟迟不能完成。这两种观点都着眼于历史，针锋相对，但思考方式非常接近，都是用优先考虑"政治正确"的所谓历史研究来取代文学研究，都认为柳青是一位令人遗憾地被糟的天才。《创业史》成功，只能归功于柳青在政治上的先见之明；《创业史》失败，也只能归因于柳青在政治上的赶潮流。总之作家完全被外在政治历史所决定，判断《创业史》的成败，只要看柳青在政治历史中的表现就可以了，小说本身是不值得深入研究的。

看来，如何在"由文而学""由文而史"的同时保持文学研究的一些看家本领，真正自由地"出入文史"，做出精当的"诗史互证"，应该是今后"中国当代文学研究"所要追求的目标。

王彬彬教授注意到这个问题，所以他强调"互动"，希望"中国现代文学研究"和"中国现代历史研究"真正能够出现"你中有我、我中有你"的局面，而不是一边倒，以历史研究完全取代文学研究。他还特别为此批驳了《陈寅恪评传》作者、历史学家汪荣祖对陈氏"诗史互证"的误解。汪荣祖说："寅恪以史证诗，旨在通释诗的内容，得其真相，而不在评论诗之美恶与夫声韵意境的高下，其旨趣与正统诗评家有异。"[1]王彬彬认为："陈寅恪的以史证诗，出发点固然主要不在诗的艺术价值。但是，如果认为以史证诗，全然与对诗的审美鉴赏无关，全然无助于对诗的艺术价值的评说，则又是颇为谬误的。实际上对文学的'内容''真相'的了解，与对其艺术性的鉴赏，往往是相关联的。对其'内容''真相'的了解越准确，对其艺术性的鉴赏就越到位。陈寅恪在以史证诗时，也绝不只是'通释诗的内容，得其真相'。他常常在指出某种史实的同时，或多或少地引申到对诗的艺术

---

[1]　汪荣祖.陈寅恪评传 [M].南昌：百花洲文艺出版社，1992.

性的评说。"[1] 这个批评很有道理，道出了"史诗互证"的真相。

或许也正是有感于此，洪子诚先生坦言，"从内心上讲，我很讨厌这个问题（暗指他本人提倡和擅长的'文学体制与生产方式'），有时候会觉得离我想象中的'文学'很远"。[2]洪先生一直感到文学史的"文学"与"历史"界限不好划定，"文学史到底是'历史'，还是'文学'"，有时还真不容易说清楚。他把这个问题概括为"文学史研究中的'文史之争'"，[3]"'文学'和'历史'之间确实存在一些矛盾和冲突的方面。按照一般的要求来说，历史研究带有一种刚才说到的'真实性'或'可检验性'，但是文学本身的阐释更多地带有强烈的主观性。这两者怎么结合起来，这是一个问题"。[4]尽管有这种困惑，洪先生还是采取了他所说的文学史研究的第一种"趋势"，就是"把它写成像'历史'，关注演变过程，关注事实的联系，而且更多地强调文学作品的外部因素，重视外部因素对文学事实产生的决定性影响"。他的《中国当代文学史》就偏重于这些"外部因素"，具体说，就是"文学体制和生产方式"，这确实是过去的当代文学史研究严重忽略的方面。该书揭示的中国当代（尤其 50—70 年代）文学的社会政治和文化环境的细节极其丰富，其多方面的创见、突破和对青年学者的引领之功都显而易见。

但姑且勿论"文学体制与生产方式"是否真能说清楚，即便乐观地估计这项工程最终能够完成，文学史的主体部分也未必能水落石出。所以，洪著《中国当代文学史》仍然留下许多空白，作者花了太多篇幅处理"文学体制和生产方式"，留给作家作品的篇幅自然就很不够。在丰富的"文学体制和生产方式"的知识背景下，读者所能看到的只是作家主体被决定的命运。洪先生十分注意的作家"身份"在他笔下几乎发生了根本性的转移，即从精神体验、反抗和创造的主体转变为社会活动的主体，作家的社会活动、社会交往、文学论争、文坛际遇始终被放置在文学史叙述的前景，洪先生引用过的普鲁斯特所谓跟作家日常身份不同的真正创造出作品的另一个身份，亦即经常处于自我否定自我创造状态的那个相对比较隐秘的想象

[1]　王彬彬.中国现代大学与中国现代文学 [M].上海：上海人民出版社，2011.

[2]　洪子诚.问题与方法中国 当代文学史研究讲稿[M].北京: 生活·读书·新知三联书店，2015.

[3]　洪子诚.问题与方法中国 当代文学史研究讲稿[M].北京: 生活·读书·新知三联书店，2015.

[4]　洪子诚.问题与方法中国 当代文学史研究讲稿[M].北京: 生活·读书·新知三联书店，2015.

性的"自我"的精神流变史，不得不大受压抑。

洪先生对此也颇感困惑，但他清楚地意识到首先还是要梳理清楚文学史的外部环境的问题，至于作家作品内部存在的那些更隐秘和"神秘"的因素，应该在此之后予以考虑，"如果我们完全接受'新批评'的观点，那实际上可能就没有文学史，或者文学史写成单独的文本阐释的组合。过分地强调作家的独创性，作家作品的不可替代性，这种文学史会变成什么样子呢？很可能变成作家作品评论的'流水账'",[1] "希望有一天，我们会有机会来试试看，试试看这种强调'独创性''文学性'标准的文学史写作，会暴露什么样的矛盾和问题"。[2] 其实，中国并没有由"完全揭示'新批评'的观点"写成的文学史，但任何一个对过去流行的文学史著作稍有接触的人都会赞同洪先生这个说法，因为过去流行的文学史普遍地无力处理文学发展的外部环境，故而不得不把重心放在文学创作的"'独创性''文学性'标准"上，因而部分地暗合了后起的"新批评"。这确实是洪先生对文学史的老问题的切中肯綮的批评，但他又承认，"像我那样的挖空心思，为每个作家设计一个座位，这也反过来证明，文学史有时是多么乏味，多么没有意思"。[3] 这是洪先生在解决文学史老问题时遭遇的新问题。

当代文学史研究是否非要变成韦勒克所说的"外部研究"才算真正达到了"史"的研究水平？包括文学在内的现当代中国人的思想情感果真完全受制于我们共同经历的可见的"外部"历史吗？共同经历的可见的"外部"历史极容易被遮蔽，"外部"历史的发掘工作因此极其艰难而珍贵，但因此就应该压抑那相对来说不可见的同样容易被遮蔽的"内部"历史吗？除了洪先生所说的缝隙中偶尔仅存的一些"'自由表达'的可能"之外，"内部"历史是否完全就受制于"外部历史"？"外部"历史难道不也是一种被决定的主体活动的结果吗？那么决定"外部"历史的除了文学之外的社会政治，作家和同时代大多数国民的"主观内面生活"是否也是决定性因素之一呢？抑或我们这里所说的历史的"外部"和"内部"压根儿就是一个存在的两个面相，之所以被区分为"外部"和"内部"，只是因为我们还不善于一眼看出二者

---

[1] 洪子诚.问题与方法中国 当代文学史研究讲稿[M].北京: 生活·读书·新知三联书店,
2015.

[2] 洪子诚.问题与方法中国 当代文学史研究讲稿[M].北京: 生活·读书·新知三联书店,
2015.

[3] 洪子诚.问题与方法中国 当代文学史研究讲稿[M].北京: 生活·读书·新知三联书店,
2015.

的血肉联系？洪先生敏锐地提出过，"中国当代作家艺术的普遍衰退，跟外部环境有非常重要的关系，但是也不能完全把责任归到环境归到外部压力上，在作家的心性结构、价值观念、文化修养上，或者说'内部因素'上，会出现一些什么问题？"[1] 既然这样，那么作家主体，包括整个"文学的域"的主体性参与者，他们的"主观内面生活"的重要性真的逊于"文学体制和生产方式"诸如此类的"决定"文学史进程的"外部因素"吗？

这样的追问或许又会迫使我们重新回到20世纪60年代初普实克和夏志清的那场争论所涉及的一系列问题，或者从他们的问题再出发，将文学史的"内"和"外"两个问题真正糅合起来加以思考。而能否开展这样的工作，关键还是要看文学史研究者能否紧紧抓住文学史参与者"主观内面生活"这个中介，也就是"人"的因素，因为说穿了，"文学体制和生产方式"这些"外部因素"如果真如洪子诚先生所说对文学进程起着"决定性影响"，那这种"决定性影响"最终仍然要落实为文学史中一个个具体参与者的行为和意愿。如果一切都被"外部因素"决定好了，那么这样叙述出来的文学史最后究竟要诉诸怎样一位不可知的"决定者"和怎样一双"看不见的手"呢？既然文学史始终由这些"决定者"和"看不见的手"在书写，那么作家、批评家、文学机构的组织和领导者、普通读者的思想、情感、想象、下意识、梦幻、选择、意愿，以及包含所有这些内容的个人应该承担的历史责任，又应该到哪里去寻找呢？撰写一部完全不诉诸个人主体性的"被决定"的文学史，意义何在？

三、以作家主体为中介来考察文史关系

所以笔者觉得，与其推崇陈寅恪先生的"诗史互证"，倒不如重新审视鲁迅对中国古代文学和中国新文学的论说，特别是《中国小说史略》《魏晋风度及文章与药及酒之关系》《上海文艺之一瞥》《中国新文学大系小说二集序》等论著所显示的堪称经典的文学史描述方式，即以作家主体为中介来考察社会政治、思想文化与文学演变的关系。

从中国当代文学史研究目前的状态来看，最大的问题还是"作家缺席"。不是说这些文学史著作没有列出作家们的生平活动、作品和创作谈，也不是说这些文学史著作不曾致力于给一个个作家安排适当的文学史位置，而

[1] 洪子诚 . 问题与方法中国 当代文学史研究讲稿 [M]. 北京：生活·读书·新知三联书店，2015.

是说都不曾像鲁迅那样，对于作家，无论他们处于怎样的思想文化潮流，无论受到怎样的"文学体制和生产方式"这些"外部因素"的影响，无论写出了怎样的作品，都能"秉持公心"，画出他们在这些复杂环境和过程中所显示的心态和灵魂的本相，如鲁迅对"魏晋名士"、明清小说作者、才子＋流氓的"革命文学者"的心态与神情的描摹。这样的描绘，才是有血有泪有哭有笑的活的文学史，即使到头来仍然是被决定的，至少也让我们看到了文学史是通过怎样的主体遭际而被决定着。目前一些当代文学史著作最大的遗憾就是仅仅告诉我们，无论现代还是当代作家都是被决定的，文学史主体不是作家，而是决定作家的政治制度及商业手段。现当代（尤其当代）作家在这种姑且假定是真实的被决定状态下心里究竟是怎样想的，文学史家都还缺乏力透纸背的描绘。

　　当代文学史的读者最不好理解的，是那些从"现代"跨入"当代"的作家们的创作和人格为何出现那么巨大反差。如果完全推诿给起"决定性影响"的外部因素，那么文学史家至少也应该合情合理地描述出这些作家在被决定状态下怎样一步步完成思想、人格和创作上的改造，否则读者就只好像当年郑振铎先生那样奇怪阿Q竟然要革命，人格上先后似乎是两个人了。当代文学史家们能否令人信服地说明，这些作家从"现代"跨入"当代"之后出现的巨大反差尽管使得他们在外表上似乎判若两人，而实际的思想变化还是有迹可循，就像鲁迅当年负责地告诉郑振铎，革命前后的阿Q在人格上还是一个？

　　这绝不是说，要取消或弱化对于"文学制度与生产方式"的研究，取消或弱化包括对于文学在内的各种社会思潮的研究，取消或弱化对于重要作品的细读，而是说，所有这些方面的研究都要进一步得到加强，以至于真正可以和作家主体的心态沟通，看到作家主体在所有这些方面所呈现的精神活动的丰富内容。鲁迅分析"魏晋风度"主要只是告诉读者"名士"们的作品为何显得"清峻，通透"和"华丽，壮大"，"非汤武而薄周孔，越名教而任自然"[1] 的真实心态是什么，为什么有人要整天喝酒吃药，有人喜欢"扪虱而谈"，或者一生气就拿着宝剑到处追杀苍蝇。文学史研究在别的方面做得再好，倘若缺乏这副笔墨，就是"明乎礼仪而陋于见人心"，画龙而不能点睛。

　　但怎样才能知道"被决定"着的作家的真心？既然可靠的文学史材料

---

[1]　鲁迅. 鲁迅集外集 [M]. 北京：人民文学出版社，1998.

多半来自"决定"文学史进程的"外部因素"，那么即使有"鉴别灵魂"的文学史家站出来，让他从哪里去寻找可以见出作家们真心的材料呢？依靠极少数较能披沥真心的"潜在写作"？依靠写作年代难以确认的"抽屉文学"？还是老老实实以公开发表的作品为材料进行正面强攻，或者避开正面，从可能存在的文本缝隙中抓住偶尔漏出的一点光亮？但这样写出来的文学史又将呈现为怎样一种形态？"文学史"所治之"史"究竟是普遍的还是特殊的，是真实存在的还是被叙述出来的？它所提供的历史"知识"究竟能否和其他人文历史学科对话和共享？这些问题恐怕还要一直存在下去，不断挑战中国当代文学史的研究者们。

第三节　中国当代文学中的民俗学意识

　　中国文学作品中的民俗学意识，经历了由"神话传说"到"关注现实"的漫长发展历程，而当代文学作品中的民俗学意识，正是社会现实的典型反映，与时代背景、社会现实、思想冲突等存在息息相关的联系，是当时社会的人性化折射。民俗文学意识还存在感性民俗学意识（直观美学意识）和理性民俗学意识（深入思考意识）两种基本形式。有效观照文学作品中的民俗学意识的发展进程和存在形式，有助于消除目前文学批评和文学创作中对于民俗学的偏见和认知误区。

　　在中国当代文学作品中，民俗文学意识占据了非常重要的地位，反映了我国人民群众的真实生活。目前，一些人对于文学作品中的民俗学意识存在错误认识，他们不能深入理解当时的时代背景和社会现实，存在一些非理性认识。我们有必要深入解读当代文学作品中民俗学意识的内涵，审视民俗学意识的存在形式和与文学创作的关系。

一、民族学意识的内涵和发展历程

　　要想明确民俗学意识的内涵，就必要弄清楚民俗学意识的对象。在社会学、史学、民俗学等学科范畴之内，"自下而上""走向民间"成为寻找人类历史文化基础和主体的轨辙，民间自然而然地指向了底层社会、普通民众或者日常生活。因此，可以将民俗意识看作叙述普通民众生活的一种意识形态。民俗学意识是指一种基于群众集体生活而产生的文学意识形态，既包括创作者对于文学民俗意识的形式、叙述、内涵的把握，也包括人们对于文学民俗意识的认识（可能是理性的，也可能是非理性的）、理解（或不理解）和认同（或批评）。它是社会现实的典型反映，与时代背景、社会现实、思想冲突等存在息息相关的联系。

我国的民俗学意识，经历了由"神话传说"到"关注现实"的漫长发展历程。我们的祖先，出于对宇宙的本能敬畏和敬仰，在历史车轮滚动中创造了丰富的神鬼文化和宗教活动，宗教活动是最基本的民俗活动和文学活动。以《搜神记》为例，《搜神记》记录了古代民间传说中的神话志怪故事，其中，《河间郡男女》就反映了封建社会中市井男女婚姻问题。在这个时期，民俗学意识处于"神话传说"时期，以神话传说的形式，记录民间生活。

北宋时期，市民阶层不断壮大，出现了论述当时社会生活的专门著作。比如，孟元老创作的《东京梦华录》。该书所记大多是 1102—1125 年间北宋都城东京开封的社会生活，描绘了这一历史时期居住在东京的上至王公贵族、下及庶民百姓的日常生活情景，是研究北宋都市社会生活、经济文化的一部极其重要的历史文献古籍。这个时期出现了民俗学意识，也出现了记录社会现实的著作。但是，之所以不能称之为对社会生活的理性思考，是因为当时的著作仅仅记录了民间生活，基本上较少以批判的态度看待民间生活的不当之处，缺乏人性化思考。

辛亥革命之后，特别是新文化运动之后，中国的民俗学意识进入了觉醒时期。当时的文学家既思考了民间生活的纯美朴实，也反映了辛亥革命之后民间生活的荒诞卑劣，体现了人性化思考。当代文学作品中的民俗意识，正是社会现实的典型反映，是当时社会的人性化折射。文学家叙述了普通群众的日常生活，目的是反映当时的社会形态，体现特殊时代背景下人性的光辉和卑劣。以沈从文先生的《边城》为例，讲述了边城小镇茶峒船家少女翠翠的纯美爱情故事，描绘了湘西地区独有的风俗文化，体现了人性的美好。而鲁迅先生的《祝福》，则通过祥林嫂凄惨的一生，反映出封建礼教吃人的本质，体现了人性的劣根性。

二、当代文学民俗意识的组织形式

从民俗学意识的意识主体（包括创作者、读者和文学批评者）来看，我们可以将民俗学意识分为理性民俗学意识和感性民俗学意识两种组织形式。意识主体是从感性还是理性方面思考民间生活，决定了民俗学意识的组织形式。感性民俗学意识，是创作者（或读者、批评者）对于民俗文学作品主体（主要是指民俗文化或社会生活）进行的感性把握，即体会作品主体的形态美和意识美，是一种审美观念。比如，作家赞美民风的淳朴（如赵树理先生的《小二黑结婚》等）、人性的善良（如路遥先生的《平凡的世界》等），这些作品直观展示了人性之美。人们无须深入分析文学作品的形式美，在字里行间，运用"直觉思维"就能直观得出民俗学意识的审美意蕴，体现了意识主体对于民俗的感性思考和直觉思维。

理性民俗学意识与感性民俗学意识相对。理性民俗学意识，是意识主体对于文学作品主体的理性思考，特别是对其中包含的时代问题的深入思考，站在时代角度思考民间生活，既看到民间生活的美，更看到民间生活的恶。大部分作品都展示了民间生活的落后与丑恶，在字里行间让人们思考社会现实，思考现实冲突。以巴金先生的《小狗包弟》为例，作者讲述了自己的小狗包弟在"文革"期间的不幸遭遇，通过"日本小狗与反革命"之间的荒诞联系，反映了"文革"时期政治暴力、群众暴力和极左路线的社会现实，让人反思社会现实，警惕"文革"再次出现。

三、关于中国当代文学民俗学意识的思考

从民俗学意识的内涵不难看出，文学和民俗学意识具有紧密联系，但是，不是所有文学作品都蕴含着民俗学意识。要想真正理解民俗学意识，就必须选择一些民俗化的文学作品，特别是展示民间生活的文学作品，分析其时代背景、社会现实、思想冲突，只有这样，才能更好地理解文学作品中所蕴含的民俗学意识。

民俗学作品的时代背景，是认识民俗学意识的重要渠道，是培养民俗学意识的关键。文学创作者只有站在时代背景角度，把握人物性格、叙事情节，才能加深作品的文学意蕴。例如，鲁迅先生的小说《药》，就展现了当时的时代背景。华小栓得了肺结核，但是当时的医学条件，不能治愈华小栓的病。因此，华老栓不得不向封建迷信"求救"，他运用人血馒头为儿子治病。通过对当时社会风俗和社会环境的描写，刻画了封建统治下的中国民众，充满了麻木心理和愚昧思想，反映出特定时代背景下的特定悲剧。

民俗文学作品与时代背景存在紧密联系，我们必须知人论世，重视时代背景。

同时，民俗文化是一种集体文化，展现了民众的集体心理，即民族思维模式。如果仅仅展现一两个人的思维模式，显然不具有代表性，也不具有价值性，只有反映一群人的思想和行为，才能引起人们深刻的思考。以鲁迅先生的《阿Q正传》为例，虽然讲述了阿Q的故事，但是不难看出整个社会群体的思想状态。阿Q生活在偏僻落后、封建愚昧的未庄。未庄所有的群众愚昧无知，对待上层人士卑躬屈膝，对待底层群众凶残横恣。鲁迅先生讽刺的不是阿Q一个人，而是一群人，是整个封建统治阶级。为了展现民俗学意识的代表性，应当透过一两个人，展现一个群体的价值取向和时代风俗。

民俗学意识包含了感性的审美意境。很多优秀的民俗文学作品抓住了民俗文化的特点，掌握了民俗文化的审美意蕴，体现了民俗文化中的人性美和行为美，进而达到了较高的艺术价值。在理解民俗文学作品的过程中，应当思考作品中包含的感性审美意境。沈从文先生的很多作品，都展示了感性的民俗美。他的作品充满了浓厚的民俗色彩，特别是湘西民俗色彩，不仅展示了风俗美，更展示了人性美，具有一种无形的号召力，在中国当代文学作品中占据了重要位置。可以这么说，沈从文先生所展现的民俗文化，是一种美学意义上的民族心理，是一种美好思想的传承，值得我们重视和理解。

中国当代文学作品中所体现的民俗学意识，更多的是理性思考，需要我们挖掘民俗学意识中所蕴含的深层内涵。我们应当透过民俗学意识的感性内容，思考感性内容与理性思维之间的关系，深入思考民俗学意识的社会问题，思考作者的言外之意。在作家孙方友的小城镇民俗叙事中，这些关注对象就是一项反复出现的集合意象，如《曾家膏药》《刘家果铺》《马家茶馆》《胡家烧饼》《雷家炮铺》等。这些作品不仅展示了中国的民间智慧和成果，也反映了作者对于时代的缅怀，特别是对于淳朴的社会关系、安全的产品和绿色的生活的向往，更包含了作者对于现代工业生产的质疑和担忧。如果不能读懂作者言外之意，那么就只能停留在感性层面认识民俗文学作品。

在中国当代文学作品中，民俗学意识占据了重要位置。展现饱满的民间文化，应当是文学创作者不断追求的目标。文学创作者应当认识到民俗文学作品所蕴含的是时代背景、思想冲突、群体意识、社会问题和感性理性认识，尽自己最大努力实现"民族的就是世界的"的文学追求，让中国现当代民俗文学屹立于世界文学之林。

第四节　中国当代文学史料学生态建设论

史料对于中国当代文学学科建设具有重要意义，不仅是其学术研究的基础，也是其教学的根本。自 20 世纪初至今，许多中国当代文学史料因各种原因逐渐散落湮没在历史的尘封中。打捞史料的碎片并使之发展成为一门成熟的学科在当下日益变得重要和迫切。而这个过程牵涉到方方面面，是一项宏大的系统工程，良好的生态环境建设对此尤为关键，其间包括史料意识的普及、史料搜集的统筹规划与有机整合以及治史者实事求是的学术立场等。在此基础上，不懈的坚持会让我们最终建构起拥有自己话语体系、理论原则和方法范式的中国当代文学史料学。

史料是中国当代文学学科的重要组成部分，不仅是其学术研究的基础，也是其教学的根本。尽管如此，在中国当代文学研究和教学领域，对史料的轻忽问题依然没有引起人们足够的重视。

学界大家的治学经验告诉我们，要建立良好的中国当代文学史料学生态首先必须普及史料意识，明确、提高史料在中国当代文学研究和教学中基础性重要地位和关键性作用的认识。但是，学界对中国当代文学现象的理解长期以来普遍热衷追逐方法论新潮，重理论阐释而轻史料实证。有论者指出："相当长时间各种文学史编写比较看重文学史观、历史叙述的原则，而不太注意历史叙述的方式以及文学史家如何打捞历史的艰辛、真知灼见的历史史实怎样发现。"[1] 歌德曾经说过，理论是灰色的，而生命之树常青。不管是以何种理论来建构中国当代文学史叙述，要想使这一过程缺少争议，让大家明白其中的来龙去脉，就必须使中国当代文学的发生发展过程获得原生态呈现。而这，是离不开鲜活的原始性中国当代文学史料的。"文学史的缺陷是没有细节。而没有细节，有时就不能很好地解释历史。"或者说，有了原生态的中国当代文学史料，我们的研究和教学才会充满活力和意义，才能获得信服和认可。以文学作品的版本为例。有学者指出："版本是新文

---

[1]　金宏宇. 新文学的版本批评 [M]. 武汉：武汉大学出版社，2007.

学作品的根本，也是新文学研究的根本。"[1] 然而，在中国当代文学研究领域，不乏这样一种浮泛的学风：研究著述不读原著，人云亦云，说理举例经常在一些常识性的耳熟能详的例子里面打转，翻不出新意，甚至断章取义，以讹传讹。在中国当代文学教学领域，也不乏这样一种空疏的教风：为了阐释论述的方便，一些文学史教材很少甚至几乎不会提到文学作品是否存在版本问题；为了讲课的方便，教师在分析问题的时候通常也只以流行的版本为主；或者，无论是研究还是教学，即使偶尔涉及作品的版本问题，也不会说明是不是以该作品的初版本来进行文学现象的阐释。但事情往往是，流行的版本通常是后来修改过的。撇开初版本，就文学存在的共时性角度而言，流行版本也许更能说明某一时段文学的存在状况或者创作风气，由此更能反映出该时段社会普遍的审美风尚或者艺术特征，甚或更能凸显当时的主流意识形态诉求，但是从历时的角度来讲，这种静止性研究或教学对文学状况的深入认识又有一定的遮蔽阻碍作用。如在讲授长篇小说《白鹿原》的时候，我们一定会告诉学生这篇小说曾获得了茅盾文学奖，并重点讲述其思想内容、文化观念、艺术表达等，但不 ·定会告诉学生这篇小说曲折复杂的获奖过程，包括在此期间作者为了获奖对原著做了怎样的修改，有过怎样的心路历程，作品修改后与原著在叙事逻辑、文化观念、思想表达、历史意识和审美追求上发生了哪些调整和变化，等等。这些如果不讲，学生对当时社会的主流文化观念和文学发展的具体情况就难有一个切实深入的认识了解和理性清醒的价值判断。同样，对于 1949—1966 年间中国当代文学许多作品"无定本"现象的研究或讲解，我们可以以该时期涉及知识分子叙事的小说创作为例（前期如萧也牧的《我们夫妇之间》、中期如王蒙的《组织部新来的青年人》和杨沫的《青春之歌》、后期如浩然的《艳阳天》等），从文献学的角度比对同一作品的修改本、续写本、改编本与其初写本发生了哪些变化，分析为什么会发生变化；再将所有作品的变化综合起来，从历时的角度，按照时代语境内在于其间的起承转合逻辑，具体阐释该时期作品的知识分子叙事是如何由异质走向人民性同构，并细致分析其中所包含的深意，以此凸显 1949—1966 年间中国当代文学一体化发展的规律和特征。

事实上，中国当代文学许多作品往往因为各种各样的原因存在多个版本，如除了有杂志版，还有单行版，当下甚至还有网络版。其中，单行版

---

[1]　金宏宇 . 新文学的版本批评 [M]. 武汉：武汉大学出版社，2007.

最复杂，许多作品经过作者或者其他人的多次修改，其版本随着时间的推移越来越多，变化越来越大，最终版与初版本甚至迥然有别。当下能够为大众读者见到的，可以说绝大多数不是作品的初版本，包括一些新出版的中国当代文学典藏读本，尽管出版方声称是从该作品多种版本里面挑选出来的最好版本，但其实只要仔细辨别就会发现，所谓的"最好版本"往往是该作品后来经过修改但仍然存有争议的版本。而这样的版本肯定难以再现该作品初出版时候的文学现场，因为它只反映作家另一时段的思想变化情形，只突出了历史另一阶段的社会文化状况。这种情况下，版本问题如果没有特别阐明，中国当代文学的史料问题、史料意识就会被忽略，历史的真相就会被遮蔽甚或扭曲。毫不夸张地说，脱离原版本所进行的文学史叙事很难说不是一种伪叙事，离开原初材料，没有史料意识，我们很难认识真实的文学历史。对此，有学者不无忧虑地指出："离开了真实可信的史料文献……现代文学研究的实证性将遭异变，历史本质将被阉割，她的科学价值便不复存在，学科生命也随之窒息。"[1] 对于学生而言，则不利于其养成专心致志、潜心问学的学术品格和实事求是、扎实严谨的优良学风。因此，我们要重视文献史料对于中国当代文学史科学建设的重要意义，"将长期以来被遮蔽的文献史料纳入研究视野"[2]，"在正确引导读者、学生以开放的文学史观审视和接受历史的同时，史料文献的清理、文学资源的辨伪、情境的还原，比过去更加需要踏踏实实的学风，深入细致的小心求证，大胆质疑的创新精神。"[3]

从理论上讲，中国当代文学走过的历史也就不过百年，比起古代文学的文献资料来，有关它的史料搜集本不会那么困难，但源于这段历史的复杂性（如兵燹战乱、政治纷争、文化差异、观念冲突和社会转型等）及其难以摆脱与复杂现实中不确定因素千丝万缕的利害关系，就很有可能出现史料的"匮缺、误解、曲解、割裂、藏匿、毁弃、篡改、变造"等现象，从而给中国当代文学史料的搜集带来巨大的困难。如抗日战争、解放战争、反"右"运动、十年"文革"等历史的多个阶段期间，不少中国当代文学资料被损毁或者丢失；如因个人隐私或出于自我保护或为尊者讳的目的，许多作家的文集或者全集并没有收录在后来的研究者看来对研究这个作家

[1] 刘增杰，孙先科 . 中国近现代文学转捩点研究 [M]. 上海：上海文艺出版社，2008.

[2] 刘增杰，孙先科 . 中国近现代文学转捩点研究 [M]. 上海：上海文艺出版社，2008.

[3] 刘增杰，孙先科 . 中国近现代文学转捩点研究 [M]. 上海：上海文艺出版社，2008.

或者某种中国当代文学、文化现象具有重要意义的文献资料，或者即使有所收录但也不完整，已经过作者本人或其亲朋故旧、弟子门徒的删改变造；如因政治纷争或者观念差异，有些中国当代文学资料被任意增删修改、断章取义或者随意拼凑嫁接、比附影射，等等。上述种种，如果不能正本清源及时补充修正的话，很容易以讹传讹，造成对中国当代文学现象认识的片面、肤浅或者偏见、误解，甚至成为永远的历史之谜，从而影响对中国当代文学的认识和研究。当然，这种情况的发生，也和当下发达的网络系统和完善的物流业服务有关。由于现在互联网已经在全世界普及，与传统的单一实体店售卖不同，现在几乎所有的图书都能够通过互联网渠道和物流业服务自由买卖。借此，无论是卖家还是买家，他们都可以及时掌握图书市场的情报信息，如哪些图书是孤本、哪些图书是初版本、哪些图书买的人多，甚至哪些图书能够提供怎么样的信息，关键的是，哪些图书该卖怎样的价格，他们对此都了如指掌。这给大家带来方便的同时，也造就了图书市场文物意识较重、版本意识较强的现象，甚至不约而同地对此推波助澜，只要是年代稍微早一点的图书、在某方面具有特色的图书价格普遍不菲，而那些现在很难找到，甚至快要成绝本的图书，价格方面往往高得更加离谱。但是，对买家而言，如果不及时出手的话，即使出再高的价格可能也买不到。这种情况下，咬牙得到这类书的买家（往往是学术成长道路上刚刚起步的"青椒"——一般研究者）对此视若珍宝也就不难理解了。对此，鲁迅当年就曾深有感触："时方困瘵，无力买书，则假之中央图书馆，通俗图书馆，教育部图书室等，废寝辍食，锐意穷搜，时或得之，瞿然则喜，故凡所采掇，虽无异书，然以得之之难也，颇也珍惜。"[1] 更何况，很多读书人对书往往有一种难以言喻的珍爱，从而更加剧了史料搜集的困难。

　　这就要求我们在时机成熟、条件允许的情况下，统筹规划对中国当代文学史料的搜集和整理。最好的方法是组织集体力量，群策群力。20世纪80年代初，由中国社科院文学研究所牵头主持，全国众多高校、研究和出版机构深度参与，在全国范围内广泛开展的征集中国现代文学资料的活动就非常好，极大地推动了中国当代文学学术研究和课程化建设的发展。尽管该活动因经济原因并没有最终完成，但其所规定的史料征集、编选的方式步骤和原则要求（如遵循历史唯物主义的原则，尊重历史发展的客观事实，文献资料不限内容、不论大小详略、不限空间时间、不限传播媒介、

---

[1]　鲁迅校录. 小说旧闻钞 [M]. 济南：齐鲁书社，1997.

注重初刊本或初版本，强调准确真实地反映出现代文学史的本来面貌等），"逐渐成为此后史料整理者和研究者共同遵守的学术准则"[1]，为我们现在的史料搜集工作提供了很好的思路和方法。

但实际上，80年代那种举全国之力集体搜集史料的做法到现在为止还只是昙花一现。很长一段时间以来，人们对史料的搜集往往还只是个体行为，不仅人员数量少，分布也不集中，力量比较分散，大家的兴趣点也并不相同。在史料的个体搜集过程中，不少人只顾一点不及其余，只发掘他认为有益于自己研究的材料、对自己管用的东西，其余则弃之不顾。这种急功近利地打捞历史碎片的做法很值得商榷。当各取所需的时候，各种史料碎片也就被赋予了不同的限制性功用，因此很有可能造成对历史的曲解，加上史料的分散性存在，不仅会带来资源的极大浪费，进而重复打捞，甚至在这种只见树木不见森林的打捞视野中还会失去获得重大发现的机会。因此，我们要做有心的打捞者，避免史料搜集过程中各取所需的现象，在摆脱各自研究领域和所处地域局限、突出自身研究特点、进行跨学科跨地域史料搜集的同时，要注重开阔眼界，对打捞上来的东西进行有组织、有计划的整合，注意彼此互通有无和资源共享，加强信息沟通和交流；同时，不能只着眼于所谓的"大家"和"重要"材料，也许"小家"和"次要"材料更能说明重大问题，如反映时代社会变迁、文学价值取向、历史发展动态，包括对模糊历史事件的侧面证实或者充盈丰富等。这样不仅可以节约大量查找史料的时间和精力，通过比对联络，辨析分别，还可更加加深对文学现象的认识和了解，对相关问题研究也就会更加全面透彻。恰如有论者所言："在这种情况下，从谱系的角度对史料进行关照，建构现代文学史料体系，有利于在纵横交错、四方融汇、相互关联之中展现历史发展的流脉，准确把握文学现象之间的互动关系和复杂关联，从而深刻地揭示出事物自身的本质。"[2]现在信息技术越来越发达，已为实现这种设想提供了很好的便利条件。

史料的搜集、整理和阐释无疑是为了更好地还原历史的本来面目，方便对文学现象的研究和学习，对于建构中国当代文学史料学尤为关键。因此，治史料者在此过程中首先要有一个实事求是、客观公正的学术立场，一切从实际出发，避免先入为主的主观判断。否则，就容易使自己掉入先

---

[1] 刘增杰，孙先科.中国近现代文学转捩点研究[M].上海：上海文艺出版社，2008.

[2] 刘增杰，孙先科.中国近现代文学转捩点研究[M].上海：上海文艺出版社，2008.

验预设的陷阱而不自知，从而造成历史真相的遮蔽和研究方向的迷失，并在时间、精力、资源等各方面带来不必要的浪费。胡适先生所说的"大胆假设，小心求证"是很有道理的。如学界普遍认为，有些文章如果不特别注明作者的话，一般读者就很难辨别这些文章出自谁的手，如周氏兄弟的早期文章、如瞿秋白与鲁迅的杂文、如20世纪八九十年代余秋雨等人创作的具有类似风格的一些文化散文等。王瑶先生曾言："我们必须坚持历史唯物主义的原则，尊重客观事实，坚持党性和科学性的统一。无产阶级不需要夸大一些东西或掩盖一些东西来表现自己的立场。历史的真实性、科学性和党性是统一的。我们反对客观主义，要在论述中表现倾向性，但倾向性只能表现在科学的历史真实中，表现在科学的分析和评价中，而不能是外加的拔高一些什么，或者贬低一些什么，也不需要回避什么东西。"[1]学者们的观点给了我们很大的启发。布尔迪厄说过，立场就是立足之点——某种立场与坚持这种立场的社会行动者所置身其中的社会空间中的一定位置有必然联系。当代著名学者钱理群主编的《中国沦陷区文学大系》曾在学界引起较大的反响，被誉为"二十世纪中国新文学史料建设的圆满终结"，依据是该书系的编选者基于文学的艺术性自主原则，"有意识地将沦陷区文学研究，置于文学本位意义上的评价系统之中"，发掘出一批我们平时很少关注甚或不知道的一些作家作品，继夏志清之后在大的方面基本上补全了中国现代文学史料的空白，从而"显示出独特的学术眼光"。

　　这就要求治史料者对史料尤其要具有比较强的辨别、判断和运用能力。这些能力来自哪里？诸多文学史编写实践经验表明，来自治史料者对史料平时一贯实事求是的关注、阅读、比较、分析、研究和积累。王瑶的《中国新文学史稿》、钱理群等的《中国现代文学三十年》、洪子诚的《中国当代文学史》等均是学界广为传诵的文学史佳作：观点新颖，见解独到，学理性强。所以如此，与著者仔细查阅并认真引用参证了大量的文献资料有关，当然也与处于社会转型期的他们各自亲身经历了现代或者当代那段沧桑历史岁月，有着丰富的人生阅历和切身的生活体验有着密切关联——在充分占有史料的基础上，摒弃前人成见，撇开外在纠纷，还原历史情境，在此基础上形成了他们对各自所写那段文学历史的深刻认识和独到理解。故这些文学史著作史料丰富翔实，立论扎实严谨，见解独到深刻，评价客观公允。而有些文学史著作者则缺乏与其所处社会语境足够的距离观照，

---

[1]　王瑶.中国新文学史稿[M].上海：上海文艺出版社，1982.

摆脱不了与现实世界千丝万缕的利害关系，以一种先验预设的写作立场对文献资料进行为我所用的搜集整理，按图索骥地占有使用材料，带有浓厚的现实利益考量和主观论证色彩。这样写出来的文学史就变成了一种在较少史料基础上的纯理论演绎或者文学性想象，缺乏叙述和阐释文学现象应有的扎实、严谨和规范，故而行而不远，终被取替。也就是说，史料学并非仅是对史料的简单搜集，还包括把它们放在恰当的语境进行合理的阐释，如关于史料深层次的来龙去脉、出现的原因、说明的问题等，最好能够追根溯源。假如因此能够回到历史相关现场，尊重历史基本事实，就不仅能够识别出上述所说史料的"匮缺、误解、曲解、割裂、藏匿、毁弃、篡改、变造"等现象，而且能够探清这些现象为什么会产生和具体的演变过程，进而在充分占有过去的基础上还原文学史的本来面目，实现对史料的正确合理使用，并最终建构起拥有自己话语模式、理论原则和方法体系的中国当代文学史料学。迄今为止，人们对许多中国当代文学现象的理解一直都是莫衷一是，均因没有具体的令人信服的史料对其进行恰当的历史定位，史料学的建设也因此任重道远。

尽量打捞史料碎片，努力加以辨析，合理加以整合。尽管历史只存在于过去，我们无法完全还原历史的本来面目，但不管如何，在良好的中国当代文学史料学生态环境构建中，不懈的努力还是会让我们深切体会到历史灰烬中更多的余温和真相。原生态文学史的呈现离不开原始性史料的构成，我们应该发动更多的力量运用更加科学合理的方法进行文学史料的搜集、整理和使用，让一件原本很有价值但为大家所普遍忽略的事情做得更有意义更有影响。虽然现在距离中国当代文学史科学的成熟还有很长的路要走，为此所做的努力还远远不够，但我们依然要朝着这个目标坚定迈进，不断前行。

第五节　中国当代文学作品中的民俗文化体现

现阶段，文学作品中体现民俗文化的作品越来越多，这是文学发展的必然趋势。民俗文化对于中国现代与当代文学的发展有着重要的作用。在文学作品中融入民俗文化的描写，可以有效提升整部作品的内涵，对中国文化发展起着促进的作用，同时激发了读者的阅读兴趣，对人们了解中国民俗文化有着巨大帮助。

一、民俗文化概述

民俗文化又被人们称为传统文化，主要指的是民间的风土人情及风俗文化。广泛意义上指的是一个国家或者是一个区域的人民在一个集中的区域逐渐形成的生活习惯。在人们的日常生活过程中形成的一些非物质文化遗产与民俗。民俗文学主要是指专门研究民众生活与地方风俗的科学。民俗文学主要包括理论民俗学、应用民俗学及历史民俗学。主要指的是部分专家以科学认真的态度来研究当代民俗生活习惯，在研究过程中，需要进行全面的调查、收集，然后将收集到的资料进行全面整理，用自身的语言重新进行表达，在探求社会功能、本质结构与基本特征的同时，揭示其发展与演变的过程，这为人类社会健康发展提供基本保障与服务。民俗文学可以对人们认识历史提供很大便利。

二、民俗文化发展现状

民俗文化主要指的是人们的信仰、口传文学、民族风俗及历史文化的综合体现。现阶段，中国国内已开始对民俗文化保护加以重视。但是，关注的重点只是集中于制定了非物质文化保护的一些制度，同时国内的学术界也只是进行了一些表面化的调查工作。在对民俗文化的开发与研究上面，依然存在明显欠缺。对国内文化产业结构的研究也存在不足，特别是对于文化结构中产业结构转化机制问题的研究还存在缺陷。因此，需要国家相关部门加强对民俗文化的重视，促进民俗文化的进一步发展与传承。

三、中国当代文学作品中的民俗文化的重要性

民俗是一个时代或者地域中共同生活的人们的生活习惯与风俗的总体体现。文学作品与民俗文化之间的联系密切，这可以从远古时代开始研究，例如，《诗经》中所经常出现的大量的体现出古代劳动人民生活形象的作品，目前，国内大部分研究人员认为是民俗文化，描写的就是具有地方特色的文化。中国当代文学作品中的民俗文化主要体现的地方，包括乡土民俗、

居住民俗、生活民俗、理解民俗。分析中国民俗文化的重要性时，可以从这些方面来进行分析。莫言作为文坛为数不多的诺贝尔文学奖获得者，其作品中含有丰富的民俗文化。作品里呈现的丰富多彩的民俗文化是莫言能够获得表彰的重要因素。莫言运用其特有的文笔将中国民俗文化展现在世界面前。莫言的大多数作品已经获得欧美国家的认可，可见民俗文化对于世界发展来说也有很大影响，也可以看出科学民俗文化对于世界发展的重要价值。中国现代文学作品及至当代文学作品中，内容包含有很多地区的民俗文化，民俗文化描写作为文学作品中的一个关键部分，是抓住读者目光与心灵的重要因素。文学是经验下的产物，而文本拥有不确定性。民俗文化的分析，也是对文学作品的研究与解析。因此，在文学作品创作过程中，国家相关部门需要对民俗文化的作品进行重视，加深对文学作品的理解。

四、当代文学作品中民俗文化的体现

（一）贾平凹作品地域民俗文化的体现

和古代文化作品进行比较，中国的现代与当代作品中的民俗文化更具有乡土气息，是具有现实主义人文色彩的作品。历史洪流不断向前，民俗文化依然是作家们重点描写的重要内容。在当代或者是现代的文学作品中，依然可以看到很多人文作品。尤其是有部分现实主义作家，会在其作品中不由自主地展现出民间风俗与文化，在文学作品中，可以看出当地地域文化。贾平凹的文学作品中就有很多能体现民俗文化的描写，民情风俗是贾平凹写作的一个重要的方向，通过使用民俗文化来构筑自身的作品，在自己的文学世界中详细描述民族形态，同时可以体现出一种文化创作新方式。在现实主义作品中，不仅可以体现出中国文化的气派，也可以体现出自身对于艺术的追求。在贾平凹的散文中，可以更加深刻地了解到，作者并没有进行专家理论概念的描述，也不是那种丝毫没有根基、故作姿态地张扬自身的文化修养，而是通过自身文笔将历史上散落的文化及具有民俗民情的鲜活作品跃然纸上。在其散文创作过程中，对于中国民俗文化的讲述更是细致入微，同时很有气势。在散文中，关于生他的地方的描写可谓是精彩纷呈，在养育他的黄土地，尤其还是具有悠久历史且是他隐居十九年的地方，在散文中可以看到当地的都市风情、乡村民宿，在《关中论》中描述关中人"喝西风、吃泡馍，唱秦腔"，关中的村居一般是"黄土版筑，墙高檐宽"。而在他的另外一篇散文《商州三录》中，展现了作者优秀的写作功底，描绘了当地人们的生活与繁衍生息。在作品中，作者对于黑龙口旅店的描述，加深了人们对于作者的认识，在《黑龙口》这篇文章中，如"天黑了，主人会让旅人睡在炕上，媳妇会抱来一床新被子，换了被头，换了枕巾。只说人家年轻媳妇要到另外的地方去睡了，但关了门，主人脱鞋上了炕，媳妇也脱鞋上了炕，只是主人睡在中间，作了界墙而已"，通过不同的一项，例如，"上炕、脱鞋"，可以看出北方人生活的习惯动作，通过"主人脱鞋上了炕，媳妇也脱鞋上了炕，只是主人睡在中间，做了界墙而已"可以了解到当地的生活习惯与主人的待客礼仪。

（二）鲁迅作品中民俗文化的体现

在鲁迅的众多作品中，也可以看到鲁迅是很看重民俗描写的。例如，在《阿Q正传》中，对于主角性格的描写，在《祝福》中，作者所描画的祥林嫂的性格与悲惨命运，在《药》中可以看出作者对于人血馒头可以治疗肺病的一种讽刺。在这些作品中，通过对民俗文化的描写与人物性格描写来揭示人物内心活动，这对作者想要体现出民俗文化的一些现象提供了很大便利。

（三）王鲁彦作品中民俗文化的体现

王鲁彦的作品主要表现的是社会底层的人民的生活习惯、生活状况与人民精神信仰。对于精神的洗礼作用，作者也已经在作品中有所体现。在《鼠牙》中主要讲述的是鼠信仰及鼠婚风俗，通过对动物的描写体现出部分民俗习惯对于人们心灵带来的束缚，运用民俗文化来体现出人们性格中的一些缺陷，例如，人性自私的一面及狭隘的一面，同可以间接地看出民俗中的一些好的风俗文化。作者具有幽默诙谐的语言表达，给人们带来反思的同时，为现代文学发展提供了借鉴的榜样。在王鲁彦部分作品中，主要描写了人们为了求雨而举行了大型壮观仪式，体现出人们丰富的想象力，及对于雨水的急切渴求与愿望。从《菊英的出嫁》这部作品中可以了解到地方风俗生活，及主角的人生悲剧。

（四）陈忠实作品中民俗文化的体现

对于文学作品，需要的不仅仅是向人民传递自身的价值观，还需要注重值观传递的方式。陈忠实在作品《白鹿原》的描写过程中，对于乡土民俗进行了充分的讲述，这是一部具有北方色彩的现实主义的作品。在描写白鹿原时，作者对主人公的长子与长女诞生过程的描述格外生动。在陈忠实作品中可以看到礼仪文化，将作者的内心想法通过描述淋漓尽致地展现出来。体现出的是中华民族传承的优良品德，同是中华文化的主要表现。在作品中，作者通过对礼的诠释，促使人们对生命有了新的认识。《白鹿原》是被读者评价为最有中国味道的一部文学作品。

（五）莫言作品中民俗文化的体现

20世纪有一部作品红遍大江南北，就是莫言的《红高粱》。《红高粱》这部文学作品被拍成电视剧之后，文学作品也得到了广泛关注与好评，这部作品被很多读者亲切地称之为最爱的作品。在《红高粱》中，对于一些场面的"真刀、真性情"的语言描述，塑造了主角鲜明的性格色彩，对于地方民俗文化也进行了详细描写。作品本身就透露出浓浓的乡土情结，例如，对于九儿在出嫁之前的一段描写："喜娘正为九儿'开脸'。一股拧成麻花状的丝线在九儿光洁的脸上滑动着，为她刮去脸上的汗毛，把眉毛修成两条弯弯的细线。喜娘手持梨木梳子，把九儿的一头秀发揽在手里，一绺绺、一节节地梳理。尔后，把梳顺的头发紧根儿扎住，挽成几个大花，塞进黑丝绒编织成的密眼发网里，用四根银簪子插住"，通过这段描写，读者可了解到民俗文化的一些现象，对于女子出嫁之前需要开脸，可以看出民俗文化对于作品的深刻影响。坐着花轿去出嫁，对于花轿的描写，可以将地方特色的民俗文化展现在读者面前，这部作品中还有酿酒、饮酒、高粱地的一些描写。在这部作品中有充满斗志的少年余占鳌，也有聪明理性的九儿，在这部作品中也可以看到历史的影子，例如，文章在讲述抗日战争时期，民众团结一起共同抗敌的描写，还有部分人物思想发生转变的描写，例如，朱县长对于抗日的思想改变。从作品中展现出人们的思想、心态，将民俗文化、地域风情、历史等结合起来，就可以看出作者的良苦用心。在这部作品中，可以看到酒对于当地人们生活的重要性，从对高粱酒的描写中，让读者深深地感受到作品中的民俗文化，对于乡土风俗的着力描写，体现出更加可贵的民俗文化与民族特色。莫言的作品是存在精神力量的，主要体现在作品中人物的真实性格与心态。可以通过对作品的阅读，看到想象中的画面，给人带来想象力的同时，在脑海中形成比较直观的画面，促进人们对于知识的更深理解，提升读者阅读的积极性。在作品描写的背后，可以发现作品中蕴含着一种精神上的力量。通过《红高粱》，可以了解到作品具有正面积极的引导作用，作品的励志作用会对青年人产生带动作用，尤其是对于余占鳌的成长历程描写，余占鳌从一个土匪转变为一个抗日积极分子，为青少年成长树立了榜样作用。通过对人物的描写，反映的是民族气节，这对民俗文化的发展起到了积极的促进作用。

第六节　中国当代文学中新写实手法的文学价值

新写实手法是新现实主义小说的一类创作方法，有着一定的包容性与开放性特点。写作题材中对生活状态还原的写实性手法，是 20 世纪 80 年代中期至后期文学创作的主要过渡方式。通过对新写实手法对中国当代文学创作带来的价值探究，对小说创作有着非常重要的现实价值和意义。

从新写实小说的诞生时期上看，这一小说类型起源于中国小说创作由疲软转向崛起的过渡时期。新写实小说是一种基于传统现实主义发展起来的具有西方后现代主义小说特点的新型文体。在创作手法上，新写实小说注重将原生态生活的全貌呈现出来，通过尽可能客观的笔触，将生活中的芸芸众生呈现到读者面前，所以很多新写实小说都注重对底层人物的刻画。新写实小说所承载的文学精神仍然得到现实主义小说的一脉相承，但是在开放性层面，新写实小说更胜一筹，它在吸收现实主义小说优势和长处的基础上，更倾向于本土化的创作手法，无论是关注的题材还是叙述的方式，都更强调对真实平凡生活的再现。

一、新写实手法的起源和运用

（一）新写实手法的起源

在写作手法上，新写实手法借鉴了写实创作的相关技巧，在中国古典文学当中能够看出一些端倪。中国很多古典文学作品中都刻画过底层人民的心理状态。随着文学创作手法的不断进步，文学作品中语言表达的方式方法也在不断创新，这些新型创作方法都为作品带来了不一样的艺术气质，但是写实手法因为能够引起人们的思想共鸣而显得更为感人与朴实。从流传至今的作品当中追溯我国新写实小说的起源可以发现，在汉朝和唐朝时期就已显现了以写实叙述为主要方式的古典小说，这些文学作品堪称我国新写实小说的先祖。新写实手法作为文学创作方法之一，一直被人们沿用。

中国文学创作发展到清朝末期，来自西方的大量文学创作方法论涌入中国，当时梁启超倡导重事实、轻虚构的文学创作理念，彼时的西方社会，现实主义小说正值顶峰，西方的很多作品都通过现实主义手法对现实生活进行不加装饰的真实还原，在很大程度上带动了对艺术审美、社会影响的批判。但是，所有文学艺术创作手法或是派别都具有自身发展的客观要求和规律，可以形容其为螺旋式阶梯，在传承中批判的同时，又在批判中提升之后回归。

中国文学史上真正开始推进写实主义风格的时间，大概在五四之后，这一时期涌现出了大量写实主义风格的作家及作品，当时的很多作品都将探讨的重点放在了社会问题及现实生活上，这也让该时期的作品有着明显的时代风貌和特点。

后来写实主义的风格开始被其他写作风格取代，这是由于当时文坛开始风靡革命浪漫主义、理想主义，这些文学创作上的风向开始渐渐让写实主义的色调越来越灰暗，也失去了现实主义的批判价值所在，人们无法在作品中剖析现实，渐渐地写实主义也跟随中国文学创作的低谷而落寞，这段文学历程也直接影响了写实主义在中国文坛的落地开花。

20 世纪 80 年代，随着我国向世界敞开大门，众多的小说创作者开始重新思考如何开展文学创作，人们不再用假、大、空的方法进行叙述，而且模板化的创作方法也让小说索然无趣，于是，文学创作者融入了自身的判断力及思考，但是在笔触上仍然坚持不用主观情感代替客观事实的文学创作方法，其就是完全无情感、拒绝现实功利主义观念，借助当代文学主义各方流派的方法来进行文学写作。此方法具有更大的包容特点与开放特点，而且更有利于作品的表达，在此基础上，独具中国特色的文学风格诞生了。文学创作者在国外后现代文学作品中也持续吸收营养，让中国的新写实手法不仅能够反映社会的现实，也避免了对客观事实的伪造，而是将评判的主动权重新归还给读者。

（二）新写实手法的运用

纵观文学作品的发展历程可以看出，文学从诞生之后，就在不断经历多个阶段的发展交融，其实质特征与呈现方式各不相同。例如，题材选择和所使用的写作手法、语言特征等，都决定着文学作品的主旨实现程度。

写实主义也在不断地发展和演变，在发展的过程中，写实主义借鉴了现实主义手法中的一些创作手段，并在原本的文学技巧之上进行了延伸。而新写实主义在写作上采用的则是更偏向于平面对接的方式，通过对人物生活方方面面的描写，做镜像和结构类的陈述表达。新写实主义抛开了对事物存在意义和价值的探讨，更注重运用语言和情节突出表述对象的思想品格。在新写实文学作品中，本我和异我的区别更大，对两者情境的塑造，也让新写实主义的文学层次感更强。

在现实主义文学作品中，作者往往会倾注大量理性化的生活价值观念，然而新写实文学创作手法却是不一样的，这种文学风格将更多的注意力放置在了对感性的关注上，这种叙述的方式更符合人们日常的生活逻辑，所以，很多新写实文学作品中会出现生活中常见的语境，甚至直接采用较为拖沓的口吻，完成整个叙事，减少文学加工的痕迹、规避隐藏的引导，不进行二元定义。在此结构中，悖论是经常呈现的极具现实意义的现象。新写实主义小说中的写实指向富有个性意识的作品，在进行文学创作时，常把世俗性与生活琐事进行细微的描述，在描述中创建出一种身处此境的幻觉，将文学艺术中的真实转化成"生活"中实实在在存在的情境，在这类文学作品中，艺术变成了一种概念化的存在，情节仍然是真实的，不过是以一种更加艺术的方式重新进入读者眼帘。

二、新写实手法在当代文学中的审美意义

对文学作品的评价，实际上反映的也是人们社会关系背后关于"美"的标准。文学作品需要人物支撑，而审美的根本其实就是人类与时代价值关联的判定。新写实小说这一艺术门类和当时的社会发展有着直接关系，是受当时的历史环境决定必定会出现的特定产物。对新写实小说进行阅读之后会看到新写实对审美价值的另类观点，不是对宏观价值上的准则展开放大，而是将生活琐事，甚至是平庸的生活细节做生动的还原。打破描绘高尚品德与批判事件的桎梏，在文学作品中阐述生活的创作者，塑造的更是一种精神，将现实生活中人们拼命努力的平凡生活展示出来。为了刻画出不同人物的价值追求，文学创作者要能够通过自己的经验和认知，丈量现实社会的标准，尽量客观地还原事实。

三、新写实手法在当代文学中的价值

文学作品之所以能够长久流传，和作品本身所蕴含的精神内涵有着直接的关系，在评论一部文学作品的价值时，要关注到这部作品是否能够真实地反映出作品所处的历史环境特点，将思想和语境呈现出来，具备普遍意义的作品才是能够传承的艺术作品。

针对文学史上文本叙事模式的研究，能够更好地发现文学作品中存在的断裂性和互文性，在新写实手法创作中大量使用的俚语及鸡毛蒜皮的琐事描写，都为当代文学提供了不可多得的素材。没有任何一种文体具有像新写实手法一样对小人物关注，各类褪去光环的真实人物实现了最大程度的还原，这种真实是属于生活本身的，同时承载着历史的真相，而这也正是新写实手法对于当代文学史的最大贡献。

例如，在作品《狗日的粮食》中，作者刘恒仔细地刻画了"口袋"的角色，这个角色拥有着鲜明的性格，其个性就是当时为了生存的小人物而展现出来的人类本性，当人类本性中最为基础的生存需求无法被满足时，人类将会做出反抗的举动，但反抗方式各种各样，不过其本质一样都是"反抗"，所以妥协于人类本性，同样是对时代、对社会、对现实的一种源自本能的反抗。小说中，口袋说的最后一句话就是"狗日的粮食"，这句话既是点题之笔，实际上也是作者借主人公之口发出的灵魂呐喊。作者刘恒很精彩地还原了一句民间俚语，以口语化的形式发出这句质问，本质上也是一种妥协，妥协于人类的本性，这句话也在很大程度上赋予了此文学作品最重要的艺术价值。

综上所述，对新写实小说创作进行研究能够发现这一流派的艺术特征及写作手法，了解新写实小说在叙事艺术形态上的特点。新写实小说具有很强的开放性及人民性特征，作为写实小说的重要补充，新写实小说在艺术形态及语言风格上有着更加明快的表现力，在贴近生活、还原生活的过程中，打破了固有的思维束缚，也由此造就了新写实手法的独特艺术魅力，让新写实主义小说在中国当代文学史上占有了一席之地。

第三章 中国现当代文学创新研究

第一节 中国现当代文学创新研究的关键因素

本节从现当代文学创新研究所涉及的知识点梳理与探讨感悟心得，将探究视点分别投向：中国现当代文学研究中的薄弱点及研究方法、如何发现问题及研究之"度"、论文概要的书写、学术研究的分歧与论证、如何增强问题意识与论证问题。在进行此研究视点梳理的过程中，可得出中国现当代文学研究需精益求精，具备开辟与钻研的精神，在繁杂冗乱的研究道路中另辟蹊径，但同时要坚守研究问题之"度"的原则。

从现当代文学创新研究所涉及的知识点梳理与探讨感悟心得，可以将研究视点放置于作家的研究，此节以中国现代文学中的老舍与鲁迅为切入点，分别探讨了二人在现代文学研究过程中的薄弱点，并提出针对薄弱环节研究的方法。中国现当代文学的年轻学者在文学研究中应具备问题意识，注意说明文本解读要与作家的原意相结合，遵循解决问题之"度"，切勿进行天马行空、脱离文本事实的研究。

在探究现当代文学研究的薄弱环节，本节将探讨老舍和鲁迅研究专题中的薄弱之处。以老舍为例，学术界多研究其作品的价值与文本中所体现"京味"等，在语言方面却少有深入探究，比如，从语言学的角度来看，北京话中有很多满语成分，儿化音、口语化都是老舍文本中语言鲜明的特点，故研究老舍的少数民族身份与其文学语言的关系是老舍专题研究中较为薄弱的方向。另一薄弱点是研究西方文学与民间文化对于老舍作品的影响。老舍的生平履历中有出国任教的经历，西方作家如狄更斯等人对其作品的创作产生了潜移默化的影响，并且老舍对于民间文化也进行过深入研究，抗战时期其创作的鼓词是老舍对民间文化的吸收与创新。在鲁迅研究专题的薄弱点中，探讨了鲁迅的翻译观与文学的关系，其文本的西化是否是受到了鲁迅翻译文本的影响。及鲁迅的"硬译与直译"观念与梁实秋的"意译"观念在现代翻译中是否依然适用。本课程特别强调了鲁迅的美术研究与创作，因鲁迅是较早为连环画辩护的学者，认为连环画具有直观性的特点，有助于民众的思想启蒙，故可以从启蒙的角度研究鲁迅为何辩护连环画。此课题还引申出鲁迅作为精英文学的启蒙者认为用文字所书写的作品，其受众并不是普遍的群众，而连环画则是一种具有大众性的启蒙读物，是对文学启蒙精英化的弥补，可以看出鲁迅的启蒙为两条路线，分别针对精英与普通群众。

薄弱点的研究方法应从文学研究界所反映出的现象与话题入手，例如，《呐喊》与《彷徨》之关联，《彷徨》推翻了《呐喊》的哪些观点，又增添了哪些理念，可以说《呐喊》是鲁迅精英式启蒙的典型性作品，而《彷徨》则更多地回归于自我的内心世界。中国现代文学与日本近代文学之关联，及鲁迅时期所倡导的文学大众化与当代的网络文学有何种联系都是值得研究的切入点。从网络文学发展这个课题中我们可以看出从古代文学到近代、现当代文学，及当下文学，是一种融合的趋势。古代文学其文体界限分明，小说与诗歌自成一派；现代文学开始融合，如诗化小说、散文诗及戏剧小说的出现；当下的网络文学则出现更加融合的趋势，文学的界限越来越模糊，小说不再是纯文学，可以集文学性、历史性、与娱乐性为一体，如穿越小说等。诗歌不但可以吟诵，同样可以歌唱，如民谣等。

在学术研究中发现问题，如何具备问题意识并着手解决问题，本节做出四种方法的总结。第一，鲁迅的治学方法：厚积薄发。提出要重视与整理文本，在集合文本中，提出自己的观点与认识。第二，胡适的治学方法：大胆的假设，小心的论证。注重文学史料的收集与考证。第三，王国维的治学方法：二重考证。在古籍及出土文献中寻找论证资料，从而论证自己的观点。第四，陈寅恪的治学方法：三重论证。出土文献、古典书籍两方面与王国维相同，极为重要的是最后一点——民间论证，这种方法比典籍更为准确，因为典籍已经过官方过滤，而民间保留了历史真实的面貌。由此可以看出想要发现学术中存在的问题，首先要博闻强记，进行广泛阅读，并且要形成系统的知识框架，再结合运用上述的探究方法——引经据典，方可展开学术研究。

　　如何寻找和论证文学研究中的偏误点，首先要从文本入手，细读文本，查找代表学术界主流观点的文学史对其问题的研究与评价，并搜集学术界对其问题所提出的观点与论证方法，从而提出自己的观点。其次，分析为何文学史与学术界会得出这样的结论，抑或是产生误读现象，及研究此问题的价值是什么。在解读偏误点的同时，我们需要注意遵循"适度原则"，因为文本解读是要与作者的原意结合，需要研究者判断是否所有问题都存在偏误点，不可脱离文本与作家本人的创作意图进行过渡与强制阐释。文学研究要有评判标准，既不能循规蹈矩，也不可天马行空，要持有胡适的"实验精神"——大胆的假设，小心的论证。在进行偏误点的论证过程中，要记录下文献的出处与主要观点，也要在文本中找出典型的例子。分析到具体问题时，可以进行跨学科分析，从而使论据更加充分。我们寻找的偏误点必须是具有价值的学术问题，问题可以成立并且要自圆其说，选择的范围不易过大，以小问题为切入点，更好论证。

　　学者选好偏误点与论据时，要注意论文的书写格式。开篇要开门见山——有自己的观点，不可只是资料的罗列。训练自己的"述评"能力，发现学术圈自己所研究的问题已经进行到哪一环节，避免重复劳动。在论文的中间部分尽可能寻找论据证明论点，要有逻辑性的论证，最后在结尾部分回归自己的论点。

　　在探讨学术的论争点时，本节以五四文学革命的功与过展开讨论。林语堂提出"五四模式"导致后来的"文革"，因为它将所有的旧文学都视为死文学，对传统的文学进行了彻底的否定，具有偏激性。"九月派"诗人郑敏也认为五四文学革命副作用大，因为它割断了古代文学与现代文学的根脉，由此可引申出对五四文学革命的再认知的思考。

　　关于文学史的编写同样存在争议性，如文学史的记忆问题与真实历史之间的关系，以及文学史的编纂对文学学科的贡献与缺陷。我们可以将几类，如进化论的文学史观，代表人物——胡适，其认为后来的文学要优于先前的文学；永恒的文学史观，代表人物——梁实秋，主张以人性为主的文学史观；循环的文学史观，代表人物——周作人，认为在"言志"与"载道"之间来回替换；其次还有"文革"时期极端的文学史观，分为无产阶级文学与资产阶级文学，及现在的马克思主义的文学史观，我们从中可以看出文学史观与其背后文化权利的关系。

　　对于学术空白点的探究，本节以冯骥才的《鲁迅的功和过》为切入点，探讨其"过"中存在"后殖民主义"倾向。指出鲁迅对于中国的国民性分析是利用西方的价值观评价国人的，其审视目光具有后殖民主义色彩。由此可以深入探讨鲁迅对于西方文化的继承与反抗，及中国的启蒙主义是否存在偏执，它是否是西方现代性文化对中国社会冲击的具有后殖民主义色彩的产物。探讨如何在论文中论证问题时，以许子东《寻根文学中的贾平凹与阿城》一文做出了详细的解释。第一步，开门见山。提出"寻根文学"的三个不同路向，并以"文革"后重新认识和整理民族文化支柱或检讨当代革命对中国传统文化的伤害这一路向进行分析。第二步，从作品入手，运用"回溯法（文学史法）"进行论证，探讨作者初期、中期、后期的作品，注意勿简单陈述作品内容，需要学会分析，比如，探讨作家文本的写作手法、创作风格，结合评论界的研究观点，分析文坛中其他作家所存在的创作局限。在许子东的论文中，作家展开宏观的叙事，具有强烈的问题意识，认为中国当代作家在"文革"结束后其文学创作存在"违心现象"，创作初期作家一般以"歌颂"为主，说明了文学话语形式与生产机制相关。同时，许子东分析贾平凹的具体作品时，是结合文学史分析的，运用了"夹叙夹议"的论证方法，在叙述文本时不忘加入对文本的议论与提出自己的观点。后又运用"比较论证法"，结合文学史上其他作家遇到同一创作背景的处理方法（横向比较），使其论证展现出深度，也可使用纵向比较，结合作家自己的创作历程进行对比。许子东针对文坛评论的主流观点提出了自己的质疑，在探讨"贾平凹的文体意义大于思想意义"时，引出阿城也具有同样的特点，并比较二人在"寻根文学"创作中的异同。最后一步，总结出贾平凹与阿城是在寻找"文化之根"，而莫言与张承志则在寻找"道德之根"。在论证结束后，再次回归主题，做到首尾呼应。再以王彬彬《关于萧红的评价问题》论文的分析中，同样是在文学史的回溯中发现问题，并在第一段开门见山——提出问题、点明观点。正文开始运用史料来论证自己的观点，此文本中就分别引用了鲁迅、茅盾、胡风等文学家的评论，值得提出的是王彬彬借用鲁迅的文学评论影射自己的观点，从而填充了自己的论点。

　　中国现当代文学研究需精益求精，具备开辟与钻研的精神，在繁杂冗乱的研究道路中另辟蹊径，但同时要坚守研究问题之"度"的原则。

第二节 中国现当代文学名著影视改编现象探析

与其他艺术形式相比，影视艺术是一门发展历史较短的艺术形式，因此，吸收借鉴其他艺术形式的优势是促进影视艺术发展的重要手段。而文学艺术与影视艺术之间具有较强的共通性，一直以来都是影视艺术借鉴的重点。特别是根据文学名著改编的影视作品对推动影视行业的发展有重要作用。

一、现当代文学名著影视改编基本概述

文学作品是发展历史较长的艺术形式之一，尤其是随着时代进步与发展，每一个历史时期的文学作品都有自身的特征，都有其特定的时代精神与审美价值，这也是古典文学与现当代文学之间的差异原因。而对现当代文学名著进行影视改编时，每个历史时期的文学都带有当时特定的历史语境、时代精神和审美价值，所以在改编过程中，很多影视编导会战战兢兢，无从下手。并且因为过于重视还原名著本身的内容思想与人文内涵，会导致影视改编后的剧本出现一些偏差，影响影视作品的质量。所以，对当前现当代文学名著进行影视改编时，不仅要将文字语言转化为视听语言，还要注意把握改编的尺度，传达文学名著本身的文化内涵的同时，确保影视作品形式符合大众审美。

二、现当代文学名著进行影视改编的可行性与必要性分析

文学名著主要以语言讲述故事情节，传达人文内涵；而影视作品则主要以视觉语言和听觉语言为主，直接向人们讲述故事内容，传播一定的思想内涵。这两者之间的差异性较大，但是从艺术审美上来分析，也具有一定的共通性，正是由于这种共通性使现当代文学名著的影视改编存在可行性与必要性。

现当代文学名著改编的可行性。名著改编的可行性主要体现在以下两

方面：一方面是文学名著与影视作品都比较注重故事性讲述，两者都是利用故事情节与内容表达一定的思想内涵。另一方面是文学作品和影视作品两者都能做到雅俗共赏，都具有较高的艺术观赏性与大众娱乐性。这两种共通的艺术审美使文学作品具有较强的改编可行性。

现当代文学名著改编的必要性。一方面是由于当前生活节奏的快速化发展，文学名著的读者数量越来越少，使文学行业的发展陷入一定的窘境，急需应用影视作品的号召力与影响力赋予文学行业新的发展活力与生命力；另一方面是影视剧本本身就是一种文学作品形式，而将文学名著改编为剧本是增强影视作品本身文化内涵与思想境界的重要手段。

三、提升现当代文学名著在影视改编中的生命力的措施

忠于原著的内容与思想，基于原著内涵进行改编。当前很多影视剧改编对原著的内容与思想有较大调整与改变，这不仅会导致文学改编的影视作品流失大量原著读者，并且对原著本身也会造成一定的不利影响。在对现当代文学名著进行影视改编时，最重要最基础的原则就是忠于原著内容，尊重原著思想内涵，也就是影视编导对现当代文学名著进行改编时一定要坚持真实性原则。可以从以下方面进行：

（1）要确保文学名著中的原本的故事情节、人物角色等真实性与还原度。但是也要注意不能一板一眼地照搬原著，要根据影视艺术的特点对人物对话及情节设置等进行合理改编，在改编过程中可以适当增加情节冲突，使影视作品更具有真实性与合理性。严禁抛弃原著内容与人物角色进行大幅度改编，这样会使故事情节扭曲，不符合原著内容与思想。

（2）要注意文学名著中的历史背景。很多文学名著叙述的是某一历史时期的事情，这种情况下，影视编导进行改编时要结合名著中的历史背景，将故事中的人物角色还原到对应的历史背景中。这就需要编导提升自己的历史文化素养，避免改编过程中出现不符合历史背景的情节，防止对观众造成误导。

（3）要尊敬原著中所有表达的思想内涵，不能随意改编。将原著中所蕴含的深层文化内涵在尊重原著的基础上，结合当前社会发展背景进行适当升华或者调整，可以提升影视作品改编的水平与质量，促进影视艺术的发展。

从观众的期待心理出发，迎合观众喜好。在近几年的文学名著影视改编过程中，很多编导会犯一种错误：忽视名著本身的读者群体与影视作品的观众。这会使改编后的影视作品脱离群众，使影视作品的观众群体大量流失，这十分不利于影视艺术的发展。并且近些年来，很多影视作品低估观众的鉴赏能力，粗制滥造，故事情节与人物角色设定等都会出现一定的雷同，严重影响观众对影视作品的观赏与评价，这对文学名著进行影视改编都会造成一定不利影响。因此，在对现当代文学名著进行影视改编时一定要从观众的期待心理出发，遵循观众的喜好，对文学名著进行改编，这样更有利于增加改编后影视作品的收视率，促进影视行业的良性发展。一般可以从以下两方面出发，创作出观众喜闻乐见的影视作品：

（1）尊重文学名著原著的读者喜好。文学作品原著读者群体是影视改编中不可缺少的观众群体之一，是文学名著影视改编过程中重要参考因素之一。因为文学作品原著读者本身对作品就有自己的理解与感悟，如果影视改编对原著的调整与扭曲程度过大，会引起这部分观众的极度反感，进而影响这部分观众对改编后的影视作品的评价。所以，在改编过程中要进行必要的原著读者调查，充分掌握原著读者的思想感情与意见，提高现当代文学名著影视改编的质量。

（2）重视影视观众的审美水平。要对当今时代影视观众的审美能力与审美水平有所了解与把握，从观众对影视作品的认识角度出发可以增强影视改编作品的收视率，提升影视艺术的整体艺术水平与质量。

遵循影视艺术的基本美学原则。和其他艺术形式一样，影视艺术本身也有自身的美学原则，因此，对现当代文学名著进行影视改编时，也要遵循其基本的美学原则，这样才能创作出符合大众流行审美、符合影视艺术审美原则的优秀影视作品。一般情况下，影视艺术要遵循的基本美学原则主要从以下方面进行考虑：

（1）综合性原则。影视艺术与其他艺术形式相比，发展历史较短，因此影视艺术本身的美学原则或多或少会包含其他艺术形式的美学原则，例如，文学艺术的叙事性原则，美术艺术的画面、色彩等美学原则等。

（2）多元美学原则。不同的影视类型会有不同的美学侧重点，例如，喜剧更加侧重一些情节与节奏的配合、悲剧更多地应用音乐渲染气氛。所以，对文学名著进行影视改编时，也要注意根据文学名著本身的故事类型，按照一定的影视艺术美学原则进行改编，使改编后的剧本符合影视艺术的多元审美。

（3）实践性原则。对现当代文学名著进行影视改编需要遵循的另一个重要美学原则就是实践性原则，主要是要让名著作品的思想内容与当前社会发展实际、社会流行价值观相符合，将改编后的影视作品融入实践过程中，促进实践的发展与进步。这也是优秀影视作品具备的一个重要美学特征。

总而言之，对现当代文学名著进行影视改编的可行性与必要性进行深入研究与分析后，可以明白现当代文学名著与影视艺术之间的共通性可以促进两者的良性发展。需要注意的是，将现当代文学名著进行影视改编并不是完全否定文学名著进行再创造，而是在尊重文学名著内容的基础上，利用视听语言将文学名著中所蕴含的内容与意义，思想与观念等文化内涵传达出来，坚守文化创造的良好品格与原则，才能打造出健康和谐的文化生态发展氛围。因此，在对现当代文学名著进行影视改编时，影视编导要尊重原著、尊重原著读者、尊重文学名著历史背景，在此基础上结合当前社会发展背景与趋势进行影视改编与创新，创作出符合原著内容与内涵，迎合受众兴趣的优秀影视作品，才能促进文学名著与影视作品的共同发展。

第三节　本土经验与中国现当代文学世界性阐述

全球化背景下，要寻求中国文学发展之路，必须重视本土经验与中国现当代文学发展的世界性，这是中国现当代文学理论研究和创作实践必须面临的问题，中国现当代文学由于本土经验的支持，已经在近百年发展的历史上取得了不少令人瞩目的成绩，然而有些问题仍然需要我们加以反思、总结和改进。本节在探究了本土经验与中国现当代文学发展史的基础上，提出了本土经验与中国现当代文学世界性的构想，旨在为中国文学发展提供自己的绵薄之力。

一、本土经验与中国现当代文学发展史反思

本土经验对中国现当代文学发挥的作用是阻碍还是促进，我们无法用简单的言语来总结回答，当时就中国现当代文学的现实状况及历史背景等因素来看，我们应当辩证综合分析。19 世纪末 20 世纪初，西方入侵，中国

沦为半殖民地半封建地，本土经验受到世界体系的影响，成为阻碍文学发展的重大因素。随着新文化运动的浪潮越来越汹涌，再加之西方思想文化资源越来越冲击着中国文学，中国文学发生了结构性的变革，尽管依然有些保守派反对破坏这种变革，本土经验依然摒弃这种变革，但是中国文学的变革势如破竹，开始走上现代化道路。20世纪30年代，在五四文化运动提供的现代文化发展有利条件下，中国文学开始既能依赖本土经验，又能融合西方资源，开始走上成熟之路。60年代"文化大革命"时期，中国文学进入一种水深火热的处境，可谓是中国文学面临的大灾大难。经过一段时期的审视反思，80年代朦胧诗的出现，意味着中国文学已经开始能够运用西方文学资源和理论加以创新创作，这标志着中国文学走上相对健康的发展之路。从这段中国现当代文学发展历史来看，我们不能忽略本土经验带给中国现当代文学的积极作用，但是我们依然要认识到本土经验的弊端，掌握适度原则，结合西方文化理论和实践的优势，从而促进中国文学的发展。

对本土经验的理解，我们要具备世界意识，对它的复杂性进行辩证性的批判、继承和发扬。吉林大学文学院院长张福贵认为，对于本土经验的思考，我们应当认识到我国的文学在世界文学史上发挥的作用，为世界性的文学思想贡献的价值，作为世界文学的一部分，具有世界意识和人类意识的文学才应当具有世界性的价值。在此前提下，笔者认为，本土经验是我国甚至是世界文化发展的艺术资源，是我国民族文学走向世界的有力支撑，但我们也应当以一种世界的意识来讲本土经验世界化，促进中国文学的创新。20世纪本土经验对中国现当代文学的发展发挥的积极意义有目共睹，例如，沈从文借助古希腊牧歌艺术，结合中国传统诗歌，将湘西民间诗歌创作转型。然而，有部分文学家就没有从世界的角度出发对本土经验进行世界性和现代化的转型。比如，20世纪40年代，新民歌体、新传奇体、新章回体等艺术成就不高，主要在于这些只是对本土经验的简单重复。也有些文学创作者甚至完全否定本土经验的价值，盲目地借鉴外国文学，无法引起读者共鸣，没有继承发扬中国传统优秀文化，导致中国文学创作停滞不前。本土经验的起起落落都告诉我们，要想推进中国文学的发展，一定要以本土经验为基础，积极与世界文学资源融合，同时加以创新实现本土文学的世界性和现代化。

注重本土经验，很大一部分是要重视地域文化和边缘叙事的本土经验。

比如，彭见明的《那人、那山、那狗》，陈亚先的《曹操与杨修》都有很强烈的地域特色，他们认为乡土文学在表现社会生活的真实性和独特性及人们的真实精神风貌上恰到好处，对于寻根文学具有极大的现实意义。因此我们要以本土为根基，同时要超越本土，这样才能实现世界性。另一方面，从边缘叙事的角度找到以宗教和民俗为本位来叙述民族兴衰或者家族文化等的本土经验与世界性的契合点，也是开启中国文化发展大门的有利途径。

二、本着本土经验实现中国现当代文学世界性的构想

（一）站在世界的角度激活本土经验

本土经验是民族文学的根基，是发展民族文学的不竭动力，但是我们不能用静止的眼光来看待抽象的本土经验，而应本着动态发展的意识，站在世界的角度，激活隐藏在本土经验里美的元素，从而实现本土经验的转型，促使本土经验的创新，加快本土经验现代化和世界化的进程。比如，赵树理借鉴中国本土小说资源的同时，加入人道主义思想，将本土文化现代化，从而在小说创作方面取得很好的艺术成就。还有一些作家，比如，残雪、韩少功等，之所以能够取得很高的艺术造诣，是因为他们能够在西方文学的启发下，以世界的眼光借助拉美魔幻现实主义发展湖南巫楚文化，最终取得本土文化世界化转型的成功。

如果没有世界性的眼光和思维观念，只是纯粹地对本土经验加以应用，那么中国文学发展只会走上衰落的道路。20世纪50年代在成都会议上，毛泽东就中国诗的发展提出了这样的观点，他认为中国诗要根据民歌和古典这两个本土经验，学习外国文化，创作民族的形式却具有现实主义和浪漫主义相统一内容的新诗，这样才能改变艺术偏枯的局面。但是我们不能忽略本土经验的价值，就像贾平凹所说的那样，只有民族性的，才是世界性的，没有民族性的境界，即使借助西方精华，也难以创作出世界性的具有本民族独特性质的中国文学作品。

（二）立足本土探究人类的普遍价值

文学创作的意义在于探究人类的普遍价值，而中国文学亦不例外。因此，发展中国文学，必须把握探究人类的普遍价值的立足点，从而充分认知到人类的共同特点而在文学作品中尽情融入人类普遍价值的思想情感，

充分表现民族独特的生活习性、心态特点和审美情趣，这样的文学作品才能赢得世界的肯定和赞扬。那些在世界上为人所知的文学著作都是以本土文化为根基的，比如，莎士比亚的四大悲剧《哈姆雷特》《奥赛罗》《李尔王》《麦克白》就在本土文化的基础上，审视人性的缺点造成的悲剧，及思考现实和理想的冲突，探求了人类普遍的一种不妥协的永恒精神。再比如，曹雪芹的《红楼梦》就讲述了中国封建社会几大家族的兴衰历史及传统的爱情故事，林黛玉的故事催人泪下，引得世界文学家纷纷研究"红学"，最根本的原因就是立足本土民族文化，审视和解析人类普遍价值。再比如，张爱玲笔下的《曹七巧》就讲解了对于金钱的欲望如何出卖自己的传统的良知和人性，这种既基于本土，又和探求人类本性的世界文学保持一致的文艺作品，必将受到全世界的认可，并引起读者的共鸣。

（三）坚持本土经验与世界资源的融合与创新

清朝的闭关锁国导致中国落后挨打和中国改革开放促使中国经济社会和文化软实力的飞速发展，都告诉我们应当借鉴西方先进文化，融合世界资源，实现本土文化的创新和世界性的转型，从而促使中国文学发展更上一层楼。正如马克思所说的那样，各民族各方面的互相往来和各方面的互相依赖必将代替过去那种地方性的和民族的自给自足和闭关自守状态。物质的生产是这样，精神性的文学创作亦是这样，而体现人类普遍价值的民族精神是全世界的，我们要突破民族文化的片面性和局限性，这样才能形成一种世界的文学，受到全世界的推崇。在这样一种形势下，我们应当继承本土经验的同时，融合世界资源加以文学创新，有机统一"本土化"和"西方化"，这样才能驱动中国文学更加快速地发展，走着新时代的前面，走向世界。季羡林曾提出，我们要把握中西方文化的平衡性，本着"拿来"和"送去"的勇气找到"发现东方"和"文化输出"的落脚点。然而重新"发现东方"，要有信心冲破西方文化霸权主义的重围，辩证地看待不同民族文化的碰撞，通过对话和交流来探求和体现本民族的文化特质，合理有效地向全世界展现我们东方的文学作品。在融合世界资源进行文学创新的时候，切记"去其糟粕，取其精华"的原则，把握人类文明进步的要旨，从人类的普遍价值出发，创造出富有民族和时代特色的世界性的中国文学艺术作品。

中国经济社会迅猛发展，必须提高中国文化软实力，逐步加强中国文化的国际影响力，从而提高中国的国际地位和威望。现实背景下寻求中国文学发展之路，必须结合本土经验与世界性的优秀文化理论和西方文化资源，利用世界资源进行创新，实现本土文学的世界性和现代化的转型。另外，西方国家开始认识到中国文学对于世界文学发挥的不可忽视的积极作用，在这样有利的条件下，我们更应该对本土经验保持信心，但同时辩证地看待本土经验和世界性的关系，睿智地以一种世界性的角度，依靠本土经验而探究发现人类的普遍价值，促使中国文学走向世界。

第四节 中国现当代文学中的情感教育

文学教育是一种通过文学文本的阅读、教学、赏析等，使人在获得审美愉悦的同时丰富知识、发展能力、提升道德、开阔视野、陶冶情操的过程。文学教育对大学生的成人成才有重要作用。中国现当代文学的教学应该肩负起情感教育等人文素质培养的重任。本节试以路遥《人生》的审美教学为例，探讨如何在文学教学中有效贯彻苦难教育、感恩教育、爱情教育、事业观教育等多种情感教育。

文学教育是一种通过文学文本的阅读、教学、赏析等，使人在获得审美愉悦的同时丰富知识、发展能力、提升道德、开阔视野、陶冶情操的过程。文学教育对大学生的成人成才有重要作用。高尔基说："文学的目的就是帮助人了解他自己。"[1]钱理群倡导"真正帮助学生用文学的方式来把握世界"[2]。但文学教育具有复杂性。好的文学作品可以使人甘之如饴，坏的文学作品能使人堕落颓丧。本节试图通过路遥《人生》的审美教学来剖析如何在中国现当代文学的教学过程中贯彻大学生的情感教育。

一、《人生》与大学生的苦难教育

苦难是一笔财富，是人生成长过程中的磨刀石和冶炼炉。经历过苦难洗礼的人生才是一场完整的人生。挺过苦难的磨炼，人生往往能雨后见彩虹；人生路途中的小沟小坎，一般就能顺利跨过。未经历过苦难的人生往往是温室里的花朵，经不起风吹雨打，容易凋落和萎谢。当代大学生大都是独生子女，受父辈、祖辈的关爱甚或是宠爱，人生之路一帆风顺。导致

---

[1] 中国戏剧出版社编辑部 . 戏剧理论译文集（第 8 辑）[M]. 北京：中国戏剧出版社，1960.

[2] 钱理群 . 钱理群中学讲鲁迅 [M]. 北京：生活・读书・新知三联书店，2018.

的结果是，在他们的成长之路上，一遇到挫折或打击，更倾向选择退缩而不是面对。当然，不可否认，苦难经历也具有两面性。但总体来说，只要苦难不是负载太重，予人的成长是有益的。因此，一定程度上的苦难经历是必要的。然而当今优裕的生活条件和家庭环境，使很大一部分大学生的成长之路缺乏苦难经历。直接人生体验不足，可以靠间接的人生经验加以弥补。因此，文学中的苦难书写就成了大学生接受苦难熏陶的一条有用途径。

中国现当代文学的教学，不只是文学的熏陶、知识的传授，更重要的是人文素质的提升。而情感的养成教育是人文素质教育中的重要一环。苦难教育就是一种情感教育。现当代文学有诸多呈写苦难的经典作品，如《人生》《活着》《平凡的世界》等，它们是对学生进行苦难教育的绝佳文本。以《人生》的教学为例。《人生》是路遥的成名作和代表作，曾轰动全中国，为之洛阳纸贵。主人公高加林更是感动亿万中国人。虽然已是 80 年代的作品，描写的也是改革开放初期的生活，然仍具有穿越时空的感动力量。今天的年轻人去阅读，仍无生活的隔阂、情感的阻滞、思想的阻隔。高加林是一个黄土高原的苦娃，人生四起四落。高考失利到成为人民教师是第一次起落，教师资格被人顶替到回家务农是第二次起落，从郊区农民到招工进城是第三次起落，被人检举到失意回乡是第四次起落。不管人生如何起伏，可贵的是高加林始终未丧失对生活的信心、对理想的追求。高加林的人生经历是一个励志故事，颇能打动年轻人的心。现在的年轻人遭遇困难就情绪低落、意志消沉，甚至走极端、自杀。高加林面对苦难的态度就是苦难教育的人生剧本，比任何空白的说教更显生动、有力。

二、《人生》与大学生的感恩教育

懂得感恩是人的一种基本素养。良知良能之人必须懂得感恩。当代大学生有优越的成长条件，集万千宠爱于一身，不懂得感恩，不常怀感恩之心，视父母、亲人、教师、朋友、社会的关心帮助为理所当然，如没得到帮助还怨天尤人、牢骚满腹。这是一种危险的社会信号，必须引起教育者的重视。感恩教育是成人成才的重要条件。大学教育是人生中的"最后一堂课"，必须将缺失的感恩教育补上。

大学生的感恩养成教育有多种途径。影视作品是一种途径。比如，《暖春》是山西电影制片厂 2002 年拍摄的一部小成本电影，却是一部进行感恩教育的好电影。笔者从事高等教育多年，一个成功的经验是每次给大一新生的第一堂课，人人观看《暖春》，并分享观影心得，师生共同交流，以培养学生的一颗感恩之心。文学的阅读、感染与熏陶是另一种途径。《人生》也是一部施行感恩教育的好小说。高加林对父母的体贴和疼惜，对德顺老汉的理解和同情，对县广播站老景的尊重和支持，对刘巧珍的愧疚和珍爱，对黄亚萍的感激和付出，都是感恩的一种体现。在学生的阅读和课堂的讲解之中，教师要有意识地引导学生去理解、领悟这种出自内心的感恩之情的正当性和必要性。常怀感恩之心，能使一个人成为一个丰富的人，完整的人，有内涵的人，必须让学生从心底接受这一点，并在实际行动中去践行这一点。

三、《人生》与大学生的爱情教育

爱情是一个千古话题，是人世间最为美妙之事。大学生正当恋爱的黄金年龄。那种宣扬学习至上、莫问爱情甚至强行干涉、阻断爱情的教育理念或方式已经为时代所抛弃，这是社会和教育的进步。国家有明文的法律规定，大学生享有自由恋爱及结婚的权利。但悖论之处在于，不少大学生尚未有成熟或正确的恋爱观，人生经验尚嫌不足，对待爱情的态度易受周围环境影响。尤其是当今物质第一、金钱至上的观念大行其道，学得好不如嫁娶得好、不想当师母的学生不是好学生等爱情婚姻俗念对当代大学生冲击很大，以致傍大款、找富婆、师生恋等校园乱象在各高校层出不穷。高校高居不下的离婚率也成为一个社会话题，成为令高校管理者头痛的问题。

如何教育大学生树立正确的恋爱观、婚姻观，除了辅导员等高校学生工作管理者的思想引导，高校教师的课堂教育也应是其中重要一环。文学教育义不容辞要担当重任。爱情母题是文学中的一个永恒母题，永远不会过时。古今中外，书写爱情的作品层出不穷、佳作迭出。如外国文学中的《巴黎圣母院》《简·爱》《安娜·卡列尼娜》等，中国古代文学中的《上邪·我欲与君相知》《菩萨蛮·枕前发尽千般愿》《卜算子·我住长江头》等，中国现当代文学中的《怀念萧珊》《人生》《长恨歌》等。路遥的《人生》就是一部鲜活的爱情读本。高加林与美丽村姑刘巧珍、城市姑娘黄亚萍的爱情令不少读者羡叹、扼腕。如何看待高加林放弃刘巧珍、拥抱黄亚萍的爱情选择，就是一个很好的课堂讨论话题。通过充分的课堂讨论或是辩论，在人物关系梳理、性格分析、情节理解的基础之上，再结合社会、文化原因的解析，不仅可以帮助学生加深对作品的领悟，而且获得对爱情的感悟、对真爱的珍惜。真爱中不能有杂念，须摒除物质的诱惑，并要能经受各种考验；真爱需要沟通及共同语言。这些都是《人生》可以给予当代大学生的弥足珍贵的恋爱经。

四、《人生》与大学生的事业观教育

《无名小路》是 80 年代电影《中国霸王花》中的插曲，因其歌词优美、旋律动听、寄寓深远而传唱大江南北，是 20 世纪六七十年代出生之人忘却不了的人生记忆。歌词大意是人生有好几条小路，有很多岔路口，人没法同时踏上两条征途，只要选择了这一条，就要一直走到天涯。小说《人生》中也有几句画外音："人生的道路虽然漫长，但紧要处常常只有几步，特别是当人年轻的时候。没有一个人的生活道路是笔直的、没有岔道的。有些岔道口，譬如政治上的岔道口，事业上的岔道口，个人生活上的岔道口，你走错一步，可以影响人生的一个时期，也可以影响一生。"

大学教育往往是很多大学生人生中最后一次接受正规、系统的学校教育，毕业后需要直接选择岗位、走上社会。大学生的择业观、事业观、职业观是大学教育中不可忽视的一环。《人生》中的高加林不仅面临爱情的十字路口，也有事业的十字路口。他对事业的选择及选择后的执着，能引起当代大学生的深思。人生之路确实有多种选择，人生也有许多的十字路口，一旦选错步步皆错。事业之路是众多人生之路中的一条。必须根据个人的特长、兴趣及能力，辅以社会的需求，综合考虑个人的事业选择。一旦选定，就不要瞻前顾后，半途而废甚或轻易改弦易辙，而是需去适应和奋斗。积极的事业观应该是一个人一旦选择了某种职业，不问成败，就要义无反顾全身心地投入和付出。高加林虽然失败了，但他不用后悔，因为他付出了，也得到了宝贵的经验及教训。

文学不是应用学科，不能给学生带来立竿见影的求职帮助或能力提升。但文学却能在学生的修养、素质及情感的培养方面发挥不可替代的作用。文学是一种无用之用，或者说它是无功用的功用。它如同庄子《逍遥游》

乌有之乡、广漠之野中的大木，看似无用却有大用。文学的奥妙和魅力就在此。它对人生潜移默化的施教力量，是其他课程无法比拟的。文学可谓堪大用矣。一个教师唯有掌握此种课堂艺术，才算将中国现当代文学的教学做到真正的物尽其用。

第五节　传统谱系学与 21 世纪以来的中国现当代文学

　　21 世纪以来，中国现当代文学的谱系研究主要有传统谱系学与后现代谱系学两种方法资源。对传统谱系学在中国现当代文学研究中的运用情况进行学术分析发现，传统谱系学有助于中国现当代文学研究实现学术研究的周全性、系统性、历史性。在现当代文学谱系研究中，"形象谱系"与"知识谱系"研究成果最为丰富、思路最多。"形象谱系"研究形成了建构形象谱系、分析谱系构成、挖掘形象谱系的社会历史信息等研究思路。"知识谱系"研究则形成了考证影响谱系、挖掘精神传统、审视知识依据等研究思路。这些研究，既可以深入认识作家作品的思想艺术根源，又可以在广阔纵深的谱系视野中揭示谱系传承中的时代变异和个人创造，获得独到的学术洞见。面对后现代谱系学的质疑和解构，许多研究者进行了融会两种谱系学的努力。这种融会大都以传统谱系学为根基，并将后现代谱系学引为审视文学谱系建构的学术自觉反思意识。

一、问题的提出：21 世纪以来的"谱系"研究热

　　21 世纪以来，以"谱系"研究冠名、作为关键词的中国现当代文学研究论文、专著、科研项目日益增多，呈现出不断"升温"的趋势。谱系研究已然成为中国现当代文学研究最为常见的研究方法之一。在中国知网文献平台对近 30 年来中国文学研究以"谱系"为关键词的文献年度发表趋势进行检索，可以看出以"谱系"为关键词的中国文学研究论文，在 1996 年前后开始增多，从 2000 年开始呈现出迅猛增长的趋势。而在这一学术增长中，中国现当代文学研究所占的比重最大。截至 2019 年 12 月 24 日，以"谱系"为关键词搜索得到 796 篇哲学人文科学研究中文文献。其中，中国文学学科有 192 篇，占 24.12%，在所有哲学人文学科中，所占比重最大。其

他学科依次分别为：考古学 87 篇，占 10.93%；哲学 80 篇，占 10.05%；人物传记 47 篇，占 5.9%；世界文学 46 篇，占 5.78%；中国语言文字 43 篇，占 5.4%；美术书法雕塑与摄影 42 篇，占 5.28%；宗教 42 篇，占 5.28%；文艺理论 41 篇，占 5.15%；余下学科所占比例均在 5% 以下。而在 192 篇中国文学研究的中文文献中，现当代文学的研究文献有 130 篇，在中国文学研究中所占比例最大，达 67.71%。再以"谱系"为篇名检索，得到 1 617 篇哲学人文科学研究中文文献。其中，中国文学研究文献有 388 篇，占 24%，所占比例同样远远高于其他学科。在相邻学科中，哲学 196 篇，占 12.12%；考古学 114 篇，占 7.05%；文艺理论 102 篇，占 6.31%。而在 388 篇中国文学研究文献中，现当代文学的研究文献有 272 篇，在中国文学研究中同样所占比例最大，达 70.1%。可见，21 世纪以来，不论是在以"谱系"为关键词还是为篇名的哲学人文科学研究中，中国现当代文学研究都占有最大的比例。此外，检索国家社科基金项目数据库可知，从 2010 年到 2018 年，国家社科基金项目数据库中以"谱系"为关键词的哲学社会科学立项项目（包含重人项目、重点项目及后期资助项目）共有 63 项。其中，中国文学研究立项项目共有 23 项，占 36.51%。在 23 项中国文学研究国家社科基金项目中，现当代文学研究项目有 14 项，占 60.87%。[1]

更重要的是，21 世纪以来，以"谱系"命名的中国现当代文学研究专著大量涌现。如沈卫威《"学衡派"谱系：历史与叙事》（2007）、王侃《叙事门与修辞术：中国当代小说的诗学谱系》（2009）、周仁政《知识拜物教与现代文学谱系：现代文化与中国现代文学研究导论》（2009）、王淑萍《中国现代诗人谱系》（2010）、杨匡汉等《海外华文文学知识谱系的诗学考辨》（2012）、贺昌盛《晚清民初"文学"学科的学术谱系》（2012）、王本朝《中国现代文学观念与知识谱系》（2013）、张之帆《莫言与福克纳"高密东北乡"与"约克纳帕塔法"谱系研究》（2016）等，不胜枚举。

除了以"谱系"为关键词、篇名的研究文献、专著、项目之外，还有大量研究成果虽然不以"谱系"为篇名或关键词，但实际上运用了谱系研究方法。例如，从方法论来看，2005 年开始的"重返八十年代"研究的主要方法资源之一，便是后现代谱系学。此外，李杨《文学史写作中的现代性问题》（2006）一书，运用后现代谱系学的方法审视了中国现代文学史的

---

[1] 何言宏，张清华 . 二十一世纪中国文学大系 2001—2010（理论卷）[M]. 南京：南京师范大学出版社，2014.

史学观念。贺桂梅《"新启蒙"知识档案：80年代中国文化研究》（2010）一书，运用后现代谱系学的方法，考察了1980年代的人道主义、现代主义、文化"寻根""重写文学史"等人文思潮的"知识谱系"。旷新年《中国现代文学理论批评概念》（2014）一书，虽未明确将其研究方法指认为谱系研究，但实际上是将关键词研究与谱系研究相结合，梳理了中国现当代文学史上重要理论批评概念的谱系，揭示了这些概念的发展变迁及其"与自身发生于其间的现实背景及知识诉求"之间的"因应关系"。吴秀明等《20世纪文学演进与"中国形象"的历史建构》（2016）一书，则是对20世纪中国文学中所呈现出来的"中国形象"谱系进行梳理分析。

仔细分析这些谱系研究成果可以发现，许多研究不仅呈现出科学、严谨的谱系学方法论规范，还对谱系学的渊源、流变进行了自觉的理论探讨，体现出方法意识的自觉。还有一些研究虽然宣称要以谱系学为方法论依据，但从实际运用的情况来看，并非科学严谨的谱系研究。也有不少研究者只是以"谱系"替代了原来的"体系""系统"等概念，并没有呈现出谱系学方法论意识。虽然后两种情况并非真正的谱系学研究，却反映了21世纪以来"谱系"概念、"谱系"观念在中国现当代文学研究中广为流行，越来越"热"，大有取代"体系""系统"等概念的趋势。

整体来看，21世纪以来中国现当代文学的谱系研究，主要有两种方法论资源：其一是在中国具有悠久历史的传统谱系学，其二是西方导源于尼采、成熟于福柯的后现代谱系学。受篇幅的限制，本节主要对传统谱系学在中国现当代文学中的运用情况进行学术分析，主要探讨的问题有：在21世纪以来的中国现当代文学研究中，传统谱系学呈现出了哪些方法论特征？形成了哪些研究思路？存在着怎样的问题？这些研究为中国现当代文学研究带来了哪些学术新变？又存在着哪些"盲视"和应该警惕的"误区"？

二、传统谱系学的方法、类型与学术旨归

中国传统的谱系研究，除了较常见的家族、宗族谱系编写之外，还有学派、宗派、文体流变等谱系的研究。中国传统的"学案"研究如《明儒学案》《宋元学案》等，都是以学派为基础，以人物为个案，考镜源流，揭櫫递演，考辨梳理各个学派的学术思想传承、递演和嬗变。佛教宗教史研究中的"诸宗谱系"，是"记载佛教各宗派的传承世系及宗人的言语行事的

一类佛教典籍。……是以各宗的来龙去脉为主线而编撰的、有着丰富内涵的宗派史著作"。在文学研究中，锺嵘的《诗品》"是文学（诗歌）系谱学研究的开山之作"，其"有关诗歌品第的评判立场和明源流、溯谱系的考察方法昭然于文坛，并影响了其后一代又一代的诗家和文学（诗歌）研究思路"。

　　中国传统谱系研究主要呈现家族血缘、门派学缘、思想观念的起源、流布和发展。《释名》说："谱者，布也，布列其事也。"方孝孺说："谱者，普也，普裁祖宗远近、姓名，讳字年号；又云谱者，布也，敷布远近百世之纲纪，万代之宗派源流。"《现代汉语词典》释"谱"为"按照对象的类别或系统，采取表格或其他比较整齐的形式，编辑起来供参考的书"。[1]"系"除了有"系统"之意外，还有"世系"的意思。这些解释都强调了"谱系"的系统性和历史性。也就是说，中国传统的谱系研究注重通过考据的方法，展现事物发展的系统性、秩序性和历史流变性，包含着纵、横两个向度的追求。在横向共时的维度上，较为"周全地"展现研究对象的类别分布、种属关系和体系结构；在纵向历史的维度上，则展现其历史的"世系"承继与源流演变。正是通过这两个层面，谱系研究可以较为周全地揭示事物完整的系统构成和源流历史，完成对事物发展流变的全面扫描和历史呈现。因此，体系的"周全性"与"历史性"是传统谱系学所追求的两个主要目标。《文心雕龙》中说"谱者，普也，注序世统，事资周普"。所谓"周普"，便是对"周全性"的追求。

　　事实上，西方传统意义上的 genealogy 同中国的谱系研究有着相似的追求。《不列颠百科全书》对 genealogy 的解释是"家族渊源及历史的研究。系谱学者按祖先传宗顺序列为表谱。其形式不一，历代各国均不乏此类作品"，并且指出"系谱学是一门国际性学科"，近代以来，"专业系谱学家关注的是大量家族史及系谱研究中各种主要原理"。此外，英文中的 spectrum（原意为"光谱"或"波普"）一词也常常被译为"谱系"。例如，近年来在国内思想界影响较大的佩里·安德森（Perry Anderson）的 *Spectrum : form right to left in the world of ideas* 一书，便被译为《思想的谱系：西方思潮左与右》。安德森说，该书是"通过一把特殊的棱镜"透视"分属于政治领域中的左、中、右三派"，"把整个谱系透彻分析一遍"，从而完成对当代思潮中"特殊知识景观的全景指南"。柯林斯词典对 spectrum 的解释是"arrange

[1]　郭艳复.现代汉语词典 [M].长春：北方妇女儿童出版社，2004.

of a particular type of thing"，指从特定角度分析事物所得到的一系列组成类型。与 genealogy 兼具"周全性"与"历史性"追求不同，spectrum 侧重于以固定的标准对研究对象进行同一层面的类型划分，主要追求分类的"周全性"。国内的许多中国现当代文学谱系研究，重在从某一固定角度分析研究对象的内部构成，并不追溯其历史脉络，实际上正是 spectrum 意义上的"系列"分析。此外，一些"知识谱系""思想谱系""概念谱系"研究，虽然同样不追溯知识观念的历史演变，但从某一角度分析得到一系列组成类型之后，还要对这些组成类型再次进行类型划分，从而形成了由众多母系列、子系列组成的思想、概念"体系"或"系统"（system）。

通过以上辨析，我们可以将传统谱系研究勉强分为三种类型：一是仅仅从同一标准进行"周全"的类型划分，而不追溯其历史脉络的构成"系列"（spectrum）研究。二是多次进行由母系列到子系列划分的构成"体系"或构成"系统"（system）研究。三是既进行类型分析，又进行历史追溯的谱系（genealogy）研究。

21 世纪以来的中国现当代文学研究，借鉴、运用传统谱系学的研究方法，正是为了追求研究的周全性、系统性、历史性。一些研究成果之所以名不副实地被冠以"谱系"之名，也是为了凸显研究者全面的学术功夫和纵深的学术眼光。因此，从某种程度上说，中国现当代文学谱系研究"热"，体现了"20 世纪的中国文学研究，已经进入一个相对而言比较充分和成熟的阶段"，相关研究开始"呈现出逐步深化、完整化、系统化的趋向"。

三、"思想谱系"与"版本谱系"研究的思路与方法

由于传统谱系研究兼有"周全性""体系性""历时性"的追求，许多研究者常常用"谱系"一词来替代过去的"体系""系统""脉络"等概念。例如，许多研究者或将历时梳理文学思潮、流派的发展脉络称为谱系研究，或将分析文学思潮、流派的构成体系、构成系统称为谱系研究。还有研究者将思想观念、理论概念"体系"称为"谱系"加以研究。吴秀明认为"由文学或学术网站、博客、视频、电子论坛、电子书等新媒体史料构成"的电子化文学史料，"已形成了一套独特而又自治的知识谱系"。谭桂林将中华人民共和国成立 70 年来中国现代文学研究所建构的以文学史编撰为"基础"，以史料整理及史料学为"砖瓦"，以文学的革命性、现代性、民族性、

世界性四大问题的探讨为"支柱"，以"分别与整体的相融、外部研究与内部研究的互织、一元与多维的共存"等方法论博弈为"窗户"的学术体系，称为"现代中国文学史知识谱系"。再如，学术界普遍认为中国传统诗学与西方现代诗学是两个异质的"知识谱系"，许多研究者便致力于近代"文学"观念由传统到现代的"知识谱系"转型研究。

　　在21世纪以来的中国现当代文学研究中，思想观念、理论概念的谱系研究，主要形成了两种思路：其一是考察思想话语谱系的起源、发展及历史演变脉络。何言宏运用"文化领导权"理论研究当代知识分子时，便梳理了这一理论的来源、发展和变迁，称为"社会主义国家文化领导权的理论谱系"。刘传霞梳理了"疯癫话语"在20世纪80年代初期、中期、后期的变迁情况，联系具体的历史语境挖掘了"疯癫话语谱系"的历史、思想根源，从而对各个时期"疯癫话语"的历史特征形成了认识。王本朝的"知识谱系"是对现代文学观念体系中"文以载道""白话文""审美主义""民族主义"等十余个重要概念的观念史研究，辨析了这些文学观念形成的历史、社会和哲学背景，揭示了各个概念的复杂内涵和历史变迁，在整体上呈现现代文学观念的复杂构成。与这些研究相对照，旷新年《中国现代文学理论批评概念》虽然没有使用"谱系"研究这一称谓，但梳理了"文学""典型""人的文学""现实主义"等10余个批评概念在20世纪中国文学史上的变迁情况，实际上也应归于此类谱系研究。第二种研究思路，是通过类型划分来呈现理论话语内部的构成体系。张光芒《论21世纪的启蒙话语及其思想谱系》，一方面分析了21世纪以来的启蒙话语在社会、阶层、个体、人性四个层面的不同思考和观念，较全面地呈现了21世纪以来启蒙话语的四个主要思考维度；另一方面通过各个思考维度中的不同思想观念呈现了21世纪启蒙思想的复杂构成，以期通过这种纵横交错的梳理完成对21世纪以来启蒙话语的"全景扫描"。

　　此外，在中国现当代文学的文献史料研究中，还形成了"版本谱系"研究思路。金宏宇倡导新文学的"版（文）本谱系"研究，认为可以"让我们得以明了一部作品不同版（文）本之间的递进、承传、并列等各种关系，使我们在对校和比较作品的不同版（文）本时有一个应该遵循的正确的顺序，使我们对作品版（文）本本性、版（文）本变迁的缘由等的阐释能放置在一个完整的谱系之中。否则，我们的研究可能是错乱的和残缺的"，不仅具体作品的研究应该注意版（文）本的精确性，新文学史的写作也应该持"叙众本"原则，"新文学史的科学性应体现为对一部作品尤其是名著的不同版本作具体的、动态的、历史的叙述。既要注意作品面世的历史时刻，也要述及版本变迁的历史"。在对《雷雨》《屈原》《天国春秋》等具体作品的版本批评中，金宏宇有意识地整理了作品的"版本谱系图"，并以之为基础分析了具体作品在版本流变中的发展变迁。与之相似，瑞士的冯铁先生对茅盾《子夜》的草稿手稿、各种版本及相关信息进行了谱系编码，并通过对不同版本的内容、格式、笔迹、字体等信息的对比分析，展示了大量有关这部文学作品的"起源、形成过程和流传资料"，意在通过版本"流传史的细节，使一部文字的形成按照谱系批评学的版本规律恰当地、有启发性地呈现出来"。冯铁的版本谱系研究是受了"法国谱系校勘编订学（critique génétique）学派所提出的方法论的指导"。

与以上研究思路相比较，在 21 世纪以来的现当代文学研究中真正蔚为大观，并形成了丰富多样的学术思路的谱系研究，是"形象谱系"研究与"知识谱系"研究。本节以下将主要通过分析这两类谱系研究，深入了解传统谱系学在现当代文学研究中的运用情况，审视其存在的问题，探讨完善和发展的途径。

四、"形象谱系"研究的思路、方法及问题

依据文学形象之间的某种"家族相似性""类型相似性"而进行的"形象谱系"研究，是 21 世纪以来现当代文学谱系研究中最为常见、成果最多的选题。整体来看，此类研究主要呈现出三种思路。

思路之一，是梳理某一作家或某一时期文学作品的形象类型。例如，靳新来梳理了鲁迅作品中的动物形象谱系，并将其与鲁迅的人学思想、精神世界、艺术创造联系起来，按照动物形象所隐喻的精神人格，划分为象征反抗传统的现代精神界战士的狼、猫头鹰、蛇、牛等形象系列和象征维护传统的现代奴性知识分子的狗、猫、苍蝇、细腰蜂等形象系列两个类型。这类研究全面发掘形象类型，追求谱系研究的"周全性"。事实上，在全面收罗、建构形象谱系时，也可以引入"历时性"的学术意识。刘艳在梳理鲁迅笔下的孤独者形象谱系时，注意展现其在鲁迅创作中的先后脉络，分析了孤独者形象在鲁迅各个创作时期的不同精神气质和历史遭遇。与依据作家的创作历程来获得研究的历时维度不同，肖同庆梳理了鲁迅笔下的狂

人形象谱系之后，又挖掘了这一形象谱系与中西方文学精神传统的传承渊源，从而超越了研究对象的时空拘囿，获得了历史透视的纵深感：狂人谱系"不仅积淀着漫长而深厚的中国知识分子的精神历史，而且表明在中国现代化的历史进程中启蒙者的历史角色和精神状态的演变"。

思路之二，是分析作家小说中的人物形象（如"朱苏进小说的人物谱系"）、特定类型小说中的人物形象（如"十七年非革命历史小说人物谱系"）及知识分子、女性、农民等形象类型的构成"系列"（spectrum）或构成"体系"（system）。例如，颜敏以面对世俗的态度为标准，将20世纪90年代以来文学中的知识分子形象划分为在世俗欲望中沉浮惶惑、疏离现实沉溺于个人世界、身陷象牙之塔并批判世俗的三类。令狐兆鹏以人物的职业为依据，将乡下人进城小说中的人物形象分出农民工、妓女、保姆三个形象谱系，并在分析各个形象类型时又进行了再分类，例如，分析农民工形象谱系时，又依据作家对人物形象的不同处理，将其分为"污名化"和"温情化"两类。

从逻辑学角度看，对研究对象进行不同层次的分类，标准可以有所不同；但同一层次的分类，标准必须统一。否则，划分出来的子类型就不是并列关系，会出现"类型相容"的情况。此外，划分出来的子类型必须涉及研究对象的全部外延，否则就会出现划分不全、子类型有所遗漏的情况。以此审视相关研究就会发现，一些研究或者同一次分类的标准不统一，谱系研究沦为子类型的随意列举；或者划分不全，子类型有所遗漏，没有做到谱系研究的"周全性"。此外，形象谱系建构和类型划分还应从文学创作的实际情况出发，谱系化的人物形象应当确实存在于文学作品和作家的笔下。某些形象类型过于单薄，不具备学术透视的价值时，便无法建构形象谱系、进行谱系研究。

事实上，形象谱系研究的目的，并非仅止于形象罗列与分类呈现，而是要挖掘潜藏于形象背后的社会生活、历史文化、思想观念、审美倾向等信息。唯有如此，才能深入洞察文学形象的时代特征、思想意蕴和审美特点。因此，以形象梳理、分类为基础而进行社会历史文化研究、思想史精神史研究、审美变迁史研究，就成为形象谱系研究的第三种思路。吴秀明等研究者透过三十余年中国文学中的"不同类别的人物谱系""来窥探整个时代的中国形象"。刘传霞勾勒、描述、分类、剖析现代中国小说中的底层劳动妇女、新女性、妓女、疯女人等形象谱系，既展现了各类形象的历史流变，又联系时代社会和文学思潮变迁，剖析了形象流变的时代社会、审美追求、思想观念等方面的根源，"对认识中国现代性的建设与社会性别之间的复杂关系有着重要的意义"[1]。南帆考察中国当代文学史上由"粮食生产的乡村、战火燃烧的乡村、精神生产的乡村、城乡对立的乡村、文化根系的乡村及含义模糊乃至矛盾的乡村"[2] 所构建的乡村形象谱系，更由此揭示了乡村各个层面在当代中国历史境遇中的遭际和变迁，窥探了"乡村与现代性之间一波三折的历史博弈"，可以说，中国当代文学史中的乡村形象谱系就是"一部隐形的乡村文学史"。此类研究，在形象谱系的梳理、分析中，体现出研究者广阔的理论视野和深刻的社会问题意识。

以上三种形象谱系研究的思路，都需要从形象谱系中选择一两个代表形象进行描述剖析，以便具体、形象地呈现谱系的整体特征，这就涉及谱系取样的问题。严格来说，文学形象都是一个个的独特个体，只有综合考察了每个独特形象的所有情况之后，才能选择出真正具有代表性的谱系样本，否则谱系研究便会流为随意的列举分析。例如，有研究者仅仅选择了张爱玲、严歌苓、项小米的三个短篇中的阿小、柳腊姐、小白三个人物形象来分析"乡下进城的现代女佣谱系"，不仅形象类型不全，无法全面呈现"现代女佣谱系"，而且在取样的准确性、代表性上都存在很大的问题。

此外，在形象谱系研究中，形象类型的选择、分类标准的确立，都应该建立在全面、切实地把握研究对象的基础上，应该有成熟、独到的学术思考。只有能够有效洞见形象特征的谱系建构和类型划分，才有可能真正推动学术发展。例如，陈晓明紧紧抓住《永远有多远》中的西单小六形象，从铁凝的小说中挖掘出一个被研究者所忽视的"自我相异性"女性形象谱系。在这类形象中，铁凝寄寓了女性渴望超越自我、身体自由的"爱欲乌托邦想象"。正是这种隐秘的精神渴求，使得铁凝的创作在整体的现实主义风格掩盖下，潜含着主观化、个人化的浪漫主义特质。然后，陈晓明又将铁凝的这一形象谱系追溯到孙犁《铁木前传》中的小满儿等形象，发掘出孙犁小说中与沈从文、废名等人一脉相承的"浪漫主义的情致"，认为正是这种"被压抑的现代浪漫主义的幽灵"，一直为中国当代文学创作提供着内在"活力"。由铁凝笔下独特的形象谱系而追溯、发掘了中国现当代文学史上的此类形象谱系，由此类形象为铁凝的创作带来的浪漫主义审美特质而发掘了整个当代文学史上潜在的浪漫主义美学追求，从形象谱系的发现到

---

[1] 刘传霞. 被建构的女性 中国现代文学社会性别研究 [M]. 济南：齐鲁书社，2007.

[2] 南帆. 中国当代文学史的乡村形象谱系 [J]. 文艺研究，2019（6）：63-72.

审美谱系的发掘，体现了研究者敏锐的学术意识和广阔纵深的学术视野，这类谱系研究才具有突破性的学术价值。

从中也可看出，发掘遭到忽视、遮蔽、压抑的形象谱系的研究，往往更能发现文学创作的独特隐秘和文学史中的幽微潜流。而后现代谱系学对本质化历史叙述之外的偶然性、复杂性、异质性现象的特别关注，恰恰可以推动这种学术追求走向方法自觉。海外中国现当代文学研究者王德威就常常从新异的角度发掘近代、现代、当代文学创作中潜在的"家族相似性"现象，将其建构为独特的精神谱系，不能不说与其深谙后现代谱系学的学术背景有关。

五、"知识谱系"研究的思路、方法及问题

建立在血缘承续基础上的家族谱系研究，常常见之于传记研究对作家家族世系的考证梳理。此外，因授业求学而形成的直接学缘传承，及由此引申出来的间接的思想观念、学术精神的影响接续等方面的谱系研究，也常常见之于文学流派、作家群体、人物思想研究中。这类研究还形成了逆向溯源作家的思想精神传承谱系的研究思路。夏中义将王元化的思想学术精神溯源到鲁迅开创的"至刚至健"的中国现代知识分子精神谱系。张国功考证了"学衡派"中以亲缘、地缘、学缘、业缘及共同的精神文化认同所建立的"江西学人谱系"，既追溯了其与同光派中赣派诗人谱系的传统渊源，又指出了《学衡》精神在抗战境遇中的流变。在21世纪以来的现当代文学研究中，这类追溯作家作品传统渊源的研究，不仅数量丰富、思路多样，而且出现了许多具有学术突破性的成果。

其思路之一，是考证溯源作家作品的中西方文学传统的影响谱系，深入认识创作特点的形成根源。例如，通过实证性的材料发掘，严锋揭示了莫言小说的感性解放、色彩美学、声音诗学、魔幻主义等特点与中西方文学文化的影响渊源关系，指出莫言20世纪80年代创作的色彩单纯而鲜明、画面激情而夸张、充满张力与动感等特点，与莫言不断提及的梵高绘画有着密切的联系。王鹏程通过"沿波讨源"的细密考证，确立了高尔基、肖洛霍夫对柳青《创业史》的影响关系，通过比较分析了高尔基的《母亲》、肖洛霍夫的《静静的顿河》《被开垦的处女地》等作品对《创业史》的影响。此类研究，发现习焉不察的影响关系，往往能够带来独到的学术突破。李

建军通过细密的影响考证和对比分析，发现茹志鹃的《百合花》与《红楼梦》的谱系渊源关系，得出了《百合花》"是《红楼梦》的孩子"的结论。这一发现，从谱系传承的角度，解释了在 1958 年前后那样一个"喧闹、夸张、浮薄"的时代，何以《百合花》呈现出朴实优雅、清纯自然的风格特征的问题。

这种文学谱系研究，实际上是比较文学中的影响研究，需要研究者投入切实的考证功夫来落实其影响关系。有研究者论述张爱玲《沉香屑第一炉香》与 18 世纪英国女作家弗朗西斯·伯尼《伊芙琳娜》等"少女涉世"小说的谱系关系。然而，连研究者自己也说，"很难判断张爱玲是否读过《伊芙琳娜》"，仅从"情节暗合的线索，不必一定得出作者之间影响与被影响的关系"。这就使得全文的论述只是建立在推断的基础上，由于没有确证影响关系，"谱系"研究也就沦为平行比较。此外，对作家作品影响与被影响的谱系研究，也不应当仅仅止步于"归宗认祖"，考证其中西方传统的影响，而是更应该考察现代中国文学运用这些资源时所要应对的现实问题，及在这种应对中对这些知识资源的转化和变异。

由对作家作品的实证性影响谱系研究，又引申出了对作家思想、精神传统渊源的挖掘和揭示，从而形成"知识谱系"研究的第二种思路。姚新勇挖掘知青作家与特定时代的精神谱系关系，指出知青文学中的英雄谱系"'直接'的文化继承是'文革'式的或红卫兵式的群体理想主义"，并分析了知青文学对这一精神谱系的重构和改写情况。季红真从萧红童年的家庭文化入手，挖掘了她小说创作的精神文化资源，指出萧红童年家庭中生活方式、知识观念向现代文明转变的男性家长给萧红提供了现代文化精神资源，以祖母为代表的女性家长则"混合着各种实用信仰的民间思想"而"成为萧红成长晦暗而深厚的底色"，这种文化精神分裂的家庭关系形成了萧红文学创作的"泛文本知识谱系"。

考证影响谱系，发掘精神传承，不仅可以深入认识作家作品思想艺术特征的形成根源，而且可以在广阔纵深的谱系脉络中定位作家作品，通过与同一谱系作家作品的分析比较，揭示谱系传承中的时代变异和个人创造，往往可以获得独到的学术洞见。例如，何平发现了《红旗谱》中冯贵堂、严知孝等知识分子与"五四"以来现代知识分子精神谱系的渊源关系。然而，由于时代语境的改变，作家"只能把他们作为一个没落的阶级，为他们唱一曲葬歌"，作家通过凸显江涛的贫农出身、马克思主义知识谱系，有意从断裂而不是承继的角度来处理江涛与他们精神谱系的关系，"改写了现代知识分子精神史",这就不仅洞见了《红旗谱》中现代知识分子精神谱系的"断裂",而且可以窥见中国现代知识分子精神谱系的历史遭遇。再如,郜元宝发掘了孙犁《芸斋小说》与其前期"抗日小说"中隐秘的革命文学道德谱系的联系,又发掘了铁凝与以孙犁为代表的这种"表彰柔顺之德"的现代革命文学谱系的"血缘"关系,通过这种谱系学发掘,深入审视了以孙犁、铁凝为代表的两代作家的价值论根基,反思了中国当代文学的价值论问题。

许多研究者将"知识谱系"研究运用到学人研究、学术史研究和文学史观念研究中,挖掘、审视学术研究的理论资源和知识依据,形成了"知识谱系"研究的第三种思路。例如,李德南考察了谢有顺文学批评的知识谱系,分析了其不同时期文学批评观念的不同知识资源。吴秀明从知识学角度对当代文学研究的"历史化"潮流进行了"谱系考察",梳理了"历史化"研究的"外源性"和"内源性"学术渊源和理论资源,认为当代文学研究的"历史化"潮流,"不仅在外源性上受到詹姆逊等西方马克思主义理论的影响,而且在内源性上与中国汉宋两学诠释系统具有血脉的关联"。

"知识谱系"研究认为,作家创作、学术研究的具体内容、问题视野、展开思路、价值标准和思想观念,与其所接受的知识资源密切相关。这一认识背后,潜含着一种认识论变革的趋势:知识不再仅仅是主体在客体中发现的普遍"真理",而是特定"知识谱系"影响、作用下的结果。主体不再是"透明"的,而是戴上了因各种"知识谱系"而形成的"有色眼镜"。从而使知识带有了特定的"视角性"。这些认识,虽然并不一定是受了后现代谱系学的影响,但确实与后现代谱系学的建构论知识观有着某种相通性。所不同的是,后现代谱系学常常通过考证、发掘思想观念的"知识谱系"来揭示其话语性、建构性,对其进行话语/权力批判。对于后现代谱系学影响下的"知识谱系"研究,笔者将其放在《后现代谱系学与21世纪以来的中国现当代文学研究》一文中进行分析和讨论。

六、融会中西谱系学的努力

可以看到,21世纪以来的中国现当代文学研究对传统谱系学的运用,既有继承,也有拓展和创新。一方面,21世纪以来的中国现当代文学研究,在研究方法上汲取了传统谱系学通过考据、梳理来发掘、呈现研究对象的系统性、秩序性和历史流变性的学术方法;在研究思路上,则延续了传统谱系研究中宗族谱系编写、宗派学派梳理、文体流变研究等主要学术思路。另一方面，21 世纪以来的中国现当代文学研究也在研究方法上对传统谱系学有所突破和创新。相对而言，传统谱系研究以"揭橥递演"的历时研究为主，以逆向溯源的"考镜源流"为辅，二者相辅相成。21 世纪以来的中国现当代文学研究，不论是"沿波讨源"以考证发掘作家创作的影响渊源、思想传承和知识谱系，还是"顺藤摸瓜"以考证发掘被过往研究所忽视的文学史潜流，都强化了谱系研究的逆向溯源意识。特别是那些建立在全面的学术功夫、纵深的学术眼光、明确的问题意识的基础上，发掘遭到忽视、遮蔽和压抑的独特文学谱系和幽微文学潜流的学术研究，往往能够带来重要的学术洞见。更重要的是，中国现当代文学研究对传统谱系研究的运用，常常综合了逻辑学、类型学、比较文学、社会学、文化学等诸多学科的学术方法，既可以通过科学的类型划分，更加严密、周全地展现谱系的构成体系，也可以借助社会学、文化学的广阔视野，洞见文学谱系所潜含的历史文化、思想观念等信息。不仅拓展了学术视野，而且深化了谱系研究。正是由于学术方法的拓展和创新，中国现当代文学研究在学术思路上也对传统谱系学有所拓展和深化。在传统的传记谱系编写、思潮流派梳理、文体流变研究之外，出现了理论话语谱系、版本谱系、作家作品的知识谱系等诸多学术思路。而且即便是传统的思潮流派谱系梳理，及与家族宗族谱系研究相近的"形象谱系"研究，也因其学术视野的拓展，获得了广阔纵深的学术视野，取得了更加深入的学术洞见。

整体而言，传统谱系研究意在"辨章学术，考镜源流"。不论是形象谱系的建构、传统渊源的追溯，还是知识资源的发掘，都是以研究对象之间的"家族相似性"为基础，建构复杂有序的历时发展脉络，运用的主要是寻求"同一性"的建构性思维。而在后现代谱系学看来，连续的历史谱系恰恰是某种本质主义的理性目的论所建构的结果。正因如此，后现代谱系学质疑进化史观所建构的连续性历史叙述，解构"起源性神话"，揭露历史谱系的建构机制，并批判其背后所隐含的话语／权力关系。在解构的同时，后现代谱系学极为重视发掘被连续性谱系叙述扭曲、遮蔽、删减的断裂、偶然、边缘等异质性"它者"。可以看到，与传统谱系学相反，后现代谱系学恰恰要质疑、解构"同一性"谱系建构，立意打破连续性的历史脉络，挖掘被传统谱系建构压抑、遮蔽的细枝末节和偶然现象，运用的主要是寻求"差异性"的解构性思维。从表面上看，这两种谱系研究的思维方式、学术旨归存在着巨大差异，甚至呈现出相互对立的特点。

这种学术差异，在中国现当代文学研究中也的确有所体现。例如，于可训曾指出："作家无论属于何种文学派别，持有何种艺术主张，他们之间，不但存在上下传承和相互影响的关系，而且，其创作成就和艺术经验，也因为这种传承和影响的关系，经纬交织，构成了一部完整的文学家族的谱系。"[1] 这显然是运用传统谱系学来研究作家之间的影响传承关系，建构文学史谱系。然而，在具有后现代谱系学知识背景的叶立文看来，这种谱系建构"其实来自一种本质主义的思维方式"，这一思维方式作用下的当代文学史研究，"建构文学史神话的同陷入了一种本质主义的历史迷思"。[2] 两种谱系学的差异，呈现为武汉大学的两位中国现当代文学研究者之间的思维方式、理论方法、学术旨趣的差异。

然而，如果没有总体性观念和连续性建构，那些散乱的事件碎片如何可能成为"历史"？离开了总体性观念和连续性建构，后现代谱系学真的可以建构出"差异的、偶然的而非同一的，零散的、碎片的而非整体的"历史研究吗？事实上，就连福柯自己也无法摆脱对总体性历史叙述的依傍。例如，1975年1月15日，福柯在法兰学院的演讲中，就沿用"奴隶社会"—"种姓社会"—"封建社会"—"行政君主政体社会"等总体性历史概念和社会线性演进模式，分析了权力的运作方式和功能变迁。此外，为了反对连续性历史，福柯认为首先应该摆脱"传统""影响""发展""演进""心态""精神"等把分散事件组织为同一性、连续性整体的概念，他特别重视"社会的权力转换在人的理性与非理性的力量分配中的同构性"。然而，福柯却又不断提及自己的历史观念的认识论"传统"、康吉莱姆等人对他的"影响"及他对尼采谱系学的"发展"等传承渊源。福柯自己也不得不承认，将一些建构连续性的总体概念"束之高阁"，并"不是为了最终把它们摈弃，而是……为了指出它们不是自然而就，而始终是某种建构的结果"。

既然无法摆脱谱系建构，那么，运用后现代谱系学破除了传统谱系研究中可能存在的"本质主义迷思"之后，应该如何重建谱系研究？许多后现代谱系研究者恰恰忽视了这一问题，陷入了含混和暧昧。针对这一问题，一些研究者提出了融会两种谱系研究方法取长补短重构谱系研究的思路。例如，刘勇指出"从目前的谱系建构来看，无论是就西方福柯所强调的复

---

[1]　于可训.中国当代文学概论[M].武汉：武汉大学出版社，1998.

[2]　于可训.中国当代文学概论[M].武汉：武汉大学出版社，1998.

杂性、差异性而论，还是就中国传统谱系观念中秩序性和关联性而言，都是有欠缺和距离的"。从后现代谱系学的角度看，传统谱系建构"存在着过于强调宏大叙事而失真的问题"，而后现代谱系学恰恰"有助于我们对历史现象丰富意味的重视"，但如果完全丢弃传统谱系学对历史性、秩序性和考据性的重视，后现代谱系研究又"难免会陷入'只见苍蝇、不见宇宙'的窘境"，历史也就变为混沌、迷乱的一团，毫无规律可循。因此，只有融会两种谱系学，取长补短，"既注意细节的丰富，又不放弃对历史大方向演变的探索"，才能重铸谱系研究。重铸后的谱系研究，既要"尊重历史过程的种种偶然、种种的'变量'，需要对这些变化的细节做出尽可能详尽的梳理"，又"不把历史看作无序的堆砌，而是承认在纵横交错、四方融汇、相互关联之中，有着某种清晰的变化发展的流脉，留意于这些事物之间的互动关系，立体地观照着事物多层面的复杂关联"。古代文学研究者赵辉也辨析了两种谱系学的异同，认为"中西谱系及谱系学的研究对象不同，但存在一些共同点"，通过对二者的融会，赵辉提出了研究中国文学谱系的发生演变机制、建构中国文学谱系、研究中国文学谱系历史变迁等"中国文学谱系研究"的新构想。

可以看到，融会两种谱系学的努力，大都以传统谱系学为根基，并不放弃发掘、描述和建构文学的历史谱系，同时将后现代谱系学引为文学谱系建构的学术审视意识，关注可能被忽视、遮蔽的复杂历史真相，警惕谱系建构中可能存在的学术盲区。

第四章　当代文学——散文

第一节　现代散文发展概述

与"五四"文学革命同步兴起，并于"五四"时期取得丰硕成果，其"成功几乎在小说戏曲和诗歌之上"[1] 的中国现代散文创作，在新文学初期的成就主要体现在鲁迅、李大钊等人创作的大量文艺短论（随感录和杂文）和周作人、俞平伯、朱自清、许地山等人创作的抒情叙事散文（"美文"）中；此外，瞿秋白创作的《饿乡纪程》和《赤都心史》等通讯报道，是中国现代报告文学的最初萌芽。

1918 年 4 月《新青年》开辟了"随感录"专栏，刊发"随感录"式的短小的时评或杂感，这是现成散文最早出现的品种，也是白话散文的写作中数量较多、成就较高的，是适应当时急遽的战斗要求而产生的。这种文体，最初由于《新青年》《每周评论》《晨报》（第七版）等设置"随感录""浪漫谈"等专栏加以提倡而趋于兴盛。《新青年》"随感录"作者群的主要代表有鲁迅、陈独秀、李大钊、刘半农、钱玄同等。这种文体，以后经鲁迅等先驱者的长期努力，变成文艺性的论文的代名词，后来《向导》等刊物上的"寸铁"专栏，也正是这一战斗武器的运用和发展。李大钊所写的一些带文艺性的短论，虽残留着民主主义思想的痕迹，但针砭时弊，冲刺锋锐，战斗性大多很强。从这些文字中，可以看到马克思主义最初在中国传播和人民反帝反封建斗争渐次扩展的时代侧影。初期白话散文中，游记、通讯报告也占有重要位置；稍后更有抒情小品、随笔出现。这些都属于当时所谓"美文"类。用白话写这类文字，足以打破"白话只能作应用文"的陈腐看法，含有向旧文学示威的意思。但在内容上，还是以抒写闲情逸致者居多。较

---

[1] 鲁迅 . 国学杂谈 [M]. 北京：北京理工大学出版社，2020.

有社会意义的作品，在早年游记通讯中，应推瞿秋白的《饿乡纪程》和《赤都心史》。

真正有意识地把散文作为一种文学体裁来创作，是从 1919 年开始的，是从以抒情和叙事为主的"美文"开始的。李大钊、冰心、鲁迅、周作人等积极尝试和倡导，特别是周作人 1921 年 6 月发表了题为《美文》的文章，号召新文学作家致力于美文创作，对推动中国现代散文的自觉发展有重要意义。随后出现了朱自清、郁达夫、郭沫若、瞿秋白、叶圣陶、徐志摩、俞平伯、钟敬文、梁遇春、丰子恺、林语堂、许地山、郑振铎等众多作家的现代散文创作，使散文创作成为"五四"时期各文体中收获最大的一种。代表《语丝》的最高艺术成就的是鲁迅连载的 23 篇收在《野草》中的散文诗，《野草》最初是鲁迅在《语丝》杂志上发表的一组散文诗。

进入 30 年代之后，现代散文又以其丰厚的底蕴，在新的时代历史条件下，向着更加纵深和阔远的方面挺进，日益走向成熟和完美，进入全面丰收的季节。在鲁迅后期杂文创作的带动下，30 年代的杂文创作更加繁荣，以致形成了声势浩大的杂文运动，以夏衍、宋之的、茅盾等人为代表的报告文学创作全面兴起，并迎来了中国报告文学创作的高潮；而小品散文的创作更显丰富，出现了更多的独具个性风采的散文作家，也形成了新的散文流派和风格。

第二节　鲁迅的散文创作

一、抒情散文《野草》

代表《语丝》的最高艺术成就的是鲁迅连载的 23 篇收在《野草》中的散文诗，《野草》最初是鲁迅在《语丝》杂志上发表的一组散文诗，1927 年 7 月由北新书局出版，收入未名社编辑的"乌合丛书"。

《野草》共收入散文诗 23 篇，其中包括《秋夜》《影的告别》《复仇》《雪》《过客》《狗的驳诘》《墓碣文》等，另"题词"一篇。从 1924 年 9 月 15 日写作第一篇《秋夜》到 1926 年 4 月完成最后一篇《一觉》经历了两年左右的时间，而这一段时间，特别是 1925 年，用鲁迅自己的话说，是交上了华盖运，"六面碰壁，外加钉子"。当时，"五四"新文化阵营的分化，封建势力的卷土重来，女师大事件中的爱爱仇仇，1924年他与周作人的兄弟失和，都直接影响了鲁迅的心境和情绪。但鲁迅毕竟是一个战士，他决心要"肩住黑暗的闸门"，放青年"到宽阔光明的地方去"，因此尽管他感到浓重的黑暗与虚无，仍要做"绝望的抗战"。这就决定了《野草》中的作品虽然流露出彷徨、苦闷、寂寞的情绪，但仍潜藏着在黑暗重压下的战斗精神、不懈的追求精神和英勇的牺牲精神，具有复杂深邃的意义蕴含和鲜明独特的文化品格。《野草》中充满了诡秘、绮丽、沉郁的意象，构建了一个可以评说却永远说不尽，可以领悟却不能彻底的奇特的美学世界。这个世界里，作者既写了死后的厌恶，又写了出生时的阿谀，既写了地狱，又写了冰结如珊枝的死火，在怪诞奇异的意象中直逼那颗迷茫而又坚定、痛苦而又执着的心灵。《野草》要表达的更多的是当时鲁迅的内心矛盾和斗争，其中有些是不足也不愿为外人道的。鲁迅采用了象征主义的写作方法，使本来明白的东西变得有些朦胧，引读者进入深层次的思考，同时却又使抽象的东西变为形象，因而也就能够更深沉地打动读者，更深刻地感染读者。《野草》构思新颖奇特，多写梦境和幻觉，并把梦幻和现实自然联系起来，把情、景、理有机融合在一起，达到了一种弦外之音、境外之意的美学境界和艺术效果。《野草》中的语言富有诗的韵味和节奏。篇章短小精练、意象浓缩、语言凝重。文章的语言具有诗一样的跳跃性和音乐感，给读者留下极大的思考空间和回味余地。因此，我们在《野草》中不但看到了鲁迅对屈原及其《离骚》的继承和发展，也看到了鲁迅对西方散文诗大家尼采、波德莱尔和屠格涅夫等人的借鉴和融会贯通。写实和象征在《野草》里得到了很好的融合。

《秋夜》是《野草》的第一篇，它通过对秋夜室内外景物的描写，用象征的手法，寄寓了作者在现实斗争中强烈的爱憎感情。在创作它时，鲁迅正在北京与北洋军阀的黑暗统治及封建势力进行韧性的战斗。他的内心是矛盾、痛苦而又压抑的，但是他决不向黑暗势力低头。作品里的天空、星星、繁霜、月亮，及夜游的恶鸟，都是丑恶而狡猾的反动势力的象征，对于摧残野花草的邪恶势力，作品给予强烈的鞭挞和抨击，表现了无比憎恶之情。《秋夜》也流露出对被压迫被摧残的弱小者的同情，对热忱追求光明的幼小者的赞美。文中特别刻画了枣树的形象，它虽然在寒风中落尽了叶子，但仍然"默默地铁似的直刺着奇怪而高的天空"。它知道"秋后要有春"，也知道"春后还是秋",然而它坚信春天必然到来;它始终坚守自己的战斗岗位,而决不被各式各样的"蛊惑的眼睛"所迷惑。枣树的形象是现实生活中那些顽强、坚毅的战斗者的生动写照。作品也对那为追求光明而牺牲的小青虫表示了敬意,对那冻得红惨惨的小粉花寄予了同情,同时不满于它的多空想,少行动。《秋夜》中的形象,传达出作者对黑暗暴虐的统治势力的憎恶和愤怒,对被压迫被摧残的弱小者的同情,对热忱追求光明的幼小者的赞美。尤其是枣树形象,表现出一种顽强抗击黑暗、不克厥敌,战则不止的韧性战斗精神,既是作者对这样的战斗者的热情颂歌,也是鲁迅自己的人格、精神和战斗豪情的诗意写照。

《过客》是《野草》中的又一代表作,其思想内涵的深刻性在于,通过过客这一特立独行的形象,表达了鲁迅明知前路是坟而偏要走,反抗绝望,坚持求索的迫切心情。某一日的黄昏,老翁和女孩在家门外的枯树旁遇到了状态困顿的"过客",他拒绝了老翁特别是女孩的好意、同情和布施,他说:"我没法感激"。他常常陷入"沉思""默想",然后又"忽然惊醒",一再向老翁表达前行的决心:"有声音常常在前面催促我,叫唤我,使我息不下""我只得走",这种不受牵连、束缚,以便高飞远走、超然独往的精神,成为"过客"这一形象突出的性格特征。《过客》在艺术上的独特之处在于用话剧的形式来写散文诗。除了一些简要的介绍,文中的主要篇幅是围绕着过客、老翁、女孩三者之间的对话展开的,对话的节奏紧张而起伏多变,对话中不同人物的话语之间的对照体现出人物之间的性格差异和迥异的人生境界。《过客》迷人的魅力还在于它的深邃哲理,即所传达出来的生命哲学思想。这首散文诗对布施、感激等道德情感问题的独特议论,及过客对来路冷酷世界的叛离、对现路温情世界的告别、对去路绝望世界的不畏缩的塑造等,体现了鲁迅对个体生命意义如何获得、如何超越等哲学命题的追问与思考。

《风筝》记录了鲁迅精神的自我解剖。它写的是做哥哥的少年时厌恶风筝,因而粗暴地毁坏了小弟弟亲手制作的风筝,后来悔之不及的一段事情。"我的小兄弟,他那时大概十岁内外罢,多病,瘦得不堪,然而最喜欢风筝,自己买不起,我又不许放,他只得张着小嘴,呆看着空中出神,有时至于小半日"。有一次,当他躲在一间堆积着杂物的小屋里做风筝时,"我"出来横加干涉,怒气冲冲地折断了蝴蝶风筝的翅骨,踏扁作眼睛的风轮,自以为是对"没出息"的小兄弟的惩罚。20年后读到一本外国的讲论儿童的书,才知道这恰是对儿童"精神的虐杀",应该受惩罚的倒是自己。在这里,鲁迅提出了一个十分重要的问题:父母、兄姊如何正确对待自己幼小的子女、弟弟妹妹的游戏行为,如何消除成人与儿童的隔膜,真正尊重并了解儿童的心态?从中,我们可以看出鲁迅对儿童和儿童教育问题的关注。

《颓败线的颤动》写的是一个忘恩负义的故事。年轻守寡的母亲,迫于饥饿,不得不在自己的破屋里,忍受羞辱,强作欢颜,靠出卖肉体抚养两岁的女儿。若干年后,女儿长大成人,招了女婿,生儿育女,屋的内外也已整齐。然而却出现了令人发指的一幕:这一对青年夫妻及一群小孩子,一起怨恨、鄙夷地冷骂和毒笑这位老母亲。老女人愤然离家出走,在深夜中,一直走到无边的荒野,赤身裸体,屹立如石像。几十年的经历涌上心头,她付出了眷念、爱抚、养育和祝福,而收到的却是决绝、复仇、歼除和诅咒。"她于是举两手尽量向天,口唇间漏出人与兽的,非人间所有,所以无词的言语。"小说抒发的这样一个母亲的无言的痛苦,同时是鲁迅内心的痛苦。鲁迅是在极为艰苦的条件下反叛旧的文化传统的,因为这种反叛为社会所不容,他首先要承担旧传统的攻击和羞辱。他为后代人肩扛住了黑暗的闸门,使后来人能够呼吸到更多的自由和平等的空气。但是,后代人会不会因为有这样一位前辈而感到耻辱呢?这是鲁迅向自己和社会提出的一个尖锐的问题。应当指出,鲁迅的这种苦闷也不是没有缘由的,其中不但有他与周作人关系破裂后真实的内心苦闷,同时包含着他对人生矛盾的更普遍、更深刻的思考。世界存在着两种人:爱人者和爱己者。爱人者因对人的感情而甘愿牺牲自己,使别人幸福,并把自己的幸福寄托在别人的幸福之中;爱己者则永远以自己的需要而接受爱人者为自己做出的牺牲。当爱人者已牺牲掉自己而再也无可牺牲时,便会成为爱己者所不齿的人。这时,爱人者不但成为孤独者,而且会因为无所爱而陷入极大的苦闷中。《颓败线的颤动》表现的便是爱人者的悲剧。

《雪》是一篇寓情于景的散文,在鲁迅的笔下,雪有两种:一是江南的雪;二是朔方的雪。作者先以"暖国的雨"的单调衬托了江南的雪花的娇艳明媚,又用画家的彩笔绘制了一幅瑰丽多彩的江南雪景图:那"血红的宝珠山茶""白中隐青的单瓣梅花""深黄的磬口的蜡梅"及"冷绿的杂草"点缀着被白雪覆盖的江南原野,一眼望去,真是五彩缤纷、光耀夺目。"冬花开在雪野中,有许多蜜蜂忙碌地飞着,也听得它们嗡嗡地闹着"。从这绘声绘色、静动交织的描写中,使读者强烈地感到,江南的雪野上是洋溢着春天的气息的。为了更真实地突出江南雪景的生机勃勃，在勾画了自然景物后，作者又特地选取了孩子们塑雪罗汉的游戏加以渲染。孩子们天真的举动、欢乐的情绪，及雪罗汉可爱的神情，把江南雪野烘托得更富情趣。在第四自然段的开头，作者用"但是"这个转折词巧妙地转到对朔方飞雪的描写，并表明朔方的飞雪和滋润美艳的江南柔雪是截然不同的，没有花作点缀，也做不成雪罗汉，纷飞之后，"永远如粉，如沙"，"在晴天之下，旋风忽来，便蓬勃地奋飞，在日光中灿灿地生光，如包藏火焰的大雾，旋转而且升腾，弥漫太空，使太空旋转而且升腾地闪烁"。在鲁迅的心目中，也许这才是真正的雪，"孤独的雪"的个性、风采正是"孤独的战士"的个性、风采。在这里，作者以炽烈的感情，豪放的语言，刚劲的笔力，描写了朔方飞雪磅礴的气势。抒发了对朔方飞雪追求自由的精神的赞美，同时对它不幸的遭遇也寄寓了深切的同情。全文虽然流露出了一种孤寂的情绪，却掩盖不住其中闪现着的理想光芒及作者对生活的热爱。

此外，《这样的战士》《墓碣文》《影的告别》《死火》等篇都以抒发作者内心深处的感受为主，交织着严肃的自剖和不倦的探索，真实地记录了一个前进中矛盾、彷徨和苦闷的战士的坚定步伐。

二、叙事散文《朝花夕拾》

《朝花夕拾》是鲁迅写于 1926 年 2 月至 11 月间的 10 篇回忆性散文的结集，这 10 篇作品在出版前曾陆续发表于《莽原》半月刊，总题为《旧事重提》。1928 年 9 月由北京未名社出版时，鲁迅写了《小引》和《后记》，因而这部散文集包括《小引》和《后记》在内共 12 篇作品。

《朝花夕拾》有着独特的文化价值、文献价值和艺术审美价值，是我们了解鲁迅生平思想的第一手资料。《朝花夕拾》描述了鲁迅从童年到壮年时期的某些生活片段，包括童年的兴趣和爱好，家庭教育和私塾教育，目睹庸医的害人，父亲的死，到南京求学的生活，富国强兵梦的破灭，日本仙台学医和终于放弃学医，辛亥革命前后的经历，给予过自己关心和帮助的师友，等等，具有明显的自传色彩。它也勾勒了清末到辛亥革命时期中国的社会生活风貌，从中，我们可以看到近代中国历史的若干重要的侧面，如关于"长毛"、关于洋务运动、关于私塾和学堂、关于新潮和旧习、关于留学生、关于日俄战争、关于绍兴光复、关于辛亥革命的换汤不换药，等等，对历史做出了生动而鲜活的记录，具有很强的史料性。《朝花夕拾》中的作品还记载了很多民风民俗：结婚、过年、迎神、赛会，年画、传说中的"老鼠嫁女""八戒招亲"、猫是虎的教师、飞蜈蚣专治美女蛇、"麻胡子"蒸吃小儿，等等，特别是关于五猖会和无偿鬼的描绘，更写得格外生动有趣，含义深远。《朝花夕拾》虽不是像《呐喊》《彷徨》和《故事新编》那样的小说集，但在叙述的过程中也细致入微地刻画了一批栩栩如生的人物形象，有年轻守寡，却喜欢"切切观察"，一肚子"道理""规矩""礼节"而又勤劳善良的长妈妈；有"本城中极方正、质朴、博学"的三味书屋的老塾师；有要以"原配"蟋蟀作药引，用"败鼓皮丸"治鼓胀病，主张"舌乃心之灵苗"的"名医"；有幸灾乐祸、搬弄是非的衍太太；有令人景仰钦佩的藤野先生；有不合时宜、终生坎坷的范爱农……在这些人物身上，寄予了作者的爱和憎，美好的回忆和痛切的批判。虽是回忆性散文，但《朝花夕拾》也不乏现实的战斗性和深邃的思想性，世事的变迁、历史的沧桑、人生的领悟、现实的冲突，都为温情的往事涂抹了厚重的理性色彩，使得这 10 篇作品成为鲁迅感受现实和反思历史相契合的产物。到 1826 年为止，北洋军阀政府从复古保粹、尊孔读经，一直到屠杀进步学生，都是鲁迅在北京耳闻目睹的。因此，《朝花夕拾》中除时时可以看到对某些"正人君子"的嘲讽外，更多的是对儿童教育、封建道德及改革举步维艰的关注，蕴含着作家对历史和现实的深沉的思考。总的来说，《朝花夕拾》熔记人、叙事、抒情、议论于一炉，寓思想性、战斗性于史料性、知识性之中，在五四新文学运动以来的散文创作中别具风格。

　　在艺术上，《朝花夕拾》呈现出一种明朗朴素、刚健清新、亲切自然的特色。其中最为突出的就是对白描手法的运用。按照鲁迅的解释，所谓"白描"，就是"有真意，去粉饰，少做作，勿卖弄"。鲁迅不喜欢烦冗的描写和辞藻的堆砌，也不借助于曲折离奇的情节，他总是抓住最能表现人物性格的肖像特点、动作描写和个性化语言，在叙事过程中以简练的笔墨，以朴素的日常生活描写来展现人物的风貌，经常是淡淡几笔，就将人物的优点或缺点凸显出来，写得有血有肉。如《阿长与山海经》中，鲁迅回忆了他童年时代的保姆长妈妈。她是封建社会里一个十分普通的劳动妇女，一到夏天，睡觉时她会"伸开两脚两手，在床中间摆成一个'大'字，挤得我没有余地翻身，久睡在一角的席子上……推她呢，不动；叫她呢，也不闻"。她"喜欢切切观察，向人们低声絮说些什么，还竖起第二个手指，在空中上下摇动，或者点着对手或自己的鼻尖"。她"满肚子是麻烦的礼节"，什么"死了人，生了孩子的屋子里，不应该进去"，"晒裤子用的竹竿底下，是万不可钻进去的"，正月初一清早一睁开眼，第一句话就要说"阿妈，恭喜恭喜！""还得吃一点福橘"……简练的几笔，就把这个讲究颇多、喜欢唠叨、整日操劳的老妈妈准确传神地描写出来。《朝花夕拾》中的作品，也有着很强的抒情性，饱含着作家强烈的爱憎。在平淡的叙述中富有褒贬，在简洁的描写中是非分明，读来引人入胜。

三、鲁迅的杂文

杂文创作是鲁迅毕生的重要事业，是他心血的结晶，创造力的重要标志。从 1918 年在《新青年》上写"随感录"起，到 1936 年逝世，鲁迅从未间断过杂文的写作。正是他的博大精深和具有永恒艺术魅力的杂文创作，确立了他在中国现代思想史、文化史和文学史上的崇高地位。鲁迅的杂文，结集的共有 14 本，包括《坟》《热风》《华盖集》《华盖集续编》《而已集》《三闲集》《二心集》《南腔北调集》《伪自由书》《准风月谈》《花边文学》《且介亭杂文》《且介亭杂文二集》和《且介亭杂文末编》。此外，《集外集》《集外集拾遗》《集外集拾遗补篇》中也有许多杂文，鲁迅一生写作的杂文，数量达百余万字。

中国现代杂文萌芽于"五四"的"文学革命"和"思想革命"，在与封建旧道德、旧礼教和专制制度进行激烈的斗争，宣扬西方的科学、民主思想的过程中，得到了迅速的壮大和发展。新文化运动的先驱者们特别是鲁迅，根据当时中外杂文家和自己杂文写作的经验，把短评、杂感发展为不拘格式而内容上和艺术上有一定规定性的杂文文体，并运用这种文体进行文明批评和社会批评，解剖国民愚弱的"国民性"，对传统思想和传统文化进行猛烈的抨击。作为五四新文学主将，鲁迅不仅写下了大量极富思想性和艺术性的杂文，还从理论与实践相结合的角度上，对现代杂文的文体样式，现代杂文的社会功能，现代杂文的思维方式和创作方法，杂文式的"形象"和杂文式的"典型"创造，杂文作家的思想和艺术修养及作家的队伍建设等问题做出了精湛的论述，提出了系统的理论主张，对中国现代杂文的建设和发展做出了巨大的贡献。

鲁迅杂文内容丰富广博。对旧社会、旧文明和复古派的批判，对封建性反动政权的猛烈抨击，对帝国主义侵略的揭露、斗争，对文化、文学战线上错误倾向的批评，对社会病态心理和国民性弱点的暴露针砭，是其中的几个重要内容，形成了与现实密切结合的批判性、战斗性的思想特色。由于环境和思想的变化，鲁迅的杂文在内容和思想特色上既有一贯性，但前期（主要是1927年以前）杂文与后期（主要是1927年以后）杂文也有差异性。

鲁迅前期杂文侧重对封建性旧文明、旧道德的批判，充分体现以科学与民主为旗帜，彻底反对封建文化的"五四"精神；在批判封建主义的同时，还探索和研究国民性问题，暴露和批判了卑怯、惰性、保守、巧滑等国民性弱点。1925—1927年，由于革命的高涨和鲁迅思想的发展，杂文在进行社会批评和文明批评的同时，带有了鲜明的政治色彩，杂文的形式和艺术表现也更加丰富多彩，更趋于成熟，对话体杂文、书信体杂文和日记体杂文的出现，即是很好的例证。鲁迅后期在革命实践中自觉学习马克思主义，并在对敌的论战中自觉地运用马克思主义，对旧中国社会的思想、文化进行了更为广泛而深入的批判，对革命文学发表了许多重要意见。由于娴熟地掌握了辩证法，他这时的不少杂文，总结了他对社会人生和文学艺术诸多问题的哲理性思考，成为现代史上一座高耸的理论高峰。这一时期，鲁迅杂文的知识化、形象化、趣味化也达到了前所未有的高度，由于倡导"文艺大众化"，杂文语言充分发挥了现代白话的通俗显豁的特点，艺术上进入了一种自觉的圆熟的境地。

鲁迅的杂文文体多样，不拘一格，开拓出极其广阔的天地，其风格也多姿多彩。最主要的风格：切实锋利，精练泼辣，似匕首投枪，三言两语就能把复杂深奥的事理说清，文中所表现的作者驾驭语言的卓越才能，令人叹为观止。这种风格主要通过以下几个方面得以体现：

一是政治性与形象性的有机统一，既立论准确，分析透辟，论证严密，具有强大的逻辑力量，同时显示了议论的形象化，以对比、暗示、取譬、借喻等手法，使深奥抽象的思想观点变成具体可感的生动形象。如"落水狗""叭儿狗""细腰蜂""丧家的资本家的乏走狗""黑色的大染缸""小摆设""变戏法"等，这些类型形象具有广泛而深刻的典型性，不仅赋予杂文的主旨以形象的生命和魅力，而且它们本身就包含着丰富的社会内容，耐人寻味，是鲁迅杂文的重大贡献。

二是把战斗性与抒情性融为一体，既有尖锐犀利的笔锋，又有舒缓深长的情致。往往把思想观点渗透在汪洋恣肆的感情波澜之中，既鼓舞人以战斗激情，又给人以轻松愉悦的艺术享受。如《纪念刘和珍君》《为了忘却的记念》等类抒情杂文，情文并茂，以浓烈深沉的情感震荡读者的心弦，而《"友邦惊诧"论》这种抨击时弊的杂文也是渗透着炽烈分明的爱憎感情。

三是鲁迅的杂文还具有浓厚的幽默讽刺特色。常用反语、暗示、排比、夸张等手法，"嬉笑怒骂，皆成文章"。

为了说理的需要，鲁迅在杂文中还广泛地援引和活用古今中外的神话、寓言、故事、传说、小说、戏剧、诗歌及文学家和思想家的材料，这些材料本身往往就是诙谐有趣的，同作者所要阐发的道理相互呼应、珠联璧合。

杂文创作渗透到鲁迅文学活动的各个方面，在他的小说集《呐喊》《彷徨》《故事新编》，散文集《朝花夕拾》、散文诗集《野草》，甚至是新诗和旧诗的写作中，都常常可以找到杂文的影子；鲁迅也总是在他参与编辑或支持的文学刊物和领导的文学社团中，积极地倡导和推动杂文的创作；而他翻译的一些理论文章如厨川白村的《出了象牙之塔》等，也产生了重要影响，为中国的散文创作提供了重要的理论借鉴。鲁迅杂文在思想和艺术上所取得的巨大成就，在中外的散文发展史上都是罕见的。鲁迅的杂文是特定的社会思想和社会生活的艺术记录，几乎写出了整整一个时代的风貌，是现实中国思想文化、社会历史的百科全书。鲁迅杂文既是史诗，又是政治，充满了鲜明的爱憎情感和丰富的理论含量。比较重要的代表性作品有《我之节烈观》《灯下漫笔》《春末闲谈》《论雷峰塔的倒掉》《并非闲话》《论"费厄泼赖"应该缓行》《纪念刘和珍君》《为了忘却的记念》《文艺与革命》等。

第三节　周作人与朱自清的散文小品

一、小品文之王——周作人散文创作概况

语丝社最具代表性的散文创作体现在两大方面：一是以鲁迅为代表的杂文创作，二是以周作人为代表的小品散文创作。周作人（1885—1967），浙江绍兴人，笔名启明、知堂等。早年留学日本时，与其兄鲁迅共同创办

文学刊物《新生》，于"文学革命"向旧文学发难，成为新文化运动和文学革命初期有很大影响的代表人物之一，著有《人的文学》和《平民的文学》等理论文章。

周作人对现代文学最可贵的贡献在于他对"美文"的倡导与创作。他使美文作为一种独立的文体在文学史上的地位得到确立。他的代表性散文集有《自己的园地》《雨天的书》《泽泻集》《永日集》《看云集》《苦茶随笔》等。周作人的前期散文，可分为注重议论、批评的杂感和偏于叙事抒情的小品两类，前者思想意义较强，后者艺术成就较高。而真正代表了他散文艺术风格因而影响更大、艺术成就更高的，还是那些以"平和冲淡"见称于世的小品文，这些小品文，取材广泛、不拘一格，恬淡从容、真率亲切，简素质朴、庄谐并出，显示了周作人作为散文大家的深湛的艺术造诣。在他编成《永日集》以后，周作人就沉湎于远离现实的"苦雨斋"中，抄古书，追求闲适趣味，大谈草木虫鱼，叛逆性顿减，而隐逸性渐增，以至于终归走向了变节投敌。

二、周作人小品散文的风格特色

周作人1921年6月就发表《美文》，热情号召"治新文学的人"去大胆尝试现代的小品散文，并同时以他自己的创作实践积极推进现代小品散文的发展和繁荣。周作人的散文创作在艺术上独具风格，他既继承古代公安派、名士派性灵小品"独抒性灵，不拘格套"的观点，又吸取外国散文"漂亮"和"缜密"的写法，形成自己的风格特色。他的较有影响的散文名篇《故乡的野菜》《乌篷船》《苦雨》《北京的茶食》《鸟声》《苍蝇》等，都鲜明体现了其独特的艺术风格。

他以散淡式的笔法写出浓厚的生活情趣，以冲淡的笔触抒发悠悠的情感，于质朴中流露出一种恬淡深长的诗意。可以说，他不是淡笔写淡情，而是淡笔写浓情。再次，他善于在寓庄于谐、寓谐于庄中形成幽默感，往往在轻松自如的叙述中表达了重要的思想内涵。最后是短小精悍的篇幅，简洁老练的语言。如《故乡的野菜》取材平凡，但陶然耐读，有一种从容的态度与冲淡平和的风骨。《乌篷船》以家常式的絮语娓娓叙述，娴雅自然，读之兴味盎然。周作人的"平和冲淡"中蕴含着深刻，既有中国式的"闲适"，又有日本式的"苦味"，它是作者矛盾、苦闷心理自我调适和平衡的产物。

表现在行文上，无论是抒情还是议论文字，他的态度都十分的冷静与节制，对迫切、重要、与人生紧密相关的种种问题做静化、淡化、内化和深化的处理，叙事说理的成分多，抒情的成分少。

首先，从散文的抒情方式来看。周作人往往是含情不抒，对社会世事做低调反映，使情感深蓄渊含，克制抒发，喜怒哀乐入心不露面，保持一种绅士风度。他在《立春以前·关于宽容》中描述了一次见闻：

"我在北京市街上走，尝见绅士戴獭皮帽、穿獭皮大衣，衔纸烟，坐黄色车，在前门外热闹胡同里岔车，后边车夫误以车把叉其领，绅士略一回顾，仍安然吸烟如故。"

这种雍容、闲适、遇事不惊的状态，正是周作人极其崇尚的气度和人生境地，也是他的绝大部分小品行文作风的形象化演示。在《前门遇马队记》《爱罗先珂君》《怀旧》《初恋》《死之默想》等最典型的以叙事抒情为主的散文篇章里，愤怒、思念、眷顾、哀愁抑或是孤独等情感都被最大限度地淡化和内化，使我们很难明确指出文中哪些是有代表性的抒情语句。

其次，从散文的议论方式来看。周作人是长于议论的，他善于用幽默的文字，表达对于文化、文学，甚至是政治的批评。他将英国随笔的谈论风格，中国散文的抒情韵味，乃至日本俳句的笔墨情趣，融合在一起，形成了"夹叙夹议"的抒写风格。他推崇在叙述中自然而然地阐发观点，反对"作论"，即反对在文章中摆出高谈阔论的腔调，不顾事实，只图自己说得痛快。因此，周作人的绝大部分散文其行文均采用平缓的叙述语气，从人生实处说开去，用陈述心得的方法，使自己的观点成为"写在纸上的寻常说话"[1]。

《苍蝇》向来被看作是周作人闲适小品的名篇，但其中也不乏深刻意蕴的阐发。在文中，作者一反文人雅士们对苍蝇的嫌恶态度，从孩子们对金苍蝇的喜爱说起，不仅介绍了苍蝇的种类，有关苍蝇由来的传说，日本俳句对苍蝇意象的喜爱，更对苍蝇的执着与大胆，"虽然你赶它去，它总不肯离开你，一定要叮你一口方才罢休"的精神大加赞美。结尾，文章谈到希腊古代的一位美丽而聪慧的女诗人甚至以"苍蝇"为名时，忽然笔锋一转，写到"中国人虽然永久与苍蝇同桌吃饭，却没有人拿苍蝇作为名字，以我所知只有一二人被用为诨名而已"，在看似漫不经心的叙述中，暗藏锋芒，对中国士大夫的虚伪，对中国国民的愚昧和落后进行了有力的针砭。《上下

---

[1] 周作人.燕知草·跋[M].北京：开明出版社，1994.

身》也是一篇取譬精妙的小品。文章由"所谓的贤士"将人的肉体分为上下身，并赋予道德的评判——上身是体面的绅士，下身是"该办的"下流社会——的荒谬性，推而指出一些人将生活生吞活剥，分作片段，"仅想选取其中的几节，将不中意的梢头弃去"，一味地只追求理想中的结果的荒谬性。散文由两段组成，第一段叙述乡间绅士的可笑之举，第二段集中叙述某些人的"奇思妙想"，如把生活也分作片段，只选取其中的几节；认为生活中的恋爱、工作是高级的事情，而饮食则是低级的、附属的，等等，并指出了其不合理性，"这都有点像想齐肚脐锯断，钉上一块底版，单把上半身保留起来"。随着叙述内容的转换和层层深入，事理之间的相似性、作者的观点都一步步地清晰起来。由此看来，在周作人的散文里，叙述与议论是重叠的、密不可分的。对于议论说理的这样一种处理方式，使得周作人的"文艺性论文"全无浮躁凌厉之气，温雅而富于哲理，给人无尽的余味。

最后，旁征博引是学者式散文的一个共同特色。周作人善于在旁征博引之中自然而然地传授出丰富的知识，尤其显示出其知识的广博、学养的深厚。他在散文中，通过对自己的所见所闻、所思所想的抒写，上下古今，海阔天空，旁征博引，给人以天下国家、现实人生、风土人情、道德文明、文化艺术等方面的广阔知识。周作人的引文中有童谣俚语、传说故事、诗词俳句、文献史实、同时代人的知名著译、引车卖浆者的叫卖唱词等，种类繁多，不一而足。这些引文或用来引起话题，或作为主题的依据，或暗示散文的思想，或参与结构推动文章发展……在叙事说理的同时，大大地增强了散文的知识性和趣味性，使我们能够由"苍蝇"而了解"宇宙"，获得了精神上的愉悦和滋养。

周作人的小品文大多几百字到千把字、遣词造句恰到好处，从不啰唆，体现了一种既简洁明快，又古朴典雅的文风，为中国现代散文的发展做出了很大的贡献。他的文章冲淡、轻松、蕴藉，时而流露出激愤的情绪。周作人创作中更具代表性的是诸如《喝茶》《鸟声》《乌篷船》之类的随笔，运笔自如，旁征博引，侃侃而谈，清新随意，打破了"白话不能为美文"的成见。《乌篷船》描写了故乡以船代车的风物和水行的乡间情趣。散文别致的地方在于，"致子荣函"的"子荣"是周作人在《语丝》上用过的笔名，作者采用这种方式，含蓄地表达了对故乡悠远的依恋之情。

三、情景交融的典范：朱自清散文创作概况

朱自清（1898—1948），字佩弦，江苏东海人。除了极少的小说和诗外，朱自清的散文先后结集出版的有《踪迹》（1924）、《背影》（1928）、《你我》（1936）、《欧游杂记》（1934）、《标准与尺度》（1948）、《论雅俗共赏》（1948）等，此外还有不少语文教学和古典文学的研究专著。从20世纪20年代初到他病逝的近30年时间里，朱自清的写作重心数度转移，由诗转而散文转而杂文。

朱自清是在"五四"浪潮的推动下开始文学生涯的，最初由诗人的身份走上文坛，是现代文学史最早的一个诗刊——《诗》的编者之一。文学研究会众诗人中，他以朴实明快、皎洁纯真的风格而具有一定的代表性。创作于1922年的长诗《毁灭》是最早的抒情长诗之一，也是朱自清全部诗作中最能代表其艺术造诣和思想动态的作品，既有苦闷彷徨的呻吟，也有奋起追求的精神，寄寓着诗人对人生的切实感受。

1925年后朱自清绝少写诗，他将主要精力开始移向散文写作。朱自清的散文大致有两大类：一类是抒情写景散文，著名篇章有《荷塘月色》《绿》《背影》《儿女》《给亡妇》《桨声灯影里的秦淮河》《匆匆》等；另一类是针砭时弊的政论，有影响的篇章有《白种人——上帝的骄子》《生命的价格——七毛钱》《执政府大屠杀记》《哀韦杰三君》等。最能赢得读者喜爱的是朱自清那么优美清新、情真意切的抒情叙事写景的散文小品。最能传达朱自清散文风致的，还是取材于作者生活的那些抒情、叙事、写景之作。《背影》《给亡妇》《荷塘月色》《桨声灯影里的秦淮河》是其中最负盛名的作品，以事传情，用笔朴实、平淡，甚至似乎有点琐碎，却有极强的情感冲击力。

20世纪40年代，朱自清改写杂文，一方面为了更有力地对严峻的现实发言，一方面也是实践他提倡的"谈话风"，内容大多是议论人生社会问题，增添了较浓厚的思辨色彩与哲理意味，自然亲切，雅俗共赏，显示了很高的艺术功力。

四、朱自清散文的风格特色

朱自清的"美文"数量不多，而精品不少，其一代散文大师的地位，正是由这些"美文"所共同表现的艺术成就奠定的。比如，散文代表作《背

影》，文章发表于 1928 年，主要描绘了朱自清与父亲之间那种醇厚、深沉的父子之情。这篇作品不是作者的即兴之作，而是经过岁月的流逝，人生角色的转换，儿子回忆沉思的结晶，其中蕴含着作者对人生社会的深切体验和深沉思考。作品将父子之情表现得细微自然，有父爱，也有子情，相互辉映，生动感人。作品成功地运用了细节描写，抓住父子离别的瞬间，将瞬间的离情化为了永恒的思念，引起读者的强烈共鸣。朱自清散文的艺术特点主要有以下几个方面：

第一，取材琐细，以小见大。朱自清的散文往往取材者小，所见者大，以点滴的感受或是微不足道的情景升发出深广的思想内蕴，而且他善于用工笔式的细腻对情景加以精巧的描绘和刻画。作于 1927 年的《荷塘月色》就是以玲珑剔透之笔绘出一幅中国式的泼墨写意、清新幽雅的月色荷塘画，并由此倾诉了一个知识分子的心灵深处的忧伤与烦恼，追求与希望。

第二，感情真挚。深厚的情感注入是朱自清散文脍炙人口的重要原因，所抒之情都是作者发自内心的真实情感的流露，没有任何斧凿的痕迹。他的以家庭生活为素材的作品中所表现的或温厚、或感伤、或幽默的人伦之情，颇为动人。如《儿女》中所含的幽默与温馨的家庭气氛，无不真诚亲切。

第三，情景交融，构思精巧。朱自清的散文名篇，写景的往往是景中有情，情景交融，既有朦胧的画意，又有幽幽的诗情；而抒情的又往往情中见景，充溢着水乡风光。《荷塘月色》中的荷塘本很平常，而在朱自清笔下，却无美不备，淡淡的月色，田间的荷叶，薄薄的春雾，葱葱郁郁的树及树上的蝉声与水里的蛙声，组成了一幅意境优美的工笔画；梅雨潭的绿，秦淮河的波与光、弦歌画舫……都能招人入内，心生亲临其境之感。朱自清构思缜密精巧、极具匠心。《背影》已是出奇制胜，而《荷塘月色》意在写心中"颇不宁静"，一路写来，却又处处见"静"，《松堂游记》虚实并举，又一情贯注。

第四，语言自然、亲切、漂亮。朱自清的散文语言美而又质朴，精巧而又缜密。他善用华美和漂亮的语言表达心绪，但又毫无造作之感，完全自然天成，美得质朴，美得自然。同时他的散文也讲究节奏感和韵律美，善用长短句的巧妙搭配，读来错落有致，朗朗上口，颇有跌宕回环的听觉美感，形成了"清水出芙蓉，天然去雕饰"的独特风格。

第四节　抒情叙事散文的丰收

一、郁达夫的散文

郁达夫的散文创作造诣不在其小说之下，其情韵、意境、个性和独特的赏鉴能力，给人以高度的艺术享受。郁达夫"五四"时期写下的数量最多的是一种介乎于小说与散文之间、有机糅合叙事与抒情因素的散文，这类散文真实而深情地记录了作者人生旅途中说不清道不尽的情、景、事。一种具有特定身份，带着特定感情写出的特定文体——"零余者"以感伤情绪写下的"记行体"散文，始终把满腔炽热的主观情绪投射到字里行间，总是以情感的大波作为创作的底蕴，便成了郁达夫早期散文的主要特征。

写于 1922 年 7 月的《归航》（原名《中途》）是郁达夫早期的一篇散文，文中详尽叙述了作者结束留学生活，离开日本之前的特殊心境和归航途中的所见所思。整个归航途中都萦绕着一种沉重、苦涩的感伤氛围，这是一种在凄凉人生中孕育着的特殊心境自然的延续和扩大，一种触景生情式的广泛的人生悲哀，一种发自内心深处的高度敏感的精神反射。以"归航"为名的这篇散文，实际正预示着作者人生"中途"的新起点。

沿着这种情绪继续写出的是著名的《还乡记》《还乡后记》。作者以悲哀的心情还乡，绝望之中多少还期待着在故土和亲人中得到些人生的温馨。但文中记下的一件件令人烦恼、不尽如人意的事情，反而更增添了作者人生旅途的失意感和孤独感，即使观赏途中的美景，领略农家欢乐的情致，瞬息之间也都成了使人沮丧的悲愁，以致最后到了家门竟无勇气和家人，悄然一人钻入后门躲进楼上独自睡去。这种暗自凄凉的悲鸣到 1926 年写成的《一个人在途上》，发展成为哭天抢地的倾诉，在遭受一系列人生挫折之后，又痛失爱子这无疑成为作者倾诉感伤之情的爆发口，几年来的泪水都在这里汇合了。这不公是对爱子的追忆和怀念，也不只是对妻子的同情与内疚，更是对自己不平遭遇的悲切哭诉。在这里，郁达夫的悲悉情绪已经由触发式的神经敏感变成了神经质似的全面倾泻。

写于 1928 年的《感伤的行旅》记下了人生行旅的特殊感伤。这本应是一篇典型的游记文字，但浓烈的情绪抒写不容置疑地把它归为散文之列。按时序记下的江南秋色，好山好水，到作者眼里统统变为"颓废末级"的烦恼，深埋在胸中对世道人情的不快，长期积压在心头对污浊现实的不满，对自身怀才不遇的郁闷，在这次赏景途中达到了宣泄的高潮。情绪与景致的不一致，感情与理智的不一致，过敏神经的忽而颠动，这就是郁达夫的抒情方式，这就是郁达夫的审美机制和这类散文动人心的本质魅力。

郁达夫主观情绪的投射在他"五四"时期的"书简体"散文中得到了更为酣畅、率真的升华。郁达夫惯于公开向人们倾诉自己内心最深处的隐秘，"书简体"无疑是最直接的倾诉渠道。他在这时期写下的大量书简体散文中，毫无拘束地抒发自己的苦闷和见解，坦荡至诚地进行自剖自责。其中最有代表性的是他1924年3月写给郭沫若、成仿吾的信《北国的微音乐》。这封信围绕对人生的幻灭感和孤独感，直接向友人倾吐了心中的块垒，他慨然呼道："我的消沉也是对国家，对社会的。现在世上的国家是什么？社会是什么？尤其我们中国？"作者因孤独而消沉的根源还在于一种难以超越的民族和社会的责任感，在于一种中国知识分子难以摆脱的积极入世的传统文化心态，它交织着对生活的沉痛体验和思考，贯穿着对社会高度敏锐的辨析。

郁达夫"五四"时期的散文创作，突发性地、近于失控地宣泄着种种人生悲哀、人性扭曲，表达对个性解放、人性自由的追求，以强烈的主观音调荡涤黑暗污浊的现实，以个人"传"生活，意识方面，增强了我们对"五四"作家某种共有的理解，而且从艺术创新的角度昭示了郁达夫乃至整个"五四"散文的某些审美内涵。

郁达夫一再认定"日记文学，是文学里的一个核心，是正统文学以外的一个宝藏"（《日记文学》）。《日记九种》从1926年11月到1927年7月底，把"半年来的生活记录，全部揭开在大家眼前了"。（《日记九种》后叙）这本日记的价值远远超过了它在新文学史上最先公开发表的时间意义，超过了它边疆再版所引起的轰动效应，甚至超过了日记文学特有的审美价值及其对整个日记文学发展的影响和作用，它使我们更透彻地看到了郁达夫的艺术修养、生命意识和多重侧面的个性。

郁达夫散文的艺术生命就是鲜明的自叙传色彩和浓烈的个性特征：

首先，叙事抒情主人公的潜在能量——这是郁达夫散文情感涌动的热源。郁达夫的散文，尤其是其五四时期的散文与小说很难截然分开。他的很多散文，如《还乡记》《南行杂记》常被人们当作小说来看；他的很多小说，如《青烟》《茑萝行》又完全可以当作散文来读。原因是在他的散文之中具有典型的小说情节，鲜明完整的人物形象；而他的小说又显现出分明突出的散文化结构和氛围。这种散文小说化和小说散文化现象的互相渗透客观上表明了郁达夫在文体上的一种独创——"人生纪实性的散文化小说"或"小说化散文"。

其次，玄幻的氛围展现——这是郁达夫散文情绪滋蔓的表形。郁达夫善于在散文里制造一种玄妙的意境和奇幻的氛围来笼罩感情的扩散，把深层的情绪消解在奇幻的气氛之中。《灯蛾埋葬之夜》是这种特色的典型代表。文章叙写主人公"我"在远离人群的某个沉寂的角落，在一个漫长烦闷的秋夜，尽情抒发着生活的厌倦，对人生产生的"一种空淡之感"，突然一只扑灯蛾的惨死唤起了"我"的一股求生的强烈冲动。整个文章的压抑气氛得到一种奇特的缓解，弥漫全篇的生之厌倦顷刻之间闪露出生之期望，一种微妙的艺术情致也悠然浮现。

最后，情绪流的结构方式，是郁达夫散文情感恣肆的脉象。表面上看，郁达夫的散文实在不精于谋篇布局，若说他散文结构的最大特色那就是没有结构，而全凭兴致，心到笔到，毫无章法。采用铺陈的写法，一件事，一种情，往往从多个角度，多重侧面，不厌其烦地反复写来，给人以浓墨重彩而构思松散的感受。但细细咀嚼，深入其感情脉流的底层去体味，郁达夫的散文总有一条内在的感情线索，把那些表面没有必然联系的、缺乏逻辑关联的片段和细节无形地串通起来，正是这条情感线索的随处流动，给文章的各部分灌注了生命的活力。《感伤的行旅》这篇散文，记游、写景、抒情、议论各具风采姿韵，洋洋洒洒，漫不经心，但是积压在作者心头的那股似"'苦配'啤酒"般的苦味儿，却蔓延到文中的各个层面，无论是峰回路转之处，登高远眺之时，是抒胸臆大发感慨之际，倒出来的都是那股感伤的苦涩之味。这种全然不顾外在结构，一任情绪宣泄的"以情动文"的独特方式不仅大大加重了郁达夫散文的浪漫抒情色调，也加深了对读者的内在感发力量。

二、钟敬文的散文

钟敬文先生既是我国著名的民俗学、民间文学研究专家，又是一位在

20世纪20年代初即以"清朗绝俗"（郁达夫语，《中国新文学大系·散文二集·导言》）的小品文而在文坛崭露头角的散文作家。他的散文集《荔枝小品》（1927）、《西湖漫拾》（1929）、《湖上散记》（1930）、《柳花集》（1929）问世以后，引起了读者和选家的注意。1934年，阿英所编《现代十六家小品》，对文章的挑选极为严格，其中收入了钟敬文的"一家之作"。在书前的"编例"中，阿英说："本书是近20年来小品文的总结算，属于过去的小品文的精华，搜罗可谓靡遗。……现代小品文作家，当不止此十六人，不过在编者看来，此十六人，其影响较大而已。"这十六人依次为周作人、俞平伯、朱自清、钟敬文、谢冰心、苏绿漪、叶圣陶、茅盾、落花生、王统照、郭沫若、郁达夫、徐志摩、鲁迅、陈西滢和林语堂。钟敬文小品文的成就由此可见一斑。上海良友图书公司1935年出版的《中国新文学大系·散文二集》中，郁达夫也将钟敬文的散文作品如《西湖的雪景》《花的故事》《黄叶小谈》等作为"五四"新文学第一个十年的重要收获，辑入其中。

钟敬文将自己解放前的散文创作以1930年为界分为前后两个时期。前期主要是1923—1929年间，作者在故乡海丰、广州和杭州教书时所做的以山水、草木等自然景物为对象，风格幽静、清淡的小品文；后期则是作者在搁笔十多年后，重新开始于40年代的战地报告文学和文艺评论写作，这些文章，一改20年代小品文中的隐逸之思和田园诗人般的浅酌低吟，徘徊咏叹，而是紧扣时代脉搏，显示出一个进步知识分子在经历了日本侵华战争这样的民族大劫难以后，世界观、文艺观的转变。

阿英在《现代十六家小品》中所做的《钟敬文小品序》是当时对钟敬文散文评论最具权威性和影响力的一篇。在这篇文章里，阿英引用钟敬文《荔枝小品》中的自白，指出了钟敬文小品所受到的20年代流行的周作人散文作风的影响，并将钟敬文归入"周作人一流派"。阿英认为，钟敬文的散文在思想趣味和艺术表现上，都与周作人有着"合致的所在"。他的不少好的小品，如《花的故事》《黄叶小谈》《怀林和靖》《太湖游记》等，都可以说是新文艺小品中的优秀之作，这些优秀之作，是"事实地帮助了周作人一流派的小品文运动的发展的"。

钟敬文前期的小品文，特别是《荔枝小品》中的《旧事一〇》《忆社戏》《啖槟榔的风俗》《花的故事》等篇，与周作人的笔致有很多相似之处，都有着田园诗人的思想和情怀，憧憬着"消极的独善的野居的梦想"，"超逸的生活与心境"[1](钟敬文:《怀林和靖》);都喜欢谈说风景,论断书籍,因物抒情;又都追求冲淡平和、清隽平远的笔墨;崇尚晚明小品雍容、节制、典雅的风度;欣赏英国随笔即兴而谈、文中有我,自由自在的随意,等等。但造成这种相似的原因,除同时代人或师友之间的相互观摩和影响,还有着更深层的因素。正如有的学者指出的那样,"即使没有周作人型的散文在前,钟先生型的散文还是会照样产生出来",因为他和周作人是在同一文化"母源"的影响下。作为周作人体系里面的一个支流,在"平和冲淡"总体风格的一致性下,钟敬文的散文显示出了很多独异之处。这些特点将他的散文与周作人区分开来,获得了特有的艺术魅力。

"平和冲淡"是钟敬文倾心渴慕的文体追求。平和中蕴含着温情,甚至是热情。他虽然对情思幽深不浮躁,表现上比较平远、清隽的文章风格有"特别的癖好",但年龄的关系和天性的敏感、率真、热情,给他的散文以温情、轻松的底色。他的散文中抒情的成分特别多,而以诗抒情更成为其中一个引人注目的特色。

下面就以周作人的散文为参照,从抒情方式、议论方式,引文的类型和作用,语言文字等几个方面,深入钟敬文和周作人散文"平和冲淡"的审美风貌内部,对其具体的和本质的不同进行分析,力图从中显示出钟敬文散文的独特个性,特别是在"以诗为文"的美学观念指导下所显示出的鲜明的诗化倾向。

首先,从散文的抒情方式来看。钟敬文的散文坦率、天真,喜怒哀乐溢于言表,感情表达较为直露、奔放和强烈,毫无矫饰的痕迹。如《钱塘江的夜潮》中,作者记录了一次夜间观看钱塘江潮的经过,不仅写出了观看前对钱塘江夜潮这一"天下奇观"的仰慕之情,也将观看后的失望情绪毫不掩饰地宣泄出来。散文一开头,作者便写道:"人类真是富于夸大性的动物。有时一件很平庸的事情或物体,一经过他们的夸大的渲染,往往就变成了不得的伟大、奇诡、神秘,而具有深深地吸引人的魅力。村夫农妇传说中的神仙英雄,骚人才子诗文中的名山胜迹,都是千百倍显微镜下的东西,和所谓实体的模样儿,大都相差得很遥远的。"可以看到一个年轻人纯粹可爱的内心。钟敬文的散文中还有不少篇什或回首往事、追慕当年,或缅怀故人、忆昔抚今,其中交织流荡着的感伤、凄迷和惆怅的情愫就更加明显了。《谈雨》将笔触伸向"粉红色的儿童时代",透过眼前的雨帘,

---

[1] 钟敬文.怀林和靖[J].文学周报,1929(326-350):638-647.

回想起童年时代雨天里的校园、运动场，及小伙伴们用门板自制小舟，在积水的运动场里泛舟嬉戏的快乐时光，其中蕴含的是作者对童年，对故乡的无限留恋及客居他乡的孤寂和哀愁。《海滨》写作者在晨昏之际，西子湖畔，对往日朝夕相对的南海及海滨生活的怀想。"海潮高涨，月色如霜，晚风凄紧地吹拂着，榕树的枝叶，齐发出沙沙的音浪，与海上的涛响，如在按拍合奏。"优美静穆的景色描写中，流露出作者彷徨、失落的心绪。

其次，从散文的议论方式来看，钟敬文较少单纯的"文艺性论文"，他的散文中的议论常常是与抒情相结合的，在抒情中直接表露自己或赞扬或愤慨，或鼓励或谴责的态度，体现出议论与抒情融为一体的抒写风格。《悼西薇君》对故乡文友西薇君的去世寄予了深沉的哀思。西薇君是作者在广州教书时的同事，他们同住一间宿舍，因诗而结下了深厚的友谊，但包办婚姻和肺病的双重打击却使这位"感情纯挚、深沉"的青年，在一年左右的时间里匆匆地死去了。对此，作者既震惊、伤痛，又怒不可遏，"记西薇的病，从去年暑假证实到现在不过年余。这年余中，大约都是很经心调护的，而竟死得这样快，真令人难过了！至于他致死之由，平日太过用功，自然是一个不可移易的原因；然据我的观察揣度，婚姻问题的失意，尤其是诸原因中最重要的一个。……他屡次为我述说他被家庭胁迫，含泪赞同他们意见时的凄凉景况，我此刻思之，犹觉头发耸竖！为人家长的，但知道自己的主张为合理，不管儿辈们意志的自由。强迫的结果，只演成这样千古痛心的惨剧。揆之初衷，该怎样的痛自贬责呵！"对中国封建宗法家长制、包办婚姻剥夺年轻人"意志的自由"，最终导致杀人的惨剧，进行了愤慨的声讨。在语气上常常采用比较强烈的反问和感叹语气，使散文在平远中蕴藏清朗、激越的韵味。

再次，旁征博引是学者式散文的一个共同特色。钟敬文散文中对旧体诗词的引入，很好地发挥了状物抒情的作用。这形成了钟敬文散文在文体上一个不容忽视的特点。钟敬文散文中的引文，虽然也有不少传说故事、歌谣谜语、文献史实、同时代人的知名著译、学友之间的通信论文，但用得最多的，还是古今诗词，特别是旧体诗词。钟敬文对旧体诗词非常热爱，他的一生有十几本旧体诗词集流世，如《偶然草》（1928）《东南草》（1939）、《旅滇杂诗》（1980）《天风海涛室诗词钞》（1982）《齐鲁行诗稿》（1990）等，大大超过了他新诗创作的数量。钟敬文不但自己写作旧体诗词，对古代的诗词歌赋更是娴熟于心。提到太湖景致，他能背出一大串古来骚人词客对它的吟咏，"秋老空山悲客心，山楼静坐散幽襟。一川红树迎霜老，数曲清馨远寺深""瑶峨明镜澹磨空，龙女烟绡熨帖工。倒卷银潢东注海，广寒宫对水晶宫""如此烟波如此夜，居然着我一扁舟""不知偷载西施去，可有今宵月子无"（《太湖游记》）；说起黄叶，他又能一口气写下不少咏叹黄叶的佳句，"晚趁寒潮渡江去，满林黄叶雁声多""青山初日上，黄叶半江飞""数听清馨不知处，山鸟晚鸣黄叶中""扁舟一棹归何处，家在江南黄叶村""丹枫江冷人初去，黄叶声多酒不辞"[1]……只要文章需要，他常常能顺口拈出几句旧诗，用以状物抒情。钟敬文的散文中，不仅大量引用古人诗句，还夹入了相当多的本人所做的新旧体诗词，将某种特定的感受通过诗的语言和意境，既含蓄又饶有风致地表达出来，大大地增强了散文的抒情性。《重阳节游灵隐》《水仙花》《未完的信》《怀林和靖》《悼西薇君》等篇，都是引诗抒情，诗与文圆融一体的典范之作。

在《西湖漫拾·自叙》中，钟敬文引用厨川白村《出了象牙之塔》中的文字，表达了自己对小品（ESSAY）的看法，其中有一句这样说："有一个学者，所以，评这文体，说是将诗歌中的抒情诗，行以散文的东西。倘没有作者这人的神情浮动着，就无聊。"显然，钟敬文是非常重视散文的抒情性的，他认同诗与散文在情感内核上的一致性，认同"以诗为文"的美学原则，而他的散文也正是将抒情诗用散文化的语言表达出来的文字，形式上是散文实质仍是诗。钟敬文的散文深受晚明小品的熏染，他在作于1988 年的《我与散文》和1992 年《荔枝小品·西湖漫拾》的《两部散文集重印题记》中都谈到了前期散文品格的形成问题。除了"当时一些文坛前辈作品的影响"，在《我与散文》中，钟敬文也指出："在我前期散文中有一个特点，就是从内容到风格上都呈现着受过古典文学（特别是宋、明才子派的散文小品）熏陶的痕迹。这种痕迹，在《荔枝小品》中已经出现，到杭州时期的作品就更为显露了。"钟敬文小品的"以诗为文"主要表现在对于意境的营造和对于诗歌的大量引用上。他的小品大多洋溢着诗情画意，注重通过清远萧散的意境营造，在空灵隽永的审美氛围中抒发生活情趣、人生理想。前文提及的《海滨》《重阳节游灵隐》《残荷》等篇都是意境幽深、诗意融融的佳构。此外，散文中对诗歌的大量引用，更强化了钟敬文散文的诗化倾向。可以说，诗歌不仅成为钟敬文散文的血肉，更成为他散文的脉搏，将他对诗的热衷及他的诗人气质在散文写作中尽情流露。

---

[1]　钟敬文 . 黄叶小谈 [J]. 中华活页文选（高一年级版），2015（12）：18-20.

最后，语言风格。语言美是构成散文美的一个重要因素，在现代散文园地里，不同作家的语言风格往往有着很大的差异，正所谓"文如其人"。钟敬文散文对白话口语的运用，经历了一个逐步发展、日臻娴熟的过程。他最初的一些白话小品在语言上还有着文白杂糅的痕迹，"的了吗呢"虽然代替了"之乎者也"，但格调腔拍还未能完全摆脱文言的束缚。稍后，他注意在白话中有机地融入古语和外来语，既采纳文言中的某些辞藻、句式，承继古典文学讲究简练含蓄、音韵和谐的特点，又吸收西洋文字的句式、语法、修辞，融会贯通，从而大大地增强了白话口语的规范性和表现力。钟敬文20年代后期的散文作品，特别是辑入《西湖漫拾》《湖上散记》集中的《西湖的雪景》《残荷》《怀林和靖》《幽怨》《黄叶小谈》《太湖游记》等名篇，可谓以现代人的语言表达现代人的思想感受的佳作，郁达夫称赞钟敬文的散文"清朗绝俗，可以继周作人冰心的后武"。

30年代以后，钟敬文写作小品文的热情呈现出退潮趋势。这一方面是由于作者将"学艺的方向"专注于民俗学和民间文艺的研究；另一方面，更重要的是作者的文艺观发生了相当的转变，他开始对自己过去所写的小品文一类的东西表示出不满了。1929年冬天，在《湖上散记》的后记里，钟敬文引用卢那卡尔斯基的话，指出了艺术家的社会使命问题，并说："我们的时代，是觉醒与争斗的时代了！即使真的有那与世不相涉的桃源，容你去逃秦，你也许不易把心情宁静下来吧。何况这种境地本来是属于假想的呢？……艺术的制作，粗看是属于个人的；但只要平心地追记一下，它的社会性就明显地摆在我们当前了。……以艺术为一己的哀乐得失作吹号，而醄醉地满足于这吹号之中，良心实不能教我这样愚笨的人安然！"钟敬文意识到社会的动荡，使知识分子再也找不到精神的世外桃源，必须从个人的小我走向社会的大我。

纵观钟敬文的散文创作发展轨迹，20年代，他是从"自己的园地"走出并登上文坛的，对周作人的散文极为倾心并多有借鉴。但并没有追随周作人由20年代的"语丝体"走向30年代的"论语派"。大革命失败后，钟敬文却毅然停止了正处于高峰期的散文写作，暂时退入学术的象牙塔，梳理矛盾而驳杂的思想，并最终融入人民战争的洪流。抗战爆发后，钟敬文走出书斋，于1938年8月辞去教职，到广州四战区参加抗战宣传工作。1940年夏天，为了鼓舞军民的抗战情绪，反映振奋人心的"粤北大捷"，钟敬文与杨晦、黄药眠等作家沿清远、从化一带前线慰问军民，收集有关战争、人物资料，写下了《银盏坳》《牛脊背》《残破的东洞》《抗日老英雄肖阿彬》《指挥刀与诗笔》《战地巡礼忆记》等大量报告文学作品，这些作品侧重描写客观的社会事物，艺术上更加洗练、整饬，但仍然有着较为强烈的抒情性，文中流动着作者一贯的清新的文风。

三、冰心、许地山的散文

（一）冰心的散文

冰心是在五四运动时走上创作道路的。她一生兼擅新诗、散文和小说，但又以散文的成就最高。正如茅盾所说："在所有'五四'期的作家中，只有冰心女士最最属于她自己。……在这一点上，我们觉得她的散文的价值比小说高。"冰心的散文自成一体，即"冰心体"，是用行云流水般的语言，倾诉自己的故事和感情，简言之即是"爱的哲学"，宣扬自然爱、母爱、儿童爱。风格哀婉凄清，文字倩丽雅隽，满蕴着温柔，略带着忧愁。代表作有《寄小读者》《山中杂记》《往事》等。1921 年 1 月在《小说月报》发表的《笑》，以自己记忆里几个生活断面的"笑"串联全文，辅以清丽秀美的自然风光，是初期"美文"最早的结晶之一，其情感细腻澄澈，笔调轻倩灵活，既发挥了白话文流利晓畅的特点，又吸收了文言文凝练简洁的长处。

《寄小读者》充分体现了冰心的创作特色，也是奠定她在散文创作中地位的作品之一。《寄小读者》是冰心 1923 年至 1926 年在美国留学期间给小读者所写的通讯，共 29 封。最初发表在《晨报副镌》的"儿童世界"一栏上，她比较委婉而细腻，含情脉脉地表达了作者对祖国的一往情深，对亲人、故乡的怀念之心，而更多的是对母爱的追怀、童真的歌唱及自然美的描述，是"五四"以来第一部优秀的儿童文学作品。《寄小读者》文字不长，但它却让我们看到了作者留美生活的侧影，游子灵魂的心图，听到了一曲绵长深情的歌，那是对祖国对母亲的恋歌，对童心对母爱的赞歌，更是爱国主义、人道主义的颂歌。《寄小读者》所表现的爱国主义和人道主义精神，闪烁着五四精神的光辉。

首先，描写母爱，讴歌母爱。这是"五四"时期冰心创作的主要主题。《通讯十》就是冰心比较集中地从这种"爱"的思想出发，用"满蕴着温柔"的笔墨，抒写、讴歌了母爱的伟大。她在《寄小读者·四版自序》中说："这书中的对象，是我挚爱恩慈的母亲。她是最初也是最后我所恋慕的一个人，我提笔的时候，总有她的蹙眉或笑脸，涌现在我的眼前。"当她的母亲回忆她童年生活时，冰心总是脸上堆着笑，眼里满含着泪，静静地伏在母亲的膝上，聆听着母亲对自己甜蜜的幼年时代的讲述。冰心笔下的母爱是深沉、纯挚的。这又是与她的浓郁深沉的祖国之爱，浓厚真挚的故乡之情分不开的。她的作品里，充满了对祖国命运的忧虑，倾注了对祖国前途的关注。她为求学而远离自己的祖国，到国外留学，望着江岸无数的送别者"仅仅牵着这终于断绝的纸条儿"，让船"载着最重的离愁，飘然而去"，于是她带着惆怅的心情，抒写了离开"可爱的海棠叶形的祖国，在太平洋舟中"漂行的凄然情思。

其次，歌唱童真，珍视童心。这是冰心《寄小读者》的又一个内容。冰心以"童心来复"的情愫像一位知心的大姐与小朋友促膝谈心一般，写作"行云流水似的，不造作，不矜持，说我心中所要说的话"，因而产生了心弦共鸣的效果。冰心正是从儿童的特点出发，"一切思想，也都照着极小的孩子的径路奔放发展……"通过自己幼年的琐事，教育儿童要同情、怜悯弱者，珍惜生命。《通讯二》中，她忏悔自己"伤害"了一只出来寻食的小鼠，从内心谴责自己的这一"罪孽"，这就使儿童在故事中受到了教育，在儿童的天真，纯洁的心灵中播下了爱的种子。

最后，描绘自然，赞美奇景。对大自然的奇光异彩和百态千姿的尽情描绘，在冰心的《寄小读者》中有着极重的成分。冰心从小受到家族的熏陶，热爱生活，喜爱大自然。她借对自然的描写、歌唱来表现她"静如止水，穆若秋风"的心境和对自己童年生活的回忆、眷恋。冰心的幼年是在海上渡过的，对大海有着极深的感情。是"海唤起了我童年的回忆"，因而，在她的笔下多为对海景、湖景的描摹。她试图用反复描写大海的形象，来映衬她童年生活的惬意，也在小读者面前展现出了博大、深沉，既美丽，又神秘；既可亲，又可爱，令人神往的仙境图。

温柔、深挚、细腻是她独特的艺术风格。冰心用柔和细腻的笔触，真挚丰富的感情，微带忧愁的色彩，抒写她的"诗的女神"。她的作品总是情感胜于事实，以情动人，抒写酣畅，深深地感染着读者，具有强烈的艺术魅力。她在《寄小读者》中反复抒写母爱和童真之情。脉脉不断的母亲深情和童年生活的甜蜜回忆，其本身就包含着温柔、深挚的感情色彩，再加上作者柔情性格的感染，纤丽笔墨的点化，使得她的作品更加体现出了动人、柔媚的风格。自然、清新、明丽是冰心《寄小读者》的又一艺术风格。

冰心写作如行云流水一般，语言若海鸥一样自由，轻淡而深远，显示出一种纯真、清新俊逸之美。作者用"最自由，最不思索"的通讯体裁自由灵活地抒写"零碎的有趣的事"。时而倾诉思乡恋母的心情；时而抒写"童心来复"的欢乐；时而描绘星月，灯光交辉的奇景；时而描摹晚霞映照海波的彩图，将人、景、物自然地联结起来，既渲染出大海斑斓、妩媚的景色，又抒发了作者怀乡思母的绵绵情意。并通过海与湖，海与山的对比，加以衬托，使所要表达的感情细流随着她的心泉轻流而漫溢，自然而又真挚。

冰心是一个富于美感柔情的女作家，她的作品所描写的"自然之美"和"纯挚之爱"，及其文笔的雅隽秀逸为后来一般女作家所难以企及；而其字里行间所显示出的阴柔之美，则尤使大、小读者在脑海里，刻下了一个永难泯灭的印象。她的《寄小读者》"像温泉水似的柔情"。若海外的侨胞、与大陆隔水翘望的台湾同胞，他们现在再读到冰心的《寄小读者》，一定会在心灵中激起巨大的感情波澜，一定会引起他们的"梦魂常向故乡驰"，这就是冰心《寄小读者》在今天的巨大的现实意义。同时，冰心的具有民族特色的艺术风格，使她列入现代散文优秀作家之林是当之无愧的。她为繁荣现代散文，尤其是对我国现阶段的儿童文学创作，促进儿童散文的发展，做出了极大贡献。更可贵的是，随着时代的发展和作家思想的前进，冰心散文的文风也发展变化了，从《寄小读者》，到《再寄小读者》，再到《三寄小读者》，可看到作品在"温柔"之中，不再"微带着忧愁"，而是"涂上了明丽的色彩，换上了明快的曲子"。充满了乐观和自豪，透出了一股健美的气息。

冰心出生在一个海军军官家庭，童年在烟台的海边度过。青年时代远赴美国留学，这使她与大海结下了不解之缘。她自称是一位"海化"青年。她喜欢写海，《山中杂记》就是她恋海、咏海散文中的名篇之一。文章先用欲扬故抑的手法，抒写了对大海的一片激情。接着，文章采用对比手法，以山与海相比较，放纵笔墨，从各个不同的角度，淋漓尽致地描绘了海的千种姿态，万种风情。读《山中杂记》，既能领略到情趣各异的风景画，又能感受到作者感情的旋律。可以说，她写的是自然之景，也是自己的心境。在《山中杂记》中，她从空间、色彩、形态、光景、动植物，乃至情趣等方面，将山与海进行比较，绘制了一幅幅神采各异的山与海的工笔水彩画，细致入微地展示了山与海各自的特征。

冰心的创作具有净化人的心灵，陶冶人的情操的作用，纯正的审美趣味与强烈的道德力量，使她的作品有永不凋萎的艺术青春。这正是冰心的作品能赢得一代读者并得以传世的主要原因所在。

（二）许地山的散文

《空山灵雨》是许地山唯一的一部散文集，也是中国现代小品文最初成册的书。对人生哲理的玄思，是《空山灵雨》的基本内容。"生本不乐"的佛教多苦观浸润在《心有事》《蝉》《海》《头发》等作品中。而当"生"受到越来越深刻的怀疑之际，他不无忧怨地转向对"死"的赞歌："等到你疲劳，等到你歇息的时候，你就有福了。"这些低沉的声调流露出许地山思想的迷惘和矛盾。平民主义的礼赞是书中最为积极的因素。《落花生》集中表现了作者的这一倾向。以质朴无华的语言引发出为人的道理："人要做有用的人，不要做伟大的、体面的人"，寓意深长，令人回味。夫妻情感的抒写，是《空山灵雨》中饶有情趣的组成部分。《香》《愿》等篇透露出性爱与信仰、人性与佛性的冲突，及二者由共处到对抗的径路，而以人本主义对禁欲主义的胜利表明了作者弃佛入世的心路历程。艺术风格上，"空"与"灵"的韵味境界，是《空山灵雨》在艺术上的独特造诣，不少作品都带着若隐若现、迷离怅惘的朦胧，洒脱超逸的语言蕴含着颇费咀嚼的玄理思辨，巧妙的比喻、隐喻，丰富的想象，奇特的构思和某种小说化倾向，别有一番艺术魅力。感伤的情调，忧郁的情绪，迷离的构思，精美的语言，使《空山灵雨》颇具晶莹神秘之美。

许地山的散文，开拓了新文学的描写领域，丰富了新文学的创作方法，不仅在文学研究会的作家中显得独立不群，而且在"五四"时期乃至整个新文学发展史上都占有特殊的位置。

四、何其芳、李广田、丰子恺的散文

（一）何其芳及其散文

何其芳（1912—1977），现代散文家、诗人。何其芳是30年代的散文新秀，由于他早先从事诗歌创作，其后的散文创作多带有诗的意境，因此他被看作是30年代"诗人散文群"代表。代表作有散文集《画梦录》《刻意集》《还乡杂记》，诗集《预言》和《夜歌》等。何其芳生于四川万县一个老式乡村绅士家庭，在乡下刻板寂寞的生活中度过了忧郁的少年期，由此养成沉默、爱思索的性格。1936年与卞之琳、李广田共同出版的三人诗合集《汉园集》，使他成为"汉园三诗人"之一。早期诗作后集为《预言》出版。1933年开始写散文，后结集为《画梦录》出版，这个时期的其他作品包括历史故事、独幕剧和诗，则集为《刻意集》出版。1935年秋起，先后到天津和山东莱阳教书，目睹了社会的不义，这在散文集《还乡杂记》和诗集《预言》卷三中表现得十分鲜明。"七·七"卢沟桥事变后，返四川编《川东日报》副刊《川东文艺》，又与方敬等合编刊物《工作》，为文抨击种种有碍抗战的言行。1938年8月，与沙汀、卞之琳等奔向延安，在鲁迅艺术文学院任教，开拓了新的时期。延安时期创作收于诗集《夜歌》、散文杂文集《星火集》《星火集续编》中。新中国成立后长期在中国科学院文学研究所工作，精力集中于文学研究及文艺批评方面，创作基本中断，少量新、旧体短诗身后由上海文艺出版社编为《何其芳诗稿》出版，一些散文和一部未完成的长篇小说则收于1983年人民文学出版社出版之《何其芳文集》第3卷。最能体现何其芳的才情和艺术创造力的，是1936年7月出版的散文集《画梦录》，收入作者1933年至1936年的早期散文16篇，是一个有朦胧理想，渴望温暖的青年人在人生旅途中种种寂寞的记录。其中有对于衰微的昔日的感喟（《墓》《楼》《黄昏》等），有对于悲苦的闺阁少女的系念（《哀歌》《秋海棠》等），有对于"山之国"的故土的眷恋（《岩》《雨前》等），是一个社会囚徒发出的凄恻的变徵之音，从中可看出作者所体味的时代的沉重与僵硬。作者以诗的笔调创作散文，意境美丽迷蒙，近于独白式的喃喃自语。情感细腻委婉，风格纤巧精致，词句典雅，是中国现代散文史上最具有代表性的"美文"之一。《画梦录》曾于1937年度与曹禺的剧作《日出》、师陀的短篇小说集《谷》同时获得天津《大公报》文艺奖，在当时影响相当广泛。《画梦录》中的散文名篇《雨前》创作于东北沦陷后日本帝国主义加紧进攻华北的民族生死存亡的危难时期。

作为一位爱国的正直的知识分子，作者沉浸在无限的忧愁与痛苦之中。在这民族危机深重的时刻，国民党不仅不采取抵抗，居然对外妥协投降，对内镇压人民的抗日救亡运动，这更使作者为民族的命运而担忧。《雨前》正是通过对雨前的各种自然景物的描写，将复杂沉郁的感情融入景致之中，以密云不雨的气候映射现实社会，表达了作者自己的同时也是民族的、人民的种种复杂感情。在如此压抑的气候下，作者深深地怀念着南方家乡的雨景，想逃脱这压得人喘不过气的现世，充分显示了小资产阶级知识分子在尚未走上革命道路时困惑于黑暗社会中的矛盾心态。这是一篇如诗如画的小品散文，景致优美、恬静，情思缠绵，但在美景之中使人体味到一丝苦涩，一种难言的忧伤。用词准确洗练，生动传神；写景状物，细腻精确，栩栩如生。《画梦录》中的另一篇散文《梦后》，更能显示出何其芳这一时期散文创作的审美追求，以缥缈的思绪和缠绵的文字创造出一种浓郁而幻美的诗的境地。散文写的是一个画梦人梦醒后对梦境的描绘。作者首先在梦幻与现实的结合点上选定了情感抒发的位置，梦中的哀愁，现实的迷惘；梦里的超然，醒来的流连；梦里的一片荒林，醒来的一城暮色；梦中想梦，醒来虽然是梦；醒时似梦，却比梦更像梦……这些交织着清醒与朦胧的反复的意象，倾诉了一种剪不断、理还乱的情感纠葛。但作者并没有完全沉醉于梦中的幻美，也没有丢弃对梦的追求，而是把内心孤寂、悲苦和倔强、抗争的矛盾状态，借梦与醒的冲突展现出来，以浓厚的难以化开的感觉色彩，把梦与现实糅为一体，以自己心灵的撞击来震荡读者的心弦。

与这种抒情方式相适应，作者在行文上刻意追求一种独具感染力的语境，在这种氛围里作者一个人对着自己诉说着无法也无须向别人诉说的情怀。这就是何其芳独创的所谓"心灵的独语"，散文通篇都是作者的喃喃自语，娓娓低吟，时而又自问自答，还不断穿插一些戏剧式的独白，把读者拉向"我"的心灵深处，一种亲切、真挚、坦诚的氛围融融而生。尤其是这种语境介于明晰与模糊之间的情况下，它的蕴藉含蓄和富于联想使人若有所悟、思之再三。这种独特的语境是《梦后》、也是何其芳整个散文创作的一个重要特色，从这个意义上看，《画梦录》是一组心灵独语式的散文诗。此外，散文还运用了"移情"和"通感"的艺术手法，采取了大幅度跳跃的结构方式，这些也都是何其芳散文的魅力所在。但是，《梦后》当中过于浓重的色彩，繁复的语言和复杂的意象，有表现出某种生涩、堆砌等不足。

（二）李广田及其散文

李广田（1906—1968），现代散文家、诗人。他艺术上最有光彩的散文作品是写成于抗战前的部分，包括《画廊集》《银狐集》和《雀蓑记》的一部分。比较起来，李广田这个时期的散文创作，不像何其芳的那么空灵，时常作邈远的想象，而有着相当坚实的生活基础，直接托出自己的爱憎和喜怒哀乐，以素朴、疏朗为美，往往在素淡中流贯着脉脉的情思。李广田的散文名篇《山之子》描写了泰山上的一个普通山民的凄惨而悲凉的故事。他是一个哑巴，以采摘泰山悬崖上的百合花为生的父亲和哥哥不幸坠涧丧生，为了奉养老母及其家人，他只得继承父亲和哥哥的旧业，整日徘徊于生与死之间。但他是刚强坚毅的，勇敢大胆而富于冒险精神的，作者称他为"山之子"，正是对他和像他一样质朴善良，具有强大生命力的广大穷苦人民的热情赞颂和深深的同情。文中有这样一段描写，他站在泰山峭壁顶上，以洪朗的声音和别人听不懂的话，说着他父亲和哥哥的故事。多么悲壮而令人垂泪的描述，而这正是他——"山之子"的性格。文章从一个侧面反映了旧社会劳动人民的深重灾难。全文以"我"的见闻为线索，由远及近、由次及主地展开描写，泰山景致的描绘，及关于香客、百合花的描写，关于泰山的种种传说故事，都是为烘托"山之子"的出现而设置的背景，在如此广阔背景的映衬下，"山之子"的形象更显高大。作者运用了大量烘托、渲染、对照的方法，结构上跌宕起伏，枝叶扶疏，而又浑然一体，整体显现出浓郁苍劲的风格。

李广田抗战以后出版的《雀蓑记》《圈外》《回声》《日边随笔》等散文集，或记叙抗战中流离转徙的流亡生活，或歌颂平凡人物的创造精神和力量，或斥责当权者的暴虐无道，思想更加成熟，但艺术上缺少相应的提高，不若抗战前作品那么耐人寻味。

（三）丰子恺及其散文

丰子恺（1898—1975），青少年时代深受佛教影响，皈依佛门。1921年自费赴日本学习音乐和美术，回国后，在上海等地长期从事艺术教育事业，并开始美术和文学创作，1924年，与友人创办文达学园。抗战之前，他出版了大量的绘画和文学作品，如《儿童漫画》《缘缘堂随笔》等。在散文作品中，他通过生活细节的描写，表现了他对于人世间虚伪、卑俗、自私的憎恶，及对儿童的真诚、纯洁、聪慧的赞美，充满了清幽玄妙的情趣。抗战爆发后，丰子恺辗转到了桂林，任桂林师范学校国文教员，此后又在宜山浙江大学及重庆国立艺术专科学校任教。1943年结束了教学生涯，专门从事绘画和写作。抗战以后的文学作品主要有《子恺近作散文集》《甘美的口味》等。这时期由于生活的颠沛流离，改变了他冷观人生的态度，走上了面对现实的道路。其散文也随之透出了强烈的爱憎之情，体现了诙谐峭拔的风格。解放后，丰子恺历任上海国画院院长、上海文学艺术界联合会副主席等职务。

丰子恺是我国现当代著名的画家、教育家，也是卓有成就的散文家，从20年代至70年代，在长达半个世纪的岁月里，他写下了大量的散文随笔，并出版过多种散文随笔集，尤以"缘缘堂随笔"闻名。他的散文随笔内容朴素自然，风格则隽永疏朗，在现代文学史上自成一格。陆续辑录成集的有《缘缘堂随笔》《缘缘堂再笔》《车厢社会》《教师日记》《率真集》等。其散文善于描摹儿童的纯洁无垢，自称"儿童崇拜者"，热情讴歌儿童的天真烂漫。在这类作品中作者又毫不掩饰他对"成人社会"的嫌恶，从反面诅咒成人社会的虚伪、冷酷、势利。这类作品有《给我的孩子们》《儿女》等篇。他的散文中也有佛家思想的痕迹，颂扬"堕地立刻解脱"（《缘缘堂随笔·阿难》）。到了30年代，他的笔逐渐转向对世间百态的描画与讽喻，现实性有所增强，如《吃瓜子》《穷小孩的跷跷板》《三娘娘》等篇。抗日战争后的篇章，更多激愤之声，与前期作品平和的格调大不相同，《防空洞中所闻》《贪污的猫》等都是控诉、讨伐之力作。丰子恺的散文继承了我国古代散文夹叙夹议的手法，常在婉曲的叙写中夹进直言议论，情理并重。他写儿童生活的篇章，总是从极平常的生活取材，用了明白如话的文字，温爱而又风趣的态度，将对象的一颦一笑、大哀大乐，描摹得十分传神，可谓灵达之作。行文简洁又不时有弦外之音，蕴含着某种恬静、庄穆的宗教式情绪，也是他散文的一个基本特色。

丰子恺的散文思想倾向：一方面表现出较为鲜明的民主意识，具有对底层民众和弱者的普遍的同情心，憎恨黑暗腐朽的社会制度。另一方面他又深受佛家思想的影响，对社会黑暗和不平表露出无可奈何的心态，故时而采取超脱物外、静观人生的态度。这两种思想往往交织在丰子恺的散文作品中，这就决定了其散文对现实生活有所反映、有所揭露，但明显缺乏批判的力度。此外，对宗教和艺术的理解和推崇，也是丰子恺许多散文的重要思想内涵。在取材方面，丰子恺的散文在直接选取现实人生题材之外，大量的是对儿童生活和情态的描写，儿童题材的作品在丰子恺的创作中占有相当突出的比重，而且，不灭的童心一直是贯穿在丰子恺艺术创作中的一个重要内核。

在艺术构思上，首先，丰子恺善于采用设喻式的结构来阐述文章的题旨和内涵，如《的网》《儿戏》等篇在表层的叙事结构里都包含着更深一层的思想蕴藏，透过一个清新浅显的故事往往能让人悟出另一番深刻、复杂的人生道理，这一点也明显露出佛家思想的佛教文学对作者的影响。其次，他善于以敏感细致的笔触来捕捉生活中的细枝末节，显示出一种以小见大、举重若轻的本领。尤其在描写儿童题材的作品方面，这一点显得更为出色。他不仅写出了孩子们的行动和情态，更能写出孩子的心理活动，逼真传神地把儿童纯真的内心世界展露出来，并以此来照应和针砭浑浊的人世。就这一点说，丰子恺与冰心在表现儿童题材方面显示了各自的视角和特色：冰心更多的是借儿童的话题来倾诉自己对人生和社会的看法；而丰子恺则更多的是用自己的童心去写儿童，以儿童的眼光去看人生和世界。最后，丰子恺还善于把诗、画、文三者的意境圆满地糅合在一起，具有一种清幽玄妙，灵达通脱的独特韵味。他的许多诗意盎然的漫画，若用文字加以表述，就是一篇很好的散文；反之，他的那些充满诗情的散文，若用艺术的线条来勾勒，也同样是一幅妙趣横生的画。丰子恺艺术创作的这个特点在现代作家中是颇为难得的。率真是丰子恺散文的另一特点，表现在作品中就是亲切、平易、有趣的文风。他的散文随笔大都娓娓道来，洋溢着浓厚的生活气息，就如同在与朋友闲话家常，亲切自然，不拘形迹。这就使得他的散文随笔蕴含丰富的人间关怀和平民化气质，而少有贵族文人的自命不凡或附庸风雅。独特的"自歌""随感"体是丰子恺散文随笔的又一特色。这种体式篇幅短小，内容集中，结篇而成一组，表现作者的一些片段感兴与思索，颇有理趣。如《劳者自歌（十三则）》是一组谈文学艺术创作的心得；《随感十三则》是一组谈社会人生的议论文字。

丰子恺是一位创作态度非常严谨的作家。他在《随笔漫画》一文中论及随笔、翻译、漫画几种创作的异同时认为："创作随笔好比把舵，把舵必须掌握方向，瞻前顾后，识近察远；必须熟悉路径，什么地方应该右转弯，什么地方应该左转弯，什么时候应该急进，什么时候应该缓行；必须谨防触礁，必须避免冲突。""倘是创作，即使是随笔，我也得预先胸有成竹，然后可以动笔。"正因为作者有严肃认真的创作态度，因此其作品虽是描写身边小事，但在选材、结构、表现等方面却精心构置，再加之作者具有丰厚扎实的知识积累，有在多种艺术上的精深造诣，他的散文随笔虽取材平凡却能发现丰富的含义，从而很好地实践了作者所一贯主张的"小中见大""弦外余音"的艺术主张。

新中国成立后至"文化大革命"前，丰子恺散文在保持固有风格的同时又增添了明朗色彩。这一时期成就较高的是游记散文。1962 年《阿咪》一文极富艺术情趣，却让作者付出了沉重的代价。在遭受批判的"文革"中，他还坚持创作了 30 多篇散文，它们显示出作者在经历了历史的风雨后依然葆有一颗纯真的创作心灵。

第五章　当代文学——诗歌

第一节　当代诗歌发展概述

艾青在《中国新诗的六十年》中回顾新中国成立初的诗坛面貌时说："我们告别了苦难的岁月。我们走上了新的路程。新的时代需要新的歌声。"十七年时期的诗歌创作直接地继承了民歌和解放区诗歌的传统，在理论建构上，诗歌的社会功能得到空前的强化；在艺术形式上，高度强调民族特色。基于新中国成立之初的社会政治形势，及《在延安文艺座谈会上的讲话》精神指导下社会主义现实主义文艺政策的确立，诗人坚守现实主义的创作方法，以为人民群众服务为宗旨的创作态度逐渐成为衡量诗歌作品思想和艺术水准的唯一标准和引导诗歌创作发展方向的航标。在这种泛政治化的艺术导向下，诗歌创作在十七年时期出现了两种基本模式：一种是积极对现实政治做出呼应而充分体现了时代的激情的政治抒情诗，这种诗体主要以郭小川、贺敬之强调的诗学和政治学相统一、诗人和战士相统一的创作实践为代表。另一种诗体作为政治抒情诗的必然补充，强调对新的世界、新的人物的真切表现，即以李季、闻捷、张志民的创作为代表的写实诗体。总体上看，"十七年诗歌"创作强调诗人的阶级立场，关注诗歌与现实的紧密结合，自觉不自觉地抑制了诗人自我的情感抒发和独立思考，模糊了诗歌作为一种独立文体的艺术特征。

"文化大革命"是在中国现代历史上一场空前的政治运动，它从1966年开始到1976年结束，历时10年，对中国政治、经济和文化各方面都造成了极其深远的破坏性影响，文学创作在总体上呈现出荒芜、枯竭和畸形发展的局面。"地下诗歌"是"文化大革命"地下文学中成就最高、影响最为深远的一种文学样式，它丰硕的文学实绩促成了中国当代诗歌的转折，直接开启了新时期以来的诗歌复兴运动。

新时期是当代诗歌最为繁荣的时期，诗歌的创作队伍、作品的数量和质量、风格和流派都得到了空前的发展，呈现出崭新的格局。一方面，辍笔多年的诗人重返文坛，开始了新的创作生涯，他们是现实主义诗歌队伍的主力军；另一方面，大批青年诗人结集而向传统发起冲击，他们广泛吸收西方现代诗歌的营养，强调表现自我，注重个人内心感觉抒发。他们的作品因追求意象的象征性和意蕴的不确定性而被称为"朦胧诗"。后朦胧诗是 20 世纪 80 年代中期作为朦胧诗的否定和替代而涌起的又一次诗歌浪潮，新生代诗人们体验更多的是思想解放和经济大潮的猛烈冲击，标新立异的反叛精神和开放骄纵的超越意识引导他们不断对审美传统进行大规模的偏离和解构，抒发出欲望与激情、孤独与失落交融的新时代情绪。

伴随着 20 世纪 90 年代以来文学格局的多元化、争鸣性局面，当今时代社会和价值体系变化在文学层面得到全面的反映。诗歌领域出现了一派新的气象，知识分子写作和民间写作形成话语对峙和互渗的开放状态，新新人类作家、新生代诗人的写作纷纷转向对人自身生命体验的关注，从带有现代、后现代意味的解构中重建新的意义。

第二节　新中国十七年的诗歌创作

一、闻捷、李瑛等人的抒情叙事诗

（一）闻捷的抒情叙事诗

闻捷（1923—1971），江苏丹徒区人。20 世纪 50 年代初期任新疆新华社记者。这一期间的生活和艺术经验的丰富积累，极大地影响了他后来的创作取向和艺术风格。他独辟蹊径，将新疆的维吾尔、哈萨克等少数民族的生活风情、民间传说、风俗世态写入诗歌，从而使作品具有了浓厚的地域色彩。闻捷的代表性诗集主要有《天山牧歌》《河西走廊行》《生活的赞歌》《闻捷诗选》，及长篇叙事诗《复仇的火焰》等。

《天山牧歌》是闻捷的第一部，也是中国当代文坛上影响较大的一部抒情诗集。共收入《博斯腾湖滨》《吐鲁番情歌》《果子沟山》《天山牧歌》四个组诗，及叙事诗《哈萨克牧人夜送"千里驹"》和9首抒情诗。《天山牧歌》从不同的侧面描绘天山南北各民族美好、欢乐的生活图景，纵情歌颂了新疆各族人民解放后欢欣鼓舞的精神面貌，体现了对新生活的极大热情和对美好理想的不懈追求，被称为"激情的赞歌""生活的赞歌"。用牧歌的笔调来处理"颂歌"主题，发挥了闻捷长于"叙事"的艺术才能，诗集中描摹的异域风光、浪漫风情及少数民族青年追求爱情的炽热大胆对汉文化地区的读者更是一种震撼和吸引。《天山牧歌》"一发表就受到了大家的注意和喜爱。给人以新鲜感觉的景物和生活，柔和而又清新的抒情风格，很久在我们的诗歌里就不大出现的对男女们的爱情的描写，这些都是它们的特色"[1]。

《苹果树下》是闻捷的代表性诗篇。诗中以苹果象征爱情，通过季节的变化，果实的成熟，赞美了青年们的纯真爱情。从艺术表现上说，《苹果树下》构思新颖、别致，生动的比喻将爱情与劳动这两个并行发展的主题寓于苹果树开花、结果到果实成熟的过程。全诗富有一种生动而又含蓄、风趣的情味，有力地显示了闻捷善于摄取小镜头来表现生活诗意的艺术才华。首先，《苹果树下》通过一个幽会的场景，表现了小伙子和姑娘一生中最幸福的时刻的来到。在这样具体的环境里，诗人选择心跳得失去了节拍这一典型细节，形象地揭示了青年人初恋时的心理，真实而富有诗意。接着，在诗的中间三节，追叙姑娘和小伙子相爱的过程，没有缠绵的情话，几乎全是比喻，用人物心理活动来展现爱情的进展。其次，细腻地、惟妙惟肖地刻画出姑娘的内心从春到秋的微妙变化，写出了爱情在她内心中的萌芽、生长和收获。春天里，勤劳的姑娘在果园里劳动，多情的小伙子用唱歌这一新疆少数民族表达爱情的方式，来表达对姑娘的爱慕之情，希望自己的歌声能够打动他所倾慕的姑娘的心弦。然而，姑娘情窦未开，不理解小伙子的心思。"别用歌声打扰我"一句，说明她内心的平静已经被打破，她可能还不知道，爱情的种子已在自己的心头播下。夏天里，随着时间的推移，小伙子的爱更加热烈。姑娘看出了他的心思，只是看得不明白。"别像影子一样缠着我"，写的是姑娘因心烦意乱而产生的嗔怨，同时暗示了小伙子的热烈。"秋天是一个成熟季节／姑娘整夜整夜地睡不着"，爱情已在她心里生长。现在，她是热烈地期盼对方说出那句最能表示爱情的话。三节诗中都贯穿着劳动和苹果生长的线索，苹果的成长状态与爱情所达到的阶

---

[1]　洪子诚.中国当代文学史[M].北京：北京大学出版社，1999.

段、女主人公的心理活动是一致的。最后，诗篇构思独特，诗人把苹果成熟的过程和爱情的发展互相对照地写，既写劳动，又写爱情，表面上写苹果，实际上写爱情。这说明，男女主人公的爱情是与创造新生活的劳动紧密地结合在一起的。诗的最后一节和第一节首尾呼应，全诗和谐完整。将爱情与劳动联系起来，给人丰富的美的感受，苹果由花苞到红熟，爱情由种子到结果。秋天在收获苹果的时候享受爱情的甜蜜。在"淡红的果子压弯绿枝"时，"种下的爱情已该收获"。全诗抒发了诗人对伟大的时代充满了喜悦之情，对社会主义新生活抱有无限希望。语言明快，散发出浓郁的生活芳香，洋溢着健康、明朗、欢快的情调。

闻捷诗歌形成了鲜明独特的艺术风格。首先，诗歌在构思上较新颖。闻捷是新时代的劳动和爱情的歌手，在对新疆各族人民的生活图景的描绘赞颂中，他总是把对纯真爱情的赞美同对年轻人的劳动、理想的讴歌、对伟大祖国未来的美好憧憬紧密结合在一起，如《苹果树下》用苹果比喻爱情，即是把劳动和爱情糅合在一起进行描写，苹果从种子到果实，爱情由萌芽到成熟，主人公在劳动中萌发爱情，在劳动的丰收中收获爱情，给人以丰富的审美感受。其次，作者善于深入探索人物的内心世界，细腻充分地表现青年人感情的波动，折射出时代风俗的巨大历史变迁。例如，在《婚礼》中，诗人突出描写了一对新婚夫妇在人们闹过洞房后脸对脸坐下时，内心的无比喜悦和激动。从平等互爱的情景描写、深入细腻的心理刻画中，我们可以通过时代和风俗的变迁，看到人们思想上的变化，人民生活质量的提高。再次，闻捷诗歌语言富有民族韵味的音乐美，情感基调高昂欢快，有浓重的牧歌风格和鲜明的地方色彩。诗人善于吸收山歌民谣的优点，如《复仇的火焰》采用四行一节的民歌体和民歌中常用的重叠句式。诗歌语言形象传神、比喻生动贴切、节奏明快活泼。如用"姑娘们扯开裙子飞快旋转／小伙子把鼓点送上她们的脚尖"来表示欢快的舞蹈场面和浓郁的地方风情。最后，闻捷的爱情诗不单纯描写爱情，而是将爱情与表现新的生活内容、传达新的时代气息、高扬新的思想情操联系在一起。《苹果树下》《葡萄成熟了》《舞会结束以后》等都是透过爱情描写青年们愉快的劳动生活和美好崇高的社会理想。在闻捷的爱情描摹中始终回避感伤忧郁的情调，充满乐观向上、积极进取、健康明快的时代精神。

20世纪50年代后期，闻捷着手创作长篇叙事诗《复仇的火焰》，该诗取材于解放初期人民解放军粉碎新疆东部巴里坤草原的反动叛乱这一历史事件，充分体现了诗人高超的叙事才能，在广阔的社会历史背景下，作者有条不紊、从容细致地描绘出各种各样的矛盾冲突。同时还融注巨大的创作激情对巴里坤草原风光、哈萨克民族习俗进行细腻的描摹。何其芳评论说："这样广阔的背景，这样复杂的斗争，这样有色彩的人民生活的描绘，好像是新诗的历史上还不曾出现过的作品。"

（二）李瑛的抒情叙事诗

李瑛（1926—2019），河北丰润人。新中国成立初期曾赴朝鲜实地感受志愿军战士的坚强意志和高尚情操，创作了诗集《战场上的节日》。其后的《红柳集》《难忘的一九七六》《我骄傲，我是一棵树》《春的笑容》等10余部诗集共同奠定了李瑛在20世纪中国文学发展史上第一代军旅诗人的佼佼者地位。反映军旅生活，歌颂爱国主义和革命英雄主义，歌颂军营内外的进取精神是其诗作的主要题材和主题，这也使李瑛获得了"战士诗人"的美誉。李瑛的诗大部分是抒情短章，表现的题材较广泛，但作为一名战士，抒写战士生活的诗最能代表他的创作特色。他善于塑造保卫祖国的战士形象，他的诗往往能抓住对象的主要特点，写出战士的英姿豪情和性格。李瑛还善于在生活中发现诗意，善于在生活中捕捉富有特征意义的形象，通过大胆想象和精细的艺术构思，创造出优美的意境。李瑛的诗语言活泼，结构精巧，呈现出精致细腻、朴实自然、形象生动、清新又奔放的特点。《戈壁日出》是李瑛的代表性诗篇之一，写于1961年夏诗人赴西北边陲采访途中。诗中，诗人以丰富的想象力创造了生动的形象和新奇的意境。诗人抓住大戈壁地理、地貌的特点，勾勒出沙海中日出前的壮丽景色，以对大戈壁气候特征的感受描绘了太阳的雄姿："太阳醒来了——/它双手支撑大地，昂然站起／窥视一眼凝固的大海／便拉长了我们的影子。""忽然，它好像暴怒起来／一下子从马头前跳上我们的背脊／接着便抛出一把火给冰冷的荒滩／然后又投出十万金矢……"最后，诗篇用飞来的"歌声"使诗意得到升华，从而热情地赞颂了骑兵战士和勘探队员与严酷的大自然搏斗的坚强意志和高尚情操。采用拟人化的手法描写大自然奇观，增强了诗歌的形象感，全诗的意境焕发出生命的光辉。

（三）李季的抒情叙事诗

李季（1922—1980），在20世纪50年代被树立为"诗与劳动人民相结合的榜样"。自从1952年落户甘肃玉门，开始了长达30年的以石油工业、油矿劳动者为表现对象的创作道路，享有"石油诗人"的美誉。这段时间他出版了《玉门诗抄》（1955）、《致以石油工人的敬礼》（1956）等5部短诗集和《生活之歌》（1956）、《杨高传》（1959—1960）、《向昆仑》（1964）等8部长篇叙事诗。长篇叙事诗《杨高传》写于1958年，是李季全部诗作中规模最宏大的一部，也是当代长篇叙事诗创作的重要收获。全诗包括《五月端阳》《当红军的哥哥回来了》《玉门儿女出征记》三部分，以主人公杨高的成长历程为线索，大规模地再现了土地改革斗争、抗日战争、解放战争和社会主义建设的艰苦历程，塑造了一个在党的培养下由贫苦孩子逐渐成长起来的坚定的革命战士的感人形象。

《杨高传》表明了李季在诗歌民族化方面的进一步探索和所取得的成就。首先，长诗在浓郁的民间情调中铺排场景，烘托气氛和渲染情境。除了以民歌为基础外，还运用了北方民间说唱艺术，特别是鼓词的十字句形式。将民歌长于抒情、鼓词长于叙事的特点相结合，在客观再现社会现实生活的同时抒发强烈的主观感情。其次，长诗的情节具有传奇色彩，故事曲折婉转。诗人从历史生存环境和人物思想性格的真实出发，刻意安排一系列"巧合"情节来表现描写主人公的际遇。这些情节巧合构成了长诗的传奇色彩，使故事波澜起伏。最后，长诗语言朴实明丽，具有民歌韵味。茅盾曾评价作品说："朴素而遒劲；不多用夸张的手法而形象鲜明、情绪强烈，不造生拗的句子以追求所谓节奏感而音调自然和谐。"另外，在题材处理上，李季建立了将战争和建设相联结和转换的视角，并以此作为他观察、体验的全新支点，成功地完成了历史时代大背景指导下的创作转型。

二、郭小川、贺敬之的政治抒情诗

从20世纪50年代中期起，以郭小川、贺敬之政治抒情长诗、组诗的发表为标志，诗歌从内容到形式找到与自己时代的激情和理想、雄心和使命相互映衬的新型诗体。他们的政治抒情诗，是中国历史、文化的产物，在诗体上被称为"颂—新赋体诗"。在政治抒情诗中，诗人通常以阶级的代言人的身份出现，来表达对当代重要政治事件、社会思潮的情感反映和客观评说。在诗体形态上，通常采用大量的排比句式对所要表现的观念和情绪进行渲染、铺陈，表现为强烈的情感宣泄和政论式的观念叙说的结合。无论是郭小川从中国古典诗律中重铸的"新辞赋体"，还是贺敬之从马雅可夫斯基诗体化出的"东方楼梯式",都以汉语独具的节奏和韵律,传导了一个伟大时代的磅礴气势、力量和对远景的美好展望。

(一)郭小川的政治抒情诗

郭小川(1919—1976),原名郭恩大,出生于河北丰宁县,1937年9月在去延安途中参加八路军,长期的革命生活经验给他的诗歌创作提供了丰富的题材和高格调的主题。20世纪50年代中期以后,郭小川专业从事诗歌创作,曾出版诗集《投入炽热的斗争》《致青年公民》《雪与山谷》《鹏程万里》《两都颂》《将军三部曲》《甘蔗林——青纱帐》《昆仑行》《月下集》《郭小川诗选》等。

郭小川新中国成立后的诗歌创作可以分为四个阶段:1955年到1956年,是郭小川诗歌创作的第一个阶段,他写了包括《投入火热的斗争》《向困难进军》《闪耀吧,青春的火光》等诗作在内的《致青年公民》组诗,这是郭小川奉献给当代诗坛的第一批热情昂扬的战歌,壮美昂扬的艺术个性初露端倪。以"阶梯式"的形式表现斗争、建设、进军的阶段性主题,倾吐着昂扬澎湃的激情和热烈豪迈的感情,以政论家的冷峻头脑和战士的英勇姿态鼓舞人民投入火热的斗争之中。但在艺术方面却不够成熟,政治性的议论往往代替了艺术形象的创作。

1957年到1960年,是郭小川进行探索的又一个时期。前期热烈爆发的诗情逐渐冷却,诗人也获得了深入思考的空间。郭小川意识到:"文学毕竟是文学,这里很多很多新颖而独特的东西,批准的源是人民群众的生活海洋,而它应当是从海洋中提炼出来的不同凡响的、灿灿的晶体。"甚至对前期的创作根本性地否定,认为他的一些创作"说不上有什么可取之处",对那些"政治性的句子"感到不满,怕伤读者的胃口。这种矫枉过正的思想和不安的情绪正面地促使诗人进行了多方面的探索,在努力克服议论多于形象这一缺陷的同时,开始向复杂的生活内容和新的题材挺进,不再满足于诗的表层政治宣传鼓动作用,而追求深沉的情感内蕴。他选择了革命历史题材写了叙事诗《白雪的赞歌》《深深的山谷》《一个和八个》《严厉的爱》和《将军三部曲》。这些作品显示着诗人对人生认识与思考的深入;并逐步由以政治语言鼓动读者,转向以生动鲜明的艺术形象感染读者的方向,沉稳的情感的内核日益凸显。例如,《望星空》标志着诗人在抒情方面的积极探索和有益尝试;情感的抒发由浮泛激荡转向凝重深沉。

20世纪60年代前期是郭小川诗歌创作的第三个阶段。1960年以后,诗人深入钢都、煤城、农村、林区等祖国建设的第一线，创作了大量诗歌作品热情讴歌中国人民励精图治、排除万难的坚定决心和乐观精神，表达了对时代和人生的进一步深刻的理解。《甘蔗林——青纱帐》《厦门风姿》《林区三唱》《祝酒歌》《乡村大道》《昆仑行》等一批作品产生了广泛的影响。这些诗作在艺术形式、表现手法和语言风格都有趋向丰富和成熟，以其深邃的思想内容和出色的艺术表现标示了郭小川的诗歌创作终于进入了成熟期，确定了自己雄浑壮丽的独特风格。

1966年至1976年"文化大革命"期间，是郭小川诗歌创作的第四个阶段。这段时期，诗人身心上受到严重的摧残和迫害，被剥夺了发表作品的权利，但他仍坚持着老革命者坚忍不拔的斗志和不屈不挠的战斗精神写出了《万里长江横渡》《江南林区三唱》等作品，特别是写于1975年的《团泊洼的秋天》《秋歌》等，抒写了诗人对当时社会矛盾的严肃思考和战斗激情，他在这一时期难能可贵地创造了新的艺术高度，当然，他在这个时期也不可避免地留下了一些带有时代政治烙印和思想局限的作品。

郭小川的诗主要是颂歌与战歌相交织的政治抒情诗，其思想艺术特点主要表现在以下几个方面：

第一，革命者的抒情主人公形象与强烈的时代色彩的有机融合，具有浓郁的时代精神和强烈的战斗豪情。郭小川诗歌的抒情主人公形象始终是一个革命者，这是由作者自身的革命生活经历所决定的。在他的诗中，通过对一个革命者精神境界、感情状态的描摹力图探索出致力于革命的斗士的生活哲学和人格情操标准，进而传达出诗人自身的思想认识和感情倾向。诗人直抒胸臆或托物咏志的多元艺术表达手法从内心深处去体味和抒写一个为了新中国奉献青春的革命者崇高的精神境界和高尚的人格情操，传达出诗人对过去的艰辛苦难的感慨，对现在美好社会的信念和对未来的幸福生活的展望。这个革命者形象的抒情主人公热爱祖国生机勃勃的社会生活，喜爱祖国山河壮美绮丽的自然风光；他拥有热情进取的人生哲学，他坚持百折不回的革命意志；他对于曾经奉献过青春和热血的伟大事业永不言悔。这是对新一代的年轻人发出的热切的呼唤，还是为祖国建设者奏响的祝福的赞歌。郭小川的每一首政治抒情诗都带有强烈的时代色彩，力图通过感情的抒发来回答至少是提出目前面临的必须正视的问题。如《投入火热的斗争》，回答的是在社会主义建设高潮中，青年应当如何珍视时代所赋予的光荣使命并努力地担当起来；《白雪的赞歌》通过对人物内心的细腻刻画展示革命者洁白如雪的心灵；《甘蔗林——青纱帐》"表现了我对克服困难的信心"，体现了诗人的革命精神的延续和发扬：诗的头一节写道："南方的甘蔗林哪，南方的甘蔗林！北方的青纱帐！你为什么那样遥远，又为什么这样亲近？"诗人用甘蔗林和青纱帐两个富有地方特色的意象象征了两个革命时代，唯物辩证地抒写它们之间的必然联系。"青纱帐里的艰辛"酿造了"甘蔗林里的芬芳"，英勇的革命精神永远不能忘却；昔日青纱帐里的战友面对今天的全新生活时，仍要警惕险恶的潜流，革命者永远不应丢弃革命传统，而应"唤回自己的战斗的青春"，奉献于新的时代伟大的祖国。

第二，激情与哲理的结合。郭小川写诗总是以火热的心胸去体验和感受生活，揭示和发掘生活中蕴藏的哲理。他很少直接描摹生活本相，更偏重于激情的抒发。他的诗没有忧愁和悲伤，代之以战斗的激情、革命的豪情和对生活对人生永不熄灭的热情。因而他的诗的基本格调是热情而豪迈，乐观而昂扬。另外，郭小川的诗作富于哲理，他善于把诗的形象与自己对人生、社会的个性化理解巧妙结合，闪耀的思想火花与热烈的感情抒发融会在一起，在平凡的事物中发现哲理，用平凡的形象表现哲理，通过充满激情和具有哲理意味的诗句唤起读者的阅读情绪和情感共鸣。如《望星空》《乡村大道》《甘蔗林——青纱帐》等诗里，形象生动的哲理诗句俯拾皆是，闪烁着人生哲理的耀眼光芒。他的一些哲理性警句，不仅对于表现诗意具有画龙点睛的作用，而且是革命者立身处世的格言。如"斗争／这就是／生命／这就是／最富有的／人生"（《投入火热的斗争》）；"是战士，决不能放下武器，哪怕是一分钟；要革命，决不能止步不前，哪怕面对刀丛"（《秋歌》）等，把深厚的哲理意蕴包含在形象化的语言叙述中。郭小川的可贵之处正在于这种对自己思想和感情解剖的坦诚，给十七年时期的诗坛带来一种真挚、率直的美。

第三，对诗歌语言和表现形式的不懈探索。郭小川的诗歌形式丰富多彩，本着在《月下集·权当序言》中的创作理念："读者可以看到我在努力尝试各种体裁，这就可以证明我不想拘泥于一种，也不想为体裁而体裁。民歌体、新格律体、自由体、半自由体、楼梯式及其他各种体，只要能够有助于诗的民族化和群众化，又有什么可怕呢？"诗人在诗歌形式、语言风格方面做了多种多样的尝试。新中国成立初期，他多采用参差排列的楼梯式，并对其进行民族化的改造，主张"诗是最有音乐性的语言艺术"，注重发挥诗的音乐美和宣传作用，如《致青年公民》；《祝酒歌》融古代歌谣和新民歌于一体的民歌体;《白雪的赞歌》的半格律半自由的体式;吸取古代散曲、小令的某些特点创作的由轻捷明快的短句形式组成节奏明快、韵律灵活的自由诗体创作《将军三部曲》(《月下》《雾中》《风前》)。20 世纪60 年代的《林区三唱》是在自由体的基础上较多地吸收了民歌的成分创作而成的。郭小川又积极吸收了辞赋的某些特点,创造了一种节奏自由、富有韵律的新辞赋体——"长廊句式",从而实现了对严谨的形式束缚的突破,有效地增加了诗的容量,把强烈感情与深刻哲理表现得淋漓尽致,这是郭小川对当代诗歌的一大贡献,直到今天,仍为不少诗人所沿用。郭小川历史地继承了古代赋、比、兴传统的赋,吸收了古代辞赋讲究文采、注重抒情性与浪漫气息的特点,以偶句、俪辞、排比等修辞手法铺陈渲染,共同构建了半格律化的白话诗体,即格局相对严整、章节大致对称、音韵铿锵流畅的长句体和长短句体,最大限度地抒发强烈的感情、阐发深刻的哲理。例如,《甘蔗林——青纱帐》通过反复排比、铺陈,用大量的有象征性的意象一再唤起人们对青纱帐的回忆,将现实与历史对照描绘,革命的精神自然流淌诗句之间,呈现出一种汪洋浩荡、大气磅礴的美。

贺敬之在为《郭小川诗选》英文版所写的序言中,论述了中国政治抒情诗的诗学:"作为社会主义的新诗歌,郭小川向它提供的足以表明其根本特征的那些具有本质意义的东西,这就是:按照诗的规律来写和按照人民利益来写相一致。诗人的'自我'和人民的'大我'相结合。'诗学'和'政治学'的统一。诗人和战士的统一。"

(二)贺敬之的政治抒情诗

贺敬之(1924—),山东峄县人。他的诗歌创作开始于中学时期,1940年去延安之前写的作品,后结集为《并没有冬天》,表现了一个投身革命的青年对光明的向往和蓬勃的朝气。到延安之后,贺敬之进入鲁迅艺术学院文学系学习,取材于少年时代的生活记忆和真实体验,诗人写了一些反映旧中国农村悲惨生活的作品,表现了诗人对黑暗社会的憎恨和对贫苦人民的深切的阶级同情,后结集为《乡村的夜》出版。延安文艺整风之后,贺敬之诗作主题由对黑暗的血泪控诉变为对光明的热情讴歌,以欢快明朗的民歌格调表现了解放区人民的生活和斗争,后结集为《笑》(再版时改名为《朝阳花开》)。这一时期,他最显赫的成果是与丁毅合作执笔的大型歌剧《白毛女》。40 年代的创作虽取得了一些成绩,但从诗人整个的创作道路来看,还只是一个准备阶段。新中国成立后,贺敬之的诗歌创作开始于

1956 年，在此后几十年的时间里，他的作品数量不多，但长期从事文艺界的领导工作使他对当代诗歌的发展产生过相当大的导向性的影响。出版的诗集主要有《放歌集》《贺敬之诗选》等。

就题材而言，贺敬之新中国成立后的诗作大致可分为两类：一类是抒情短诗，即从现实生活的具体情景出发，突出表现诗人真切的生活感受和真挚情感，如《回延安》《桂林山水歌》《三门峡歌》《又回南泥湾》等，这些诗大都感情细腻、意蕴深厚、具有浓郁的民歌风味；另一类作品是篇幅较长的政治抒情诗，代表作品主要有《放声歌唱》《东风万里》《十年颂歌》《雷锋之歌》《西去列车的窗口》，及 20 世纪 70 年代末的《中国的十月》《八一之歌》等。大都收入《放歌集》和《贺敬之诗选》中。这类作品气势磅礴豪放，洋溢着革命的激情，具有较强的政治宣传鼓动作用，能够及时地提出并主动地回答社会生活、意识形态中一些具有重大意义的问题。这类作品是贺敬之诗歌创作的主体部分，代表了诗人新中国成立后诗歌创作的主要成就，集中体现了他诗歌创作的艺术个性，并对当代政治抒情诗的发展产生重大的影响，特别是 50 年代的《放声歌唱》和 60 年代的《雷锋之歌》，充分体现了长篇政治抒情诗视野宏大、气魄恢宏，并且具有催人警醒和振奋，给人教育和鼓舞的重大作用的特点。

作为抒情短诗的代表作，《回延安》是作者参加西北五省青年造林大会后重返延安时所写。诗人是在革命圣地——延安的革命氛围的熏陶教育下成长起来的，阔别十年后重返延安，激动的感情难以抑制。正是在这种心境和情感状态下诗人大量地运用比兴、夸张、对偶、排比等修辞技巧和手法，采用信天游的民歌形式，淋漓尽致地抒写了对延安的无限深情和怀念。诗首先抒写诗人刚刚踏上延安的土地时内心的激动和兴奋，"心儿呀莫要这么厉害地跳，灰尘呀莫把我眼睛挡住了……手抓黄土我不放，紧紧儿贴在心窝上"。接着，诗人着眼延安的建设发展、乡亲人民生活心情的巨大转变，回顾了在战争年代延安的生活、战斗及诗人自我成长的经历，感慨着延安对自己的哺育之情，感人地描绘了诗人与延安人民相见谈心、话新叙旧、其乐融融的场面，深刻展现了双方的永远无法分割的血肉之情。《回延安》将诗人对革命圣地无比崇敬和向往，化而为母子之间至亲至爱的感情。他对延安的赤子之情和拳拳之心是那么的深厚、那么的炽热，诗人曾经说过："我的真正的生命，就从这里开始。"[1] 诗篇始终贯穿了诗人对延安的热烈深

---

[1] 贺敬之.回延安 [M].南京：江苏凤凰文艺出版社，2020.

切的情感，真挚动人。《回延安》不是一般的记游诗，诗中流淌着浓郁的陕北地方色彩，一系列内涵丰富的形象的运用都为诗篇增添了魅力。

1956年中国共产党诞生35周年之际，贺敬之充满激情地创作了《放声歌唱》。从广阔的历史背景和对现实状况中精心地摘取了几个典型性的场景和细节，充分发挥自己的艺术想象，以昂扬的旋律和壮美的语言热情地赞美了伟大祖国的新生活新变化新气象，唱出了一曲党的颂歌，代表了广大人民的心声，显示了20世纪50年代颂歌的最高成就，又为60年代的政治抒情诗提供了一种具有导向意义的构思和想象方式，其抒情格调也在一定程度上影响了六七十年代的总体诗风。

《雷锋之歌》集中地显示了20世纪60年代政治抒情诗的风格特点和时代精神。在学雷锋运动轰轰烈烈地开展过程中，诗人创作了这首长诗，以独特的构思、亲切的语言、真实的事例宣传雷锋精神，为人们指出了一条革命的光荣人生道路。诗人在广阔的时代背景上歌颂英雄，揭示了英雄出现的历史必然性和时代必然性；同时把雷锋作为一个新人的典型，讴歌了一代新人的精神面貌。诗人不是单纯地描写英雄、为英雄立传，而是大处着眼、小处落笔，着重从英雄的身上发掘出革命的人生哲理，概括出时代精神对英雄的造就。诗人紧紧抓住英雄精神的核心，通过歌唱新时代的革命精神，来鼓励青年人在学雷锋的道路上奋勇前进，去迎接和开创祖国美好伟大的未来。这种抒情方式，体现了60年代政治抒情诗在一切题材上挖掘重大主题和追求丰富的政治寄托的倾向。

贺敬之的政治抒情诗最突出的特点就是自觉地追求把诗歌作为对现实问题的回答，具有强烈的政治性和鲜明的时代烙印。以长卷的方式对社会生活的时代特征及其历史变迁做整体把握和宏观概括。他善于及时捕捉现实生活中的重大政治命题并真实地表现出来，有强烈的政治化倾向。作为新中国成立初期30年当代诗歌创作观念的集中体现者，他总是密切地关注政治和社会的重大问题，迅速把握时代脉搏，以饱满的政治热情紧跟时代的发展方向，从现实生活中提炼出重大主题。例如，《放声歌唱》《十年颂歌》《雷锋之歌》《西去列车的窗口》《中国的十月》……每首诗都与一个重要的事件和重要的时刻密切相关，引起社会的广泛注意。诗人力图以比较开阔的视野去观照时代的重大问题，善于将历史与现实相交融，从现实中抽取典型，从历史中汲取诗意，这种手法曾为许多政治抒情诗所仿效，对当时的诗风起到导向作用。贺敬之把一个时代的豪情和壮思化为诗的"声"和

"象"，即诗的声韵构成的气势磅礴的交响，和诗的画面展现的当代英雄的形象。贺敬之还善于把政治议论与主观抒情结合起来，把抽象概念与生动形象结合起来，回避枯燥的政治说教，增强感情和形象的艺术感染力。他的政治抒情诗以观念为主干，诗的展开常常是按照提出问题—描述分析—总结归纳—得出结论的政论模式进行的，但诗人没有停留在直白的抽象说教，而是用激情和形象冲淡政治的色彩和说教的味道。《放声歌唱》和《雷锋之歌》可以看作是这种结合得比较成功的范例。

贺敬之的诗歌格调高昂奔放、意境恢宏博大，带有浓重的浪漫主义色彩。他认为，"积极的、革命的浪漫主义对一个民族的文学，特别是诗歌发展来说，绝不可能，也不会是可有可无的东西"，因为浪漫主义"给人以震撼人心的雷霆万钧的力量"[1]。这体现了贺敬之开放的诗歌创作理念，他的诗歌除了重大的题材背景之外，震撼读者的艺术力量主要来源于浪漫主义的抒情方式和由此产生的激情气势、壮阔意境。他诗歌中的革命理想主义、夸张的想象、奇特的构思及宏观鸟瞰式的图景表现都与浪漫主义的豪情密不可分。《放声歌唱》中对现实和理想的表现，《三门峡——梳妆台》将黄河拟人化又与之对话的奇异想象，为诗歌增添了独特的光彩。

贺敬之的诗既洋溢着浓厚的民歌风味，又有对外国诗歌的借鉴和汲取。《回延安》《桂林山水歌》采用的是陕北民歌信天游的调子和古典诗歌的意境章法，开合自如、简洁凝练。《西去列车的窗口》又对这种形式进行了改造和创新。他的大部分政治抒情诗运用的是"楼梯式的形式"，因为这种形式有利于表现重大主题，描绘宏阔画面，传达复杂思想，产生磅礴情感气势，突出感情的节奏。在使用这种形式的过程中又汲取古典诗歌的因素，使其具备整齐美和对称美，整齐与不整齐相统一，上下两层、遥相对应，创造了中国式的楼梯式诗歌格局。茅盾《十年颂歌》概括贺敬之的诗歌形式："从艺术构思，诗的语言，行、句的对仗和平仄等等看来，不能不说《十年颂歌》对'楼梯式'这个新的诗体做了创造性的发展，达成了民族化的初步成就，而同时标志着诗人的个人风格。"

贺敬之的政治抒情诗的水平也不完全一致，与《放声歌唱》相比，《中国的十月》等稍嫌逊色。同时，由于作品的政治性，在历史曲折的运动过程中，诗中不可避免地受到"左"的思潮影响，留下一些时代的印记和疵点；过于追求理想与豪情的表现，也留下了一些对生活理想化的东西和空洞的

---

[1] 贺敬之. 漫谈诗的革命浪漫主义 [J]. 文艺报，1958（9）：2-5.

呐喊，在表现社会生活斗争，揭示人们思想感情上使真切感受受到某种程度的削弱。

三、其他诗人的创作

（一）邵燕祥及其作品

邵燕祥（1933—2020），生于北京，1947年参加革命。新中国成立后曾任《诗刊》副主编。他自1946年开始发表作品，成果非常丰厚，主要诗集有《歌唱北京城》《到远方去》《八月的营火》《芦管》《献给历史的情歌》《含笑七十年代告别》《和瀑布对歌》《为青春作证》《在远方》《迟开的花》等。他的诗多取材于火热的现实生活，抒写青年人的理想志趣，感情奔放，时代感强。其中，《在远方》和《迟开的花》，分别获第一、二届全国优秀新诗集一等奖。邵燕祥的诗歌创作从题材风格来看，前后两期存在着明显的转向。20世纪50年代初期的诗歌作品，主要是通过新旧社会的鲜明对比，热情地歌颂人民革命的伟大胜利，在形式上较多地采用民间说唱体，具有浓郁的民间特色。随着诗歌风格的日趋成熟，诗人逐渐选择了适于朗诵的自由体诗歌形式，专心致志地描写50年代工业建设的蓬勃景象，表现青年人对生活火一般的热情，显示了自己的特色。诗集《到远方去》代表了邵燕祥50年代诗歌创作的水平。初版时虽然只收了19首诗，但它却是一部真切体现当时社会主义工业建设实绩的力作，是诗人奔走于工厂、矿山、水库、电站、桥梁工地等祖国社会主义建设的第一线亲身体验着时代的足音，用和着时代脉搏而跳动的节奏，再现祖国建设突飞猛进的壮丽图景，传达了大工业振奋人心的洪亮声音。这些新鲜奇异、具有时代气息的图景和声音，"是青春的诗——共和国的青春、同代人的青春、与作者自己的青春交融在一起的诗"。这种图景和声音，第一次鲜明地表现在中国的诗歌中。他用表现工业题材的敏锐和魄力写出的时代的最强音，如《我们架设了这条超高压送电线》：

> 大踏步地跨过高山，
>
> 跨过河流、洼地和平原，
>
> 跨过农业合作社的田野，
>
> 跨过重工业城市的身边；
>
> 跨过阴雨连绵的秋季，

跨过风刮雪卷的冬天，

跨过高空、跨过地面，

大踏步地跨过时间……

在我们每一步脚印上，

请你看社会主义的诞生！

诗人的自豪骄傲之情溢于言表，抒发了年轻创业者没有一丝云翳的晴朗澄澈的心灵情怀和他们豪迈乐观的英雄气概，真实地反映了崭新的伟大时代青年建设者的青春风貌，表现了青春焕发的社会主义祖国朝气勃勃、生机盎然的形象。表现同样主题的诗作还有《中国的道路呼唤着汽车》《到远方去》《英雄碑下》《青春进行曲》《中国张开了翅膀》《在夜晚的公路上》《我们爱我们的土地》等。邵燕祥这一时期的诗歌创作被誉为"五十年代前期的青春之歌"。他的诗字里行间总是洋溢着青春的活力，歌唱了祖国的青春，憧憬了美好的未来，描绘了创造春天的人民，颂扬了伟大的时代，赞颂了排除万难、勇敢前进、积极开拓的社会主义第一代创业者的豪迈步伐和坚定信心，用这种精神鼓舞一代又一代中国青年忘我地为新中国的繁荣富强贡献力量。

邵燕祥是一位有着深刻思想的现实主义诗人。他在时代号角的指引下满怀激情地歌颂赞美，其后不久就自觉地认识到"只歌颂光明太单纯了，生活复杂得多"。20世纪50年代中期，他凭着对当时社会矛盾的分析，对主观主义者和官僚主义者的愤激之情，及诗人强烈的社会责任感，大胆地创作了叙事诗《贾桂香》和一些讽刺诗作，在《贾桂香》中，诗人揭露了一个农场女工是怎样为流言诬陷、打击并最终走上绝路的过程，鲜明地表达了对陈腐观念和官僚主义作风的批判。从而为扫除"阻碍我们前进的旧社会的残余"做出了真诚的探索和努力。

（二）张志民及其作品

张志民（1926—1998），河北宛平人，1940年参加八路军，1941年加入中国共产党。解放前曾在晋察冀军区抗大四团学习。新中国诞生后，曾任华北军区文化部创作员。1951年赴朝鲜参战，和中国人民志愿军生活、战斗在一起。1956年转业到地方从事专业创作，历任群众出版社副总编《北京文学》主编、《诗刊》主编等职。张志民是一位成就卓然、风格独特、影响广泛的诗人。他从1946年开始发表作品，著有诗集《死不着》《家乡的春天》《社里的人物》《公社一家人》《村风》《礼花集》《西行剪影》《祖国，我对你说》(获第一届全国优秀新诗集一等奖)、《今情，往情》(获第二届全国优秀新诗集奖)、《边区的山》(获首届全军优秀文学奖)；长诗《将军和他的战马》《金玉记》《祖国颂》；战地通讯集《祖国，你的儿子在前线》；散文集《梅河散记》《故人入我梦》；文论集《诗说》《文学笔记》等。

　　长期的火热的斗争生活，使张志民的诗作内涵丰富、思想深刻、充满了革命激情。他的诗歌风格不拘泥已有传统，而是对古今中外优秀的诗歌原理兼收并蓄，在实践探索中创造出自己独特的艺术风格。张志民从学习民歌开始写诗，他吸取了民歌体的诙谐明快，现代自由体的舒展奔放，古典格律体的雅致工整，在具体的诗歌格式中整齐中见多变，语言通俗生动且典雅优美，总体上看他的诗歌创作主旨力求深入浅出。"从《死不着》算起，张志民以昂奋的姿态，在诗的领域里行进了三十多年。作为诗人的追求，从昨天到今天，他走的是新诗民族化、群众化的道路"。他在创造民族化、大众化的新诗方面，做出了很大贡献。

　　1949—1966年，张志民致力于用朴素简洁的口语，生动形象地描写农村的变化和农民的生活。短诗《社里的人物》像一幅清新纯美的农村风俗画和农民人物素描，展示了社会主义革命和建设中成长和成熟起来的新的人物、新的思想、新的人际关系。他选取具有典型意义的特别是带有戏剧性的生活细节和场景，塑造出一个个具体可感的"社里的人物"形象，从一个侧面来表现伟大时代的新风貌，语言朴实亲切、幽默风趣、富有生活气息。如《社里的人物》第二首《郑秀菊》：

　　　　　秀菊当选了大队长，
　　　　　多少小伙子不服气，
　　　　　老人们劝她："让了吧！"
　　　　　可秀菊偏偏就不依。
　　　　　"你是论话茬儿？
　　　　　你是论力气？
　　　　　地里场里任他们挑，
　　　　　不服气咱们就比一比……"
　　　　　打谷她会扬场，
　　　　　耕地她会扶犁，
　　　　　赶牲口使车她更拿手，
　　　　　秀菊爹就是个"掌鞭的"。

你看小伙子们多"调皮"，

要跟她比挖河泥，

她挽起裤腿跳下去……

小伙子们才说："服了你！"

这首诗生动形象地描绘了新中国农村妇女的崭新形象，给读者展示了农村新女性自强不息的鲜明性格。诗人通过对郑秀菊坚强好胜的个性的塑造，歌颂了农村的新一代女劳动者，体现了新中国的妇女充分享受的男女平等的社会地位，从而讴歌了新时代里人民地位的提高，妇女的翻身解放真正彻底的实现。

（三）蔡其矫及其作品

蔡其矫（1918—2007)，福建晋江人，代表作有诗集《回声集》《涛声集》《福建集》《生活的歌》等。他的诗一般不直接地描写生活，而往往是在对山水和自然风物的咏叹中表现诗人对生活的独特感受。蔡其矫40年代的一些诗作比较明显地受到了美国自由体诗歌理论的影响，50年代，诗人主观上力图突破原有模式，主动契合时代和现实环境，创作了一些表现新的生活的主题然而缺乏艺术个性的诗作，被冠以"唯美主义""反现实主义"的标签。

蔡其矫在对诗歌题材、语言、构思的创造上较多地接受西方浪漫主义的影响，认为诗"必须是从我们整个心灵、希望、记忆和感触的喷泉里射出来的"。这种诗歌创作理念的积累决定了他诗歌创作的主要成就集中在体现对大自然的挚爱和对人的关怀的情感内涵丰富的爱情诗、山水诗和表现故土人文习俗的风物诗上。诗人认为大自然的美是与人类的精神美相互映照的，所以诗作在力图揭示人的感情活动时，应该从自然中找到比喻的意象，将人活泼的生命力灌注到对自然风物的细腻描摹之中，贯穿蔡其矫创作始终的最主要的特色是人道主义的浪漫精神。《南曲》是蔡其矫的代表性诗篇，南曲是福建一带广为流传的一种戏曲样式，其声调温柔婉丽，富于凄楚迷离的情思，本诗就是在摹写诗人听南曲的感受。诗人把音乐对人情感、心灵的强烈感染，转化为一幅幅鲜明活泼的自然景观画，给人以无限的美的想象："洞箫的清音是风在竹叶间悲鸣。琵琶断续的弹奏，是孤雁的哀啼，在流水上，引起阵阵战栗。"

美妙的音乐经过诗人的心灵沉浸而转化为诗篇中的字字句句，诗歌与音乐两种美的享受在诗人的心中达到高度的契合，并最终通过自然界的美好景致再次感染到读者。诗人追求的并不是单纯的写景状物，而是从中传达出自我内在心灵的叙说。诗篇构思完整、围绕着南曲展开的想象，形成了一个意象群：开篇以两个暗喻型的意象写乐器的声音；接着又以一系列明喻型意象写歌声。这些意象所流露出的低沉的情韵与南曲本身那哀婉的情调十分和谐，从而构成了一幅声情并茂的"音画"。最后，诗人以带着感叹的议论点题作结："故乡呀，你把过去的痛苦遗留在歌中，／让生活在光明中的我们永不忘记。"给人以深刻的启示。

（四）公刘及其作品

公刘（1927—2003），生于江西南昌。1948 年逃亡香港，社会职业为香港生活书店附设的持恒函授学校社会科学导师和香港《文汇报》副刊的编辑。1949 年参加中国人民解放军，在文艺宣传岗位上工作。1954 年加入中国作家协会。1979 年参加中国共产党，中国作家协会第三、四届理事。公刘从 40 年代开始发表文学作品，主要诗歌作品结集为《边地短歌》《神圣的岗位》《在北方》《黎明的城》《白花·红花》《仙人掌》（荣获第一届全国优秀新诗集奖一等奖）、《离离原上草》《望夫云》等；另外，著有短篇小说集《国境一条街》；电影文学剧本《阿诗玛》《望夫云》（与林予合作）；评论集《乱弹诗弦》等。

公刘的诗歌创作在 50 年代中期以其鲜明独特的风格引起极大的关注，被视为中国当代诗坛上新近升起的一颗耀眼的新星。公刘的诗歌内容非常丰富，他曾走遍祖国的东南西北、山川大河，50 年代初，公刘又随着大进军的步伐来到美丽的云南，那里的人民军队的英雄事迹，少数民族同胞摆脱压迫、翻身做主人的新生活，及军民之间感人至深的鱼水情，映衬到美丽的山水间，这大自然的美、人们心灵的美、生活的美，及祖国未来的美好前景都使诗人感到激动，他挥洒出自己的一腔热情，放声歌唱少数民族的翻身觉醒和美丽的边疆风情，真实记录了军民鱼水的深厚情谊和边防战士的严谨而充实的守卫生活，如《山间小路》，细腻亲切、匠心独具地塑造了一名边防战士的形象：

> 一条小路在山间蜿蜒，
>
> 每天我沿着它爬上山巅；
>
> 这座山是边防阵地的制高点，
>
> 而我的刺刀则是真正的山尖。

诗歌的最后一句比喻新颖贴切，体现了诗人高超的驾驭修辞的技巧，令眼前的一切变得庄严和崇高，清新柔美之中带有几分峭拔刚劲，洋溢出战士的爱国热情、乐观精神和自豪感。在公刘的笔下，生活真实与艺术形象达到了高度的艺术化的统一。这种精神集中地体现在《黎明的城》和《在北方》两个集子中。它们是公刘初期作品成熟的标志。公刘的诗歌创作的独特风格形成并完善于20世纪50年代，这种风格贯穿了诗人在十七年时期的整个创作活动。正如某些评论者指出的那样，公刘初期的诗作，大抵都充满了这种"五十年代精神"，这是一种展现了新中国蒸蒸日上的青春精神。

（五）流沙河及其作品

流沙河（1931—2019），四川金堂县人。1950年任川西《农民报》副刊编辑，1952年调四川省文联，任《星星》诗刊编辑。新时期以后在作协四川分会从事专业创作，是中国作协第四届理事。流沙河从1948年开始发表作品，著有诗集《农村夜曲》《告别火星》《流沙河诗集》等，《流沙河诗集》曾获第一届全国优秀新诗集奖一等奖。他的诗歌善以新颖的意象、诚挚的诗思、浓郁的感情和平实的语言表现自己的思想。

《草木篇》是流沙河创作于20世纪50年代的一组咏物言志的散文诗，1957年1月发表于《星星》诗刊。它由5首散文诗组成，采用拟人化的手法，将植物与人的性情巧妙地结合起来：一方面通过白杨、藤、仙人掌、梅和毒菌等艺术形象，隐喻一个人在现实生活中的立身处世之道。诗歌以笔直的白杨树喻孤傲刚正、宁折不屈的人格；由生长于沙漠的仙人掌，联想到人在逆境中也要顽强地生存；以傲寒开放的梅花比喻人高傲脱俗的骨气。另一方面也以藤和毒菌暗喻和抨击了居心险恶地扼杀美好事物的攀爬现象。组诗的基调是真诚热烈、坦诚率真的，进而衬映出诗人对于刚直人格的执意追求。由此可见，诗人赋予草木的思想和性格特征，正是基于诗人自己对现实生活敏锐的观察和感受。无论是对各种草木的赞美或鞭挞，都是为了表达自己对各种人生态度、处世哲学的褒贬，既含蓄深沉又韵味绵长，使读者在品味浓郁诗意的同时，无法避免地认真思索这些严肃的人生课题，从而获得有益的启示和教育。

第三节 "文化大革命"时期的地下诗歌创作

地下诗歌创作是指在"文化大革命"中未能公开发表或出版的，与公开发表的主流诗歌相对峙并产生重要影响的诗歌创作。由于诗歌的作者迫于某种政治原因而转入"地下"写作，并在诗歌的创作观念、创作特征、审美旨趣、审美接受等方面表现出了与当时的主流诗歌迥异的艺术特色，所以在当时甚至相当长的一段时期处于被湮没、被遗忘的潜流状态。绿原、牛汉、穆旦、郭小川等老一代诗人与郭路生（食指）、黄翔、北岛、顾城、舒婷等年轻一代诗人在"文化大革命"时期的秘密写作构成了"文化大革命"地下诗歌的重要组成部分，同时酝酿了新时期诗歌潮流的两条主要流向，即"归来者诗歌"和"朦胧诗"。

"文化大革命"时期，绿原、牛汉、曾卓、穆旦、郭小川、蔡其矫等诗人几乎无一例外地遭受到了政治迫害而被打入社会底层，并被剥夺了写作权利，他们的诗人身份被剥夺而代之以"反革命分子""黑线人物""反党分子"等政治身份，写诗就成了他们秘密的"地下"创作活动。"风在灯塔的上下怒号，天空挤满匆忙逃跑的云"[1]（蔡其矫《迎风》)，道出了他们那一代人在突遭变故后可悲的共同命运，成为现实处境中时代与个人最为形象的一种写照。

绿原等老一代诗人"文化大革命"时期的诗歌，在思想蕴涵方面主要体现出以下几个特点：

首先，表现了受难与觉醒、失望与希望相交织的思想主题，及由此而展开的与命运抗争的不屈的精神，这种主题与新中国成立后十七年延续至"文化大革命"的"颂歌"与"战歌"有着深刻的变异性与不相容性。曾经为新中国欢呼，唱过赞歌的诗人被驱逐出主流社会，经受着现实生活最严酷的炼狱，他们的政治热情与政治理想渐次冷却，理智渐次回升，投身社会的欢欣化为被流放、被掩埋的痛苦和悲凉。在身心的戕害与岁月的静默坚守中，诗人们清醒地看到了与社会宣传完全相反的一面，"看到的都是灰

---

[1] 蔡其矫.迎风[M].成都：四川人民出版社，1984.

暗"[1]，全是丑恶狰狞的现实，而不是红色革命的狂热的颂神激情。诗人们开始了怀疑的思想旅程，对理想、政治、权力、信仰、友谊、善恶等世界的一切进行了拷问，如穆旦的《理想》、绿原的《重读〈圣经〉》等诗就是其中的代表。

其次，他们在对历史、现实与未来的默默思考中，对个人价值与社会悲喜剧有了更为清醒的领悟，投射在诗中，往往凝结成一种将生命置于逆境中的硬汉精神，粗糙、暴烈的强力意志和坚韧、强悍的生命意识。他们的清醒不但伴随着对现实世界深刻的怀疑，也伴随着对（未来）真理世界的渴念，这种渴念在诗中往往转化为对荒诞现实的否定和过往旧梦温情的追忆，创造出一个个与之相对峙的抗争、光明（甚至偶尔柔和）的诗意世界。"为了改造这心灵的寒带／在风雪交加的圣诞夜／划亮了一根照见天堂的火柴"[2]。爱情、友谊、希望永远是受难者的庇护所。它们"不仅点缀寂寞／而且像明镜般反映窗外的世界／使那粗糙的世界显得如此柔和"（穆旦《友谊》）。诗人们用内心珍藏的美、真情、信念衬出了现实的丑恶、冷酷和虚妄。

最后，老一代诗人的这种不屈不挠的信念是与其思想的觉醒矛盾地交织在一起的，诗中常常体现出一种矛盾心态。事实上，尽管他们的政治热情已经在现实的触礁中不断破碎、冷却，但他们仍然是"不死心"的一代人，仍然带着浓重的九死无悔的理想主义色彩，如郭小川、蔡其矫、牛汉、曾卓、绿原等许多诗人。老一代诗人的怀疑与反抗是有保留的，他们对自己曾经深爱的党、对整个社会及其社会体制并不怀疑、反抗，相反，仍然是寄以希望的，而将自己在现实中所遭遇的苦难和不公平的命运更多地归之于某个具体事件、具体政策的错误，或某个具体领导人即权力机构中的佞臣、奸臣的陷害、迫害。诗中"二月的一次雷电""奇异的风""一阵怪异的旋风""黑暗的条状的云"等实际上都凝结着诗人对某一具体变故的深刻记忆和理解。这样，他们就把人生苦难的承受与理解化为对具体事件、具体政策的不解、不平，对佞臣、奸臣的责难和控诉及对贤臣、良臣的期许和呼唤，命运变成了厄运，必然的悲剧化成可能的悲惨事件，怀疑变得犹疑，于是，对人生、命运、历史的思考就停留在与具体化的现实的纠缠中而在某种程度上缺乏或减弱了可能超越的深度和力度。

绿原等老一代诗人的诗歌，在艺术上也形成了独特的风格。他们常以

[1] 蔡其矫. 蔡其矫诗选 [M]. 北京：人民文学出版社，1997.

[2] 绿原. 人生的睿智 [M]. 北京：中国国际广播出版社，1996.

自然之动植物借喻自我人生，这种借喻手法既是诗人处于"地下写作"不得不用的一种"曲笔"，又是一种借物喻人、托物言志的写作手法，它与悠久的中国式的比兴传统可谓一脉相承。其中，充满生命质疑的"树"的形象成为中国新诗在特定时代出现的一个具有特殊意义的意象。在一个万马齐喑的时代可以听到各种"生命树"的怒吼，如"悬崖边的树"（曾卓）、"悼念一棵枫树"（牛汉）、"半棵树"（牛汉）、"老朽了的芙蓉树"（蔡其矫）、"智慧之树"（穆旦）等，树的力度，抵抗外力的坚韧，生命力的顽强，这时获得了诗人灵犀相通的情感认同。"树"成了诗人生存境遇的自况，成了诗人在现实中的形象写照。诗人有意无意地将"树"与"自我"叠合、互化为一体，以树喻人，借树励志。而同时，对"树"的改造、摧残、压抑的外力诸如"奇异的风""二月的一次雷电""满天闪电""飓风""虚假的春天""一声炸雷"等便相应地成了"反面意象"，代表暴力与恐怖的制造者或扼杀生命的刽子手，成为对恶势力的另一种表达。与"树"的表达相似，老诗人还常以动物界的猛禽凶兽来譬喻人生与自我，比如，诗中常出现的"受伤的老狗""华南虎""麂子""鹰""飞鸟"等均成了不屈不挠地反抗压迫的强者形象的化身，这一形象往往充满血泪和伤痛，被贯注了饱满的个人化的感情色彩。总之，树、鹰、虎等的形象，实质上都是在现实政治专制挤压下人的形象的变形与异化，树、鹰、虎等的命运就是人的命运，它们充当了诗人生存困境下与命运抗争的参照和榜样或是与诗人自我的同位一体的幻化和比附。

总之，沉雄阔大的思想境界、丰富凝重的诗歌主题、沉郁悲凉的审美旨趣及自由而充满个性化的艺术风格，使得老一代诗人默默写于"文化大革命"的"地下诗歌"在生成状态和审美旨趣上形成了与"十七年诗歌"、"文化大革命"主流诗歌相对立的局面。这就在一定程度上改变了诗歌欢乐颂的主调和假大空的诗风，拓展了诗歌表现的空间，扭转了自新中国成立以来诗歌的整体美学倾向，预示了诗歌审美变革的即将到来，为新时期的诗歌主潮奠定了其中的一条流向，为新时期的诗歌主潮奠定了一定基础。

青年诗人是"文化大革命"地下诗歌创作的一支生力军，不论从数量还是质量上，他们的创作都构成了"文化大革命"地下诗歌最具实力、成就最高的部分。"文化大革命"期间，散落于北京、上海、贵州、福建、河北等各地的知识青年，重新思考时代人生并开始诗歌写作，他们的诗歌以手抄本、油印本的形式广泛流传。知青插队的所在地还形成了一定的诗歌群落，如"白洋淀诗群""贵州诗人群"等，影响较大的诗人主要有食指（郭

路生)、黄翔、芒克、多多、林莽、北岛、江河、杨炼、顾城、舒婷、哑默等。

　　"白洋淀诗群"是"文化大革命"期间最有代表性的"地下诗歌群"。这是一个以河北白洋淀为聚集地，以北京知青为主体的相对独立的知青诗歌群；同时，它又是一个超越地域概念的广义、开放的诗歌群体，它虽然诞生于乡村，但它的文化之根却在北京，可以说，北京给予了它精神与文化的营养。聚集在这一群落的诗人既包括在白洋淀插队的知青，如根子、芒克、多多、林莽、方含、宋海泉等，也包括留在城里的另一些知识青年，尤以后来聚集在民间刊物《今天》周围的成员为主，如食指、北岛、江河、杨炼、顾城、严力、田晓青、依群、甘铁生等。"白洋淀诗群"与北京青年诗人群之间密切的生活往来与文学沟通，构成了一个里应外合的诗歌圈。这一群诗人的教育背景、文化背景基本相同，他们"生在新中国，长在红旗下"，接受过红色革命的理想教育，是念着"千万不要忘记阶级斗争"的政治戒律长大的一代。他们曾经满怀着拯救全人类的伟大理想，曾经坚信自己是共和国光荣的接班人，代表着新中国的希望，曾经充当过无产阶级"文化大革命"的先遣队，在知识青年上山下乡运动中，他们从革命中心城市转移到了天地广阔但相对边缘的农村。在红卫兵身份向知青身份的转化中，一代青年实质上已经变成了"文化大革命"政治"始乱终弃"的牺牲品，并彻底远离了主流社会与政治中心。在广阔天地的改造中，在"日子像囚徒一样被放逐"(芒克《天空》)的切肤感受中，在理想与现实的强烈落差中，梦想在年深日久的搁置中褪去了当初鲜艳的色彩，希望化成了失望，理想与激情的失落感，对个人前途的渺茫感，被社会抛弃的孤独感、苦闷感，使一代青年在精神与心理上被他们所寄身的时代强行完成了一代人的"成人仪式"，这种"成人仪式"体现了个体的自我的成长，自我的独立和觉醒，它伴随着一代青年对"精神父亲"的背叛，而"知识青年"这一特殊而尴尬的身份标签就是他们为成年所换取的赏赐和代价："不要给孩子带来更多的眼泪，他们没有罪"[1]。其时，他们已经学会用诗歌、用自己的声音为自己申诉，对社会宣判："在血一般的晚霞中，在青春的亡灵书上，我们用利刃镌刻下记忆的碑文"[2]。青年人以自己的诗歌来反抗主流政治，他们的"地下诗歌"创作意味着在政治语境围困下诗性话语突围的成功及人对自身存在艰难寻找的历程。

[1]　芒克 . 芒克的诗 [M]. 北京：人民文学出版社，2009.

[2]　林莽 . 林莽的诗 [M]. 北京：中国妇女出版社，1990.

　　"白洋淀诗群"整体上都表现出了一种现代性的创作追求，由于社会的动荡，他们的诗歌主题体现了对现实世界的诘问与怀疑，对人的存在、灵魂的归宿及个人命运的思考。他们走出了盲目信仰，对时代做出了末日的审判，注定要成为黑暗铁屋中的早醒者与呐喊者。的确，"诗人是报警的孩子"，在一个昏聩的时代，正是诗人敲响了时代的警钟。在艺术上，这一群体是"文化大革命"地下诗歌中现代色彩最浓的一群，他们普遍倾向于现代诗歌技巧，文字凝练，重视内心世界的开掘，大量运用象征、隐喻、通感、蒙太奇、意识流等手法，可以说是现代主义诗歌的一种实验和再生，接续了 20 世纪中国现代主义诗歌的流脉。

　　食指是"白洋淀诗群"中音质出色的歌者，他在"文化大革命"时期的代表作有《命运》（1967）、《鱼儿三部曲》（1967）、《这是四点零八分的北京》（1968）、《相信未来》（1968）、《烟》（1968）、《酒》（1968）等。他的诗真实地记录了一代人的心路历程，是一代人的精神履历，他自身那碎片般的惨烈人生与脉络清晰的诗歌标本成为考察一个时代的活的、诗性的历史档案。他的真诚、他的矛盾、他的清醒与疯狂、信仰与背叛、理想情怀与现实苦闷相交织而成的诗歌精神，使他在更真实的意义上成为一代青年的精神代言人。他的诗歌抒情色彩浓郁，情调忧伤浪漫，语言精致华丽，结构整饬，讲究节奏与格律，富于音乐性，对"白洋淀诗群"的整体风格产生了较大的影响。

　　以黄翔为代表的"贵州诗人群"是"文化大革命"地下诗歌长久被湮没的一群。20 世纪 60 年代中后期，在偏远的贵州高原，一些青年诗人及文艺爱好者经常聚集在一起谈诗论艺，其中有诗人黄翔、哑默（伍立宪）、路茫（李家华）等构成的文学圈子。在"文化大革命"最黑暗的年代，他们曾冒着生命危险，面临随时都会被劳改、监禁、处决的厄运，写下了叛逆者的心声，用诗歌为长满毒素的时代注射了一剂解毒药。时代在试图审判他们的同时也被他们所审判，他们背叛了自己所处的时代。他们是时代的质疑者和审判者。

　　黄翔用《火神交响诗》擎起了暗夜中的一支火炬。他的代表性诗作主要有《野兽》（1968）、《白骨》（1968）、《火神交响诗》（组诗，包括《火炬之歌》《火神》《我看见一场战争》《长城的自白》《不，你没有死去》《世界在大风大雨中出浴》）等。黄翔的诗歌张扬的是一种冲决各种苦难堤坝、奔腾不息的生命力，为了理想甘愿赴汤蹈火的殉道精神，反抗一切禁锢人性和灵魂自由的叛逆精神及争天抗俗的暴烈的猛士精神，这些构成了他的诗歌精神。"我是一只被追捕的野兽／我是一只刚捕获的野兽／我是一只被野兽践踏的野兽／我是一只践踏野兽的野兽"（《野兽》），"即使我只仅仅剩下一根骨头／我也要哽住我的可憎年代的咽喉"（《野兽》）。黄翔诗中反复呈现的是"野兽情结"与"火炬情结"，他不仅撕咬自己的时代，也呼唤"火神"的来临。他举着火炬，自身也化为一团火，在黑暗的世界里燃烧、突围，显示着时代的光芒。黄翔的诗歌总是在并不艰涩的语言中包含有高密度、强震撼力的思想锋芒，在语言的铺陈、音节的跳跃和诗行的转折中，具有一种清晰的音响效果，非常适于朗诵。"贵州诗人群"中，与黄翔的暴烈之美相对照的是哑默的纯情之美，他们代表了"贵州诗人群"审美的两极。哑默在"文化大革命"中写了近 50 首诗，如《鸽子》（1968）、《生活》（1972）、《心之歌》（1972）、《呐喊》（1973）等。他的诗纯美、温情、感伤，带一点梦幻色彩，抒发了对人生的梦想、爱情的得失、青春的困惑。他像一个执着的爱与美的守护者，又像一个精神洁癖者，不让任何现实的丑陋、污浊渗进他的诗歌圣殿。

青年诗人的"地下诗歌"创作以一种潜流的方式构成了"朦胧诗"的源头和前身，二者有同质性与同源性。许多青年诗人后来被公认为朦胧诗潮的代表人物，如北岛、舒婷、江河、杨炼、多多、芒克等，并且，创作于这一时期的许多地下诗作后来成为"朦胧诗"的经典之作。相对于当时的时代而言，其中有相当一部分诗歌在思想内涵及艺术表现上表现了很强的先锋性与现代性。

在一个特殊的境遇中诞生的"地下诗歌"，是整个"文化大革命"地下文学中成就最高、影响最为深远的一种文学样式，它不仅以坚实的文学实绩形成 20 世纪 60 年代以后的中国当代诗歌流向的转折，而且直接开启了新时期以来的诗歌复兴运动，在文学史上具有衔接性和承续性。"地下诗歌"的两股潜流与继之而来的新时期文学潮流取得了思想与艺术的一致性，衍生为两条激流：一条汇入"归来者诗歌"；一条汇入"朦胧诗"。它们重塑了长久干涸、荒芜、变形的中国新诗的诗歌河床，共同构筑了新时代的文学地基，显示出被湮没了的辉煌和不容被遗忘的历史价值，并最终坚强而令人无法忽视地进入了文学史。

第四节　新时期以来的诗歌创作

一、现实主义诗歌的持续发展

新时期的诗歌，大体经历了恢复现实主义传统和多元发展两个阶段。前一个阶段，诗歌创作队伍得到迅速恢复，辍笔多年的诗人重返文坛，开始了新的创作生涯。这一时期现实主义诗歌的代表诗人有艾青、"七月"诗人（绿原、曾卓、牛汉）、邵燕祥、公刘、流沙河等，作品体现出诗人强烈的政治热情和反思意识。这些经历过历史变革而重新"归来"的诗人的歌声中既有因"归来"而产生的由衷喜悦，更有对这段历史误区的深刻反思。"说真话、抒真情"是构成新时期诗歌最初几年的主要景观。根据艾青复出后的第一部诗集——《归来的歌》，这一批诗人常被称为"归来的诗人群"，他们带回了诗歌自身的审美价值。

（一）艾青及其作品

新时期是艾青创作的第二个高峰。在被迫沉默了 20 年后，艾青 1978 年 4 月发表新作《红旗》，标志着诗人重新回到他中断已久的诗的艺术世界之中，"像一枝核桃似的遗失在某个角落——活着过来了"。二十几年的磨砺，使他对现实生活的思考和对人生的理解更敏锐也更精深。艾青新时期的诗歌从思想上可大概分为三类：咏怀诗、哲理诗和政治抒情诗。这些新的诗歌创作保持和发扬了"五四"新文学革命的民主精神和正视现实、敢于说真话的现实主义传统，突破了诗坛数十年的沉闷和诗人以往诗歌创作的局限，力求新颖独到地概括时代精神，融个体小我于人民的大我之中，唱出人民的心声。

艾青在被迫沉默的 20 多年间，深深扎根于人民的土壤，他对现实生活的思考和人生的理解更敏锐、更精深。长诗《在浪尖上》以"四五"天安门事件为背景，深刻而犀利地揭示了产生悲剧的历史原因和社会原因，对"四人帮"的巨大罪行提出强烈的控诉。对于历史题材，诗人也是站在现实的基础上进行审视，在对历史的深沉思考中寻找带有规律性的问题。《古罗马的大斗技场》是他一首借古抒今的著名诗篇，字里行间流露出诗人对时代、对人类社会和对邪恶诅咒的爱憎情感。诗人大胆地喊出亿万人民的心声，大声宣告一个旧时代的灭亡，一个真实的新时代的到来。

艾青的诗保持和发扬了他追求、歌颂光明的品格，是高擎"火把""向太阳"迈进的诗人。新时期的艾青唱的已不再是旧日的歌，1978年的《光的赞歌》也体现着不同于1938年的《向太阳》的思想和艺术光芒，诗歌主题由太阳的呼唤和呼唤太阳转向我们创造光明、我们就是太阳。诗人认为光明属于奋不顾身、前仆后继地追求它的人们。在这首诗中，诗人歌颂了自然之光、民主之光、科学之光、理想之光、生命之光，表达了诗人在新时代到来时的礼赞与欣喜之情。诗人真诚地激励自己加入光明的队伍，与人民群众一道前进。可见，这一时期艾青对光明的歌颂更高昂。

在艺术手法上，艾青新时期诗作的突破与追求主要表现在创造鲜明、独特的艺术形象和对语言的创新精神。艾青的诗不仅内容丰富、深刻反映时代精神和社会生活，给人以深刻的启示，而且通过独特的艺术构思和绝妙的诗歌形象，打开了广阔无垠的艺术天地。他努力地追求"水晶"般单纯和"珍珠"般凝练的艺术风格，即在诗的简约明洁的画面里融入深厚的抒情容量。如他描绘海上奇观："所有的绿都集中起来，挤在一起，重叠在一起"，"突然一阵风"，"原有的绿就整齐地、按着节拍飘动在一起"。艾青的诗歌语言极富新奇的感觉和暗示的色彩，追求挥洒自如的内在律动和节奏；他坚持以口语写诗，同时提倡诗的散文美，充分显示了白话对古文的"散"的破坏力，瓦解了古典诗词的韵律和语境。正如诗人自己的看法："是诗创造了格律，而不是格律创造了诗。"如《慕尼黑》一诗纯用自然流畅的口语写成，清丽明快而又富于象征色彩，意蕴丰富、耐人咀嚼，令人读后难以忘怀。

艾青新时期的诗歌，无论是气势恢宏的政治抒情还是精辟独到的哲理诗，或是意趣幽远的咏忆诗，都在原有风格的基础上有了新的开拓和发展，体现了诗人新的审美追求。

"七月派"诗人1981年出版的20人合集《白色花》是20世纪40年代"七月派"的一个迟来的哀悼，在扉页上写着已逝诗人阿垅的几行诗作为题记："要开作一枝白色花——因为我要这样宣告，我们无罪，然后我们凋谢。"供在祭坛上的白色花，冷冽而又灿烂，归来的诗歌在沉寂中透出感伤的色彩。

（二）绿原及其作品

绿原，原名刘仁甫，1922 年生于湖北省黄陂区，是"七月"诗派的重要诗人。绿原的诗歌创作与"七月派"其他诗人一样恪守现实主义原则，把真实看作是诗的生命。他忠于生活，也忠于诗。他各个诗期的诗作都艺术地反映了历史的和他个人思想的发展进程，诗作呈现出健康向上的情绪色彩，代表作有《童话》《集合》等诗集。绿原在新时期复出后，第一首诗就写道，"诗人的坐标是人民的喜怒哀乐"，"人民的代言人才是诗的顶峰"[1]（《听诗人钱学森讲学》）。十年坎坷沉浮，绿原对祖国对人民深沉的爱和坚定的信念丝毫没有改变，他歌唱自立自强的中国人民，歌唱宏伟蓬勃的社会主义建设事业，充满了时代的激情。绿原新时期的诗作又一特色是将诗情与理念有机地融合，冷峻的思辨色彩与真挚的感情共存一体。《又一个哥伦布》《重读〈圣经〉》等作品都体现了这一特点。在十年浩劫中，绿原遭受了很大的身心折磨，他借用《圣经》中的故事抒发内心的苦涩。用比喻的方法对《圣经》故事中的世道和人物重新进行评价，曲折地反映出他对现实人生的种种看法。在对基督的评说中，我们不但感觉到诗人对受难人的深切同情，更能体味到他的某种隐约的自诉。绿原有着对生活敏锐的感受力、特异的想象力和纯真的感情，使平凡的题材焕发出异彩。1982 年荣获《诗刊》诗歌创作奖的《西德拾穗录》就是一组国际题材的飘逸着浓厚异国情调的佳作。组诗共九首，是诗人以出访联邦德国的旅途见闻和感受创作出的，诗人摒弃以往风光加友谊的套式，而通过独特的风物传达美好的感情，将历史感与时代感有机地结合。如第一首《威利巴德埃森，一座少女雕像》，"你还伏在那里 / 偶尔动弹了一下 / 仿佛不胜羞愤而抽搐"，这种来自诗人对生活的独特体验和他融入其中的独特的审美理想，细腻地传达给读者以新鲜的感觉和巨大的艺术感染。绿原在遣词用字上的仔细斟酌，以现代口语和诗的韵律表现深刻丰富的思想，既给人清新的艺术滋养，又给人以理性的启迪。语言朴素自然、明朗隽永，诗句明白晓畅、舒展自如，使他的诗具有散文美，增加了诗篇的艺术魅力。

（三）曾卓及其作品

曾卓原名曾庆冠，1922 年生于湖北省武汉市，也是"七月"诗派的重要成员。创作于新时期的《悬崖边的树》可以说是诗人们共同的历尽磨难

---

[1] 施中旦，高知贤 . 乐清当代诗词集成（卷 3）[M]. 北京：线装书局，2014.

的人生际遇和充满期待的心境造型。新颖的意向暗示了深镌的含义和幽深的情调，诗人赋予这棵树以活的人格力量："它倾听远处森林的喧哗／和深谷中小溪的歌唱／它孤独地站在那里／显得寂寞而又倔强"。在暴风的冲击下，"它的弯曲的身体／留下了风的形状／它似乎即将倾跌进深谷／却又像是要展翅飞翔……"，将抒情氛围设置在险恶环境中加以渲染和衬托，凸显悬崖边的树超拔强劲、倚世独立的生存姿态。这首诗和《青春》《铁栏与火》等诗一样，诗人在他所创造的艺术世界中直观自身，将战斗的热情传达给读者，正如牛汉所说："他的诗即使是遍体鳞伤，也给人带来温暖和美感。……凄苦中带有一些甜蜜。"另一首杰出的诗作《我遥望》营造了一个秋的意境：年轻时候"偶尔抬头"："遥望六十岁，像遥望／一个远在异国的港口"，六十岁后"有时回头"："遥望我年轻的时候，像遥望／迷失在烟雾中的故乡"。诗中异国的港口与烟雾中的故乡、少年的远游和苍老的回顾的意象对比鲜明，淡然的旷远和沉静的生机，洗却了青春的浮躁喧嚣，达到了艺术的成熟。

（四）牛汉及其作品

牛汉又名牛汀，1923 年生于江西省定襄县。复出后的牛汉保持着七月派广泛性与深刻性相统一的抒情传统，首先发表的作品"大都写在一个最没有诗意的时期，一个最没有诗意的地点"（"文化大革命"期间），却"为我们留下了一个时代的痛苦而崇高的精神面貌"。诗集《温泉》是代表他新时期艺术风格的力作，取材奇特，在描写动植物的诗句中开掘深刻意蕴，寄托诗人的感慨，在理趣与情感交融中真实表现诗人的性格禀赋和审美追求。枯枝、荆棘和芒刺所筑的巢中诞生了振翅高飞的雄鹰（《鹰的诞生》）；《半棵树》被雷电劈掉了半边，却坚韧不屈地挺立；囿于笼中，却从未放弃自由的努力和希望，挥舞着破碎滴血的趾爪，闪动着火焰似的眼睛的《华南虎》，等等，悲剧性的诗歌情绪下流淌着生命强有力的激荡和冲击。牛汉不希望他的诗在成熟和定型中衰老和死亡，而是不断地抛弃旧的，寻找新的，显示了诗人对艺术故步自封的突破和对精神永无止境的探索历程。此外尚有《海上蝴蝶》《蚯蚓和羽毛》《沉默的悬崖》三个诗集。

（五）邵燕祥及其作品

邵燕祥是 20 世纪 50 年代"到远方去"的一代歌手。80 年代出版了 10 余部诗集，从历史和现实社会问题中取材凸显尖锐的论辩色彩，如《含笑向七十年代告别》《迟开的花》《邵燕祥抒情长诗集》等。他的诗多取材自火热的现实生活,常抒写青年人的理想志趣,感情奔放,时代感强。

邵燕祥复出后最初一批作品如《中国又有了诗歌》《历史的耻辱柱》《关于比喻》等体现了面对现实问题,激愤炽热的情绪基调。这种社会性主题转向不表现蕴含丰富的历史内涵,发表了《我是谁》《长城》《走遍大地》等13首抒情长诗。从1981年起,诗人创作了"当代抒情史诗"系列长诗,邵燕祥把几千年的民族历史和人的生存命运交融在一个抒情喻体里,打破了时间与空间的分割,开创了当代抒情史诗的一种新形式。《最后的独白——诗剧片段,关于斯大林的妻子娜捷日达·阿利卢叶娃之死》是系列中的力作,这首表现深邃的历史沉思的诗作中,历史和现实、意识和潜意识的影像互相切割、交叠,"大地这一刻冻死了。天空的泪痕冻成一条一条的暗云。微弱如烛的太阳,在我胸中一寸一寸地熄灭"。诗人将批判的锋芒刺向历史,女主人公的命运昭示了俄罗斯古老大地的也是俄罗斯近代文化的暗喻。另一种风格是长篇组诗《五十弦》对于人生情感的碎片古典式的温婉和痛楚的诉说体现的邵燕祥诗歌创作情感体验中细致幽微的一面,诗中有南国水乡"微凉的雨",有早春黎明的迷惘徘徊,也有夜雨中芭蕉的矜持。《假如生活重新开头》是他新时期的代表性诗篇,写于1979年11月,正当"四化"建设兴起之时。在这转折时期,诗人站在历史的潮头,再一次地呼唤明天,表现了他的胆识、信心和勇气,给人以极大的鼓舞和启迪。诗篇采用直抒胸臆的抒情方式,塑造了一个鲜明的"自我"形象:这个"我"满怀理想、勇于献身、一往无前。诗的结构严谨,韵律和谐,虽然采用自由体写作,但每节行数相同,每行字数相当,自由而不散漫,严整而富有变化感,令人备感亲切,具有很大的感召力。

曾写有"既然历史在这儿沉思,我怎能不沉思这段历史"的公刘,也在这一时期影响广泛,告别了50年代的清新明快、充满青春的激动和火一样的激情喷发,而是将批判锋芒刺进自身,体现出鲜明的哲理性思索特征,凸显着诗人的创作准则:没有灵魂的诗是诗的赝品。新时期出版了《红花·白花》《仙人掌》《离离原上草》《骆驼》《南船北马》等10部诗集,在《〈白花·红花〉后记》中诗人说:"诗应该是诗人的血",奉献给读者的每一首诗,都是"对自己不断施加压力'挤'出来的一杯胆汁"。面对昨天沉重的记忆、今天严峻的考验和明天紧迫的召唤,诗人在经历过20多年的放逐岁月后,一方面在回顾中剖析往昔,在思索历史中拷问自己,"我们每一个'现在',都被割成两半：一半顾后，一半瞻前"。同时在沉思中寄予未来，《离离原上草·自序》中："过去了的三十年，竟有一半的时间我被驱赶于流沙之中；生命为大饥渴所折磨，暗哑了"；但是"流沙覆盖着的下层依旧有沃土膏壤"，多情的歌声"并未弃我而去"。他的《哎，大森林！》："分明是富有弹性的枝条呀，分明是饱含养分的叶脉！一旦竟也会竟也会枯朽？一旦竟也会竟也会腐败？我痛苦，因为我渴望了解，我痛苦，因为我终于明白——／海底有声音说：这儿明天肯定要化作尘埃名。假如今天啄木鸟还拒绝飞来。"诗句中倾注了强烈的忧患意识，进而增强了现实主义的张力，体现了诗人强烈的政治使命感所闪烁的思想光芒和社会价值。诗歌功能由配合向思考的转换，意味着颂歌传统时代性的完结。在艺术上，诗人认为构思"乃是一个最单纯最有共性的思想和一系列最有个性特点的形象相结合的过程"，这一过程始终需要诗人的想象力和独创性，由大量的排比句式构成的"大哭大笑"的宣泄方式表现着痛苦的冷峻的情感基调，奇特的想象构造出独特性的诗歌意象，并且通过复杂的意象暗示或象征比喻的方法开启读者的心扉。公刘还在诗歌理论的建设方面取得一定成就，出版了《诗与诚实》《诗路跋涉》《乱弹诗弦》《谁是二十一世纪的大师》4部诗学论著。

（六）流沙河及其作品

　　流沙河是"归来者"中另一个引人注目的诗人。他复出后最初奉献给诗坛的多半是一些写于逆中的作品。他集中地创作了一系列反思民族的灾难史和归来主题的优秀诗作，先后出版了《流沙河诗集》《别故园》《游踪》等数部诗集，较有影响的诗作有《故园九咏》《情诗六首》《草木新篇》《老人与海》等。《归来》流露着人生浓重的失落感："我回来了，我回来了，我活着从远方回来了！远得就像冥王星的距离，仿佛来自太阳系的边缘。"诗中的幸福感浸透着苍凉与悲哀，但毕竟是命运的凯旋和历史的进步。流沙河的作品在表现严肃的历史主题和普遍的人生课题方面多有别具一格的角度，他的作品在题材的开掘上注重传达个人经历过的独特感情，诗人真诚地恪守着"为国家民族放声呼号"的信条，诗句间闪烁着理性的光辉，流淌着浓郁的感情和诚挚的诗思。诗风平实而含蓄、严肃而诙谐，即使在表现大悲大喜时也不失其端庄安详。以调侃自嘲的语调描写相依父子苦中作乐的《哄小儿》一首感人至深、催人泪下，在恶劣环境下的父子温情和生存的自尊是那么的具有震撼力。流沙河还致力于新诗的理论建设，发表了大量的有关诗歌创作技巧的理论文章，先后结集出版《写诗十二课》《十二象》等。

二、朦胧诗的崛起

新时期诗歌运动最重要的事件是"朦胧诗"的崛起。因这一青年诗人群的集结及向传统的冲击和对现代诗艺的追求，新时期诗歌出现了第一次最有革命意义和影响性的浪潮。以谢冕为旗帜的新派批评家把这股应运而生的现代诗潮称为"新诗潮"。新诗潮是中国社会发展一个特殊时代的产物，它以长达十年的"文化大革命"浩劫为背景，它的诗凝聚着对于当代社会灾难的严峻反思和批判精神。但作为艺术思潮，它更是对于中国新诗自 20 世纪 50 年代以来形成的艺术一体化的反思，它的出现宣告了对以往限定的艺术规范的冲破。创作"朦胧诗"的青年诗人，摆脱了传统观念的囿限，广泛吸收西方现代诗歌的营养，他们强调表现自我，注重个人内心感觉抒发。他们的作品追求意象的象征性和意蕴的不确定性，具有浓重的现代主义色彩。1980 年《诗刊》第四期发表章明《令人气闷的朦胧》，首次将此类作品称为"朦胧诗"。"朦胧诗"的作者群中影响最大的是号称"新诗三杰"的舒婷、顾城和北岛，此外还有江河、芒克、多多、王小妮、梁小斌、杨炼、傅天琳等。

尽管"朦胧诗"潮本身就是一个众声喧哗的群体，但它们毕竟存在一个共同的支点，那就是对于旧时代的反思和批判及对已成颓势的传统艺术规范的反抗和革新。"朦胧诗"对于人性复归的呼吁与诗人主体意识的树立与增强互为表里。这股新诗潮断然拒绝诗服膺于现代迷信的矫情，它无声地倡导驱逐轻浮的"欢乐""昂扬"之后的沉郁诗风。因为失落而使它充满悲凉，因为反思历史而使它满含苦痛，于是它被误读为迷惘的一代。而事实上，新诗潮代表的是黑暗中寻求光明的具有使命感的一代，不过这种寻求因艰难困苦而拥有超乎寻常的沉重。梁小斌的《雪白的墙》和《中国，我的钥匙丢了》正是因此而成为最能代表一代人生发于特殊年代复杂情怀的诗篇。《雪白的墙》是幼小心灵对于肮脏年代的追悔，表达了晴空下纯洁的信念。《中国，我的钥匙丢了》的主题则是对于无可名状的失落的追寻。骆耕野以《不满》一诗引起注意，他的《沉船》《沸泉》《车过秦岭》都体现出热烈的反思历史的精神。

20 世纪 80 年代，"朦胧诗"的崛起伴随着无尽的纠缠、谴责或批判，然而终究未能摇撼坚定的艺术实践。"朦胧诗"填充了新诗史上的最大的一次断裂，它使"五四"开始的新诗传统得到接续和延伸；它结束了长期以来新诗向着古典的蜕化，有效地修复和推进业已中断的新诗现代化进程；以开放的姿态面对世界，由此开始了艺术多元发展的运行，它恢复了中国诗歌的生机，也促成了反对自身的力量。20世纪80年代中期，迅速发展的新诗潮登上了峰巅，由此爆发了一场声势浩大而又迅猛的"诗的哗变"。

（一）北岛及其作品

北岛（1949—），原名赵振开，北京人，祖籍浙江湖州。他是"朦胧诗"最重要的代表诗人，创作的诗集主要有《太阳城札记》《北岛诗选》《旧雪》等。北岛以旧时代和"旧"诗的挑战者的姿态出现在人们的视野中。他的诗以怀疑的精神构成了严峻深邃的风格。尽管北岛的诗流露出悲剧色彩，但从根本上来说，他的怀疑和否定不是盲目的，不是导向虚无主义和宿命论，而是在人民觉醒的历史关头对转折的预感和呼唤。因而绝望与这位抗争的诗人无涉，他的最重要的品质是迷途中坚定的前行，及面对现实宣判的勇敢而不妥协的回答。

北岛的诗作体现着自己独特的艺术个性和深邃的思想纬度：

第一，他的诗歌从总体特征上基本可以概括为象征诗。北岛在20世纪80年代初接受西方现代派文学影响，他通过所倾心的意象的组接和叠加，撞击和转换，通过所谓的超越时空的蒙太奇的剪接，成功地将一个理想的艺术世界呈现在读者面前。民族文化传统、时代的哲学氛围、沉重的生活现实及北岛本人的生活遭遇，决定了对荒谬现实的批判和对理想生活的渴求成为他的诗歌的两大主题。他的诗歌基本是由两组对立因素构成的象征情境。他用这些象征性诗歌形象再真实不过地传达出了一个充满着压抑感的生活氛围，也表现了重压之下，生存意愿和发展要求仍然存在着的人对苦难现实的心理反叛。

第二，艺术手段上，象征、隐喻的运用迫于环境险恶的不得已，基本上呈现出比照性的描写。通过象征、暗示，诗人的主观境界过渡到了诗的世界。象征作为一种艺术方式，在北岛的诗里被普遍运用，表明了诗人丰富的再造性想象力。

第三，由于心理感受的真实的外像化，北岛的诗歌染上了一层阴冷的色彩，给人以冷峻凄怆的感觉。如《走吧》冷色调的意象，给诗带来一种悲壮的色彩："走吧／落叶吹进深谷／歌声却没有归宿／走吧／冰上的月光／已从河床溢出／走吧／眼睛望着同一块天空／心敲击着暮色的鼓／走吧／我们没有失去记忆／我们去寻找生命湖／走吧／路啊路／飘满红罂粟"。"走吧""走吧"二字形成了诗的复沓的主旋律，表现了"路漫漫其修远兮，吾将上下而求索"的奋进意志。抒情主人公寻找"生命的湖"，然而，这"生命的湖"就犹如那遥远的地平线一样，总在前方引导你，变成一种神奇的力量驱使你，催你去寻找和接近。北岛诗歌的阴悒的冷峻虽不是象征主义的直接感染，但他却从生命感受这一共同层次上验证了现代主义艺术的本质。

他的具有经典意义的作品是《回答》，写于1976年"四五"运动期间，诗中展现了悲愤之极的冷峻，以坚定的口吻表达了对暴力世界的怀疑。诗篇揭露了黑白混淆、是非颠倒的现实，对矛盾重重、险恶丛生的社会发出了愤怒的质询，并庄严地向世界宣告了"我不相信"的回答。诗中既有直接的抒情和充满哲理的警句，又有大量语意曲折的象征、隐喻、比喻等，使诗作既明快、晓畅，又含蕴丰厚，具有强烈的震撼力。

（二）顾城及其作品

顾城（1956—1993），北京人。出版有诗集《舒婷顾城抒情诗选》《北方的孤独者之歌》《黑眼睛》《顾城童话寓言诗选》等。顾城以纯洁的心感知世界，追求纯净美，新生美，被人们称为"童话诗人"：

第一，他致力于营造自己的童话世界。他的诗总是以一个"任性的孩子"的固执去憧憬美，去建造一座诗的、童话的花园，一个与世俗世界对立的彼岸世界，并以此来表现他对人类精神困境的"终极关怀"。可爱的童贞、执着的梦幻是他的诗经常表现的内容。他的诗歌，如《在夕光里》通过两个小孩天真活泼的戏耍，使纯洁无瑕的童心在夕阳的光照里像透明的水晶球一样熠熠生辉，给人美丽的回味。这种呈现童话般清纯的诗多是顾城早期的作品。

第二，他的童话世界总是十分遥远、渺茫。它表现了困惑之中的现代人对生命价值探询的努力，或许也可以使惶惶无着的内心暂时获救，得到安顿。但是，这个精神的"憩园"并不牢固和安妥。因而，在顾城诗的谣曲般轻柔、宁静、和谐的"童话"中，也存在骚动与不安。顾城无疑意识到自己这种追求的孤独，甚至无望，但绝不想轻易改变自己的信念，如诗作"黑夜给了我黑色的眼睛，我却用它寻找光明"（《一代人》）。简洁的意象，表达了整整一代人的痛苦的反思和百折不挠的探索精神，也体现了一代诗人的重要精神特征。

第三，顾城的诗还善于捕捉瞬间印象，《雨行》《泡影》《远和近》等是这方面的代表作。特别是《远和近》："你，一会看我，一会看云。我觉得，你看我时很远，你看云时很近。"利用"你""我""云"三者之间客观和主观距离的反差，表现了由瞬间感受引起的人与人之间的隔膜、戒惧心理，及人对自然的原始亲近感。这既是对"文化大革命"造成的畸形的人际关系的否定和批判，也可以看作是诗人对人类普遍存在着的孤独感这一生存状态的诗意概括。

《生命幻想曲》是顾城一首著名的诗作，是他12岁那年，随着被流放的父亲从大都市到了山东北部的一个荒滩上放猪，用手指在水边的沙滩上写下的。"没有目的／在蓝天中荡漾／让阳光的瀑布／洗黑我的皮肤／太阳是我的纤夫／它拉着我／用强光的绳索"。这首诗固然流露了一个被社会无故遗弃的少年无所归依的凄凉感，但更是处处表现了一个幼弱生命对于世界的超验感觉。诗中所蕴含的基本主题，它所呈现的对外部世界的直觉能力，及投身于大自然怀抱之后产生的温情，在顾城以后的作品中得到不断的重现和发展。

（三）舒婷及其作品

舒婷（1952—），女，原名龚佩瑜，福建厦门人。"文化大革命"期间曾在闽北山区插队，1972年返城，做过泥水工、浆洗工、挡纱工、焊锡工等，1980年年底调福建文联。著有诗集《双桅船》《会唱歌的鸢尾花》《舒婷顾城抒情诗选》等。舒婷的诗形成了自己独特的风格：

第一，舒婷的诗委婉表达自己的人生理想。她的诗一反多年来诗歌创作"假、大、空"的公式化、概念化倾向，诗中没有干巴巴的政治说教和千篇一律的媚俗之语。她忠实于自己的感受，用真挚的情感化为诗句来拨动读者的心弦，带给人们耳目一新的感觉。

第二，舒婷的诗歌表达了对时代和社会生活中某些重要问题的关注和思考。她的诗歌以独有的忧伤感，及对祖国、对人民炽热深厚的爱而感染了一个时代。《海滨晨曲》表现了痛苦年代一部分青年人的苦闷和思考，真切地表达了人民的心声;《祖国呵，我亲爱的祖国》创作于1979年，正值我们国家冲破种种阻力，实施"四化"宏伟蓝图之际。诗篇通过对祖国贫穷、落后的历史和现状的描写，倾诉了诗人内心的痛苦和欣慰，表达了为祖国献身的崇高理想。

第三，舒婷的诗具有很强的探索精神。她广泛吸收中外名家的艺术手法，在修辞、段式、构思等方面都有西洋诗的痕迹。她的诗形象、感情与哲理常常结合在一起，使诗的意境更加深远而优美，诗的天地更为广阔。

舒婷的代表诗作《双桅船》和《致橡树》。在《双桅船》中，诗人描写了一艘双桅船向连绵的海岸倾诉自己的情思，通过双桅船与海岸的分别、结合，再分别、再结合的相互依存关系，揭示出了一种人生哲理。昨天我们刚刚分离，而经过一天的航行，你我又在这里相聚，明天经过海浪的洗礼，双桅船又将战胜风暴的阻力，在另一个纬度回到岸的怀抱中。海岸是双桅船能够得到休息与爱抚的地方，经历了与惊涛骇浪的搏斗之后，谁不希望有一处静的港湾在等待着自己；但海岸同时又是双桅船下次航行的起点，双桅船有它自己的使命，它要航行就必须辞别海岸而去。双桅船与海岸之间永远无法改变这种彼此依恋，但又不得不分离的命运，从中我们似乎可以悟到，双桅船是我们每一个人或是整个人类的象征，我们依恋温暖、幸福的港湾，但要前进就不得不舍弃平静的生活、温馨的家庭，只有在风浪的颠簸中我们才能成熟起来；只有经历了苦涩，曾经拼搏奋斗过，才能知道什么是真正的幸福和甜美。但是在我们奋斗拼搏获得成功之后，我们能够想到的第一个念头就是——回家，回到那平静的港湾。在某种意义上，双桅船的心境正是我们许多人共同的心境。

《双桅船》中"船"和"岸"的多重象征性含义。作为舒婷"朦胧诗"的代表作，追求意象的象征性和意蕴的不确定性，《双桅船》是其突出的艺术特色之一。诗篇中的"船"和"岸"两个主要意象，即有多重不确定的象征性含义。那么，这双桅船指的是什么，那海岸又是代表什么呢？你不妨把它们假设为一对热恋中的情人，而《双桅船》也就可以说是一首情诗。但这海岸又实在不只是两位情人的代表，它似乎还象征着某种比情人更为阔大深厚的事物，你甚至可以说它象征着祖国、民族，及其他许多令人起敬的东西。另外，假如我们不一定要把它具体归结为某一种事物，而只是说这首诗表达了诗人对一种远比自己更加博大深沉的力量的钦慕、呼唤和追求，是不是也同样可以呢？无论是对一个饱经历史颠簸的民族来说，还是对一个在持续的风浪和动荡时期里成长起来的姑娘来说，这样的钦慕和呼唤都是非常自然的。在某种意义上甚至可以说，双桅船的心境正是我们许多人共同的心境。也许正是这一点，使这首诗对历经劫难的中国人——无论老少——都产生了吸引力。

《致橡树》是一首大胆的爱情宣言。它真挚的感情曾拨动了无数读者的心弦。诗的抒情主人公是一个真诚、坦率，个性鲜明的"我"，而"橡树"在这里则代表"我"的爱人。诗人以"凌霄花"和"橡树"的关系比喻依附的爱情，以痴情的"鸟儿"和"橡树"的关系比喻从属的爱情，以"泉源""险峰""日光""春雨"和"橡树"的关系比喻陪衬的爱情。这些，都不能为她所接受，因为她所追求的是独立的个性，平等自主的爱情："我必须是你近旁的一株木棉／作为树的形象和你站在一起。"这个前提决定了爱人之间各自完整的个性："你有你的铜枝铁干……""我有我红硕的花朵……"决定了同甘苦共患难的生活原则："我们分担寒潮、风雷、霹雳／我们共享雾霭、流岚、虹霓"。由于各自独立的性格，使彼此"仿佛永远分离"，又由于共同的信仰，共同的经历，使他们"却又终相依"。这既是诗人的爱情理想，也包含着她对高尚人格、自我价值的追求。历史的苦难遭遇使年轻的诗人无法再轻易认同来自他人的"理想"和"道德"，他们的自我意识生成于个人的体验和思考中，当一切都从个体生存中剥离之后，他们唯有依恃自我的独立意志，才能走向精神的新生。这首诗以比喻为主要手段，诗人善于运用形象来表达思想感情。在整首诗中，比喻不是语言的装饰，而是才情与感受力的自然流露，具有很强的感染力。

第六章　当代文学——戏剧

第一节　当代戏剧发展概述

20世纪初话剧作为一种舶来品引进中国，经过现代30年剧作家们的努力实践，逐步成为中国新文学中的重要组成部分，尤其是欧阳予倩、洪深、田汉、曹禺、夏衍、郭沫若、老舍等人在话剧中国化方面做出了杰出的贡献，极大地推动了中国话剧事业的发展，为当代话剧的进一步拓展奠定了坚实的理论和创作基础。当代话剧紧紧衔接着现代阶段取得的成果继续向前发展，除了继承现代话剧以现实主义为主流、具有鲜明的时代性、战斗性外，更体现出当代开放性的多元创造和收获，随着政治形势、历史条件的变化，在新中国"十七年"、"文化大革命"时期、新时期及最近十年又体现出不同的话剧发展特点和面貌。

新中国1949—1966年间的话剧创作主要继承了中国话剧的现实主义传统，力求反映新时代，表现新人物。由于政治、历史条件的影响，1949—1966年间的话剧体现出更加强烈的功利性和战斗性。当时戏剧创作队伍主要包括两部分，其中一部分是"五四"以来就已取得相当成就的剧作家，如郭沫若、曹禺、田汉、老舍等，他们在现代文学阶段已经享有盛誉，在新时期仍然笔耕不辍，又在历史剧方面取得了新的成就。另一部分则是50年代出现的胡可、陈其通、王炼、崔德志等青年作家。总体而言，这一时期的历史剧成就较高，如田汉的《关汉卿》《文成公主》、郭沫若的《蔡文姬》《武则天》、曹禺等人的《胆剑篇》等，这些历史剧为以后的创作积累了丰富的经验。而该阶段反映现实生活的成功之作较少，其中老舍的《茶馆》是这十七年间现实主义戏剧中的优美收获，被誉为中国话剧的"经典"和现实主义话剧的高峰。

　　"文化大革命"时期，话剧创作方面一个独特的重要现象是对革命样板戏的大力提倡，"样板戏"成为当时官方主流意识形态的文艺宣传工具，也成为以江青为首的政治集团用以排斥其他正常艺术样式存在的政治手段。因此有学者指出，"样板戏"不仅是"文化大革命"时期最引人瞩目的文化现象，而且大概也是人类文化史上一个极为特殊的畸形文艺标本。当时最著名的八大样板戏是京剧现代戏《沙家浜》《红灯记》《智取威虎山》《海港》《奇袭白虎团》和芭蕾舞剧《红色娘子军》《白毛女》及交响音乐《沙家浜》。

　　到"文化大革命"结束时，"样板戏"的数量已经增加为18个。江青在一篇题为《欢呼京剧革命的伟大胜利》中指出："样板戏"不仅是京剧的优秀样板，而且是无产阶级的优秀样板，也是无产阶级"文化大革命"各个阵地上"斗、批、改"的优秀样板。在这种政治规范下，"样板戏"表达了艺术本身的审美价值，而担负起特殊的政治使命，而且从中抽象概括出来的文艺创作原则也成为裁决其他样式文艺创作标准，从而以强势政治话语取代了文艺自身的内部独立话语。

　　在时代的巨大变革中，新时期戏剧文学起步了，并休现出与社会思潮的走向接近同步的趋势。反思性与探索性构成了新时期20多年来戏剧文学的两大基本特征。总体来说，新时期戏剧文学经历了复苏、徘徊、探索和调整的过程，也经历了从确立以"人"为表现中心到深入开掘"人的心理"、寻找和批评"民族文化心理结构"的内容演化过程。这一时期的戏剧大胆吸收外来戏剧特别是西方现代主义戏剧的优秀成果，以广泛多样的形式表现尖锐深刻的主题，形成了积极探索的发展热潮，逐渐从审美的单一走向多元化。戏剧思潮和理论争鸣也空前活跃，涌现出一批优秀的中青年剧作家、导演，表演艺术家，戏剧舞台异彩纷呈。

　　20世纪90年代以来，在承接以往戏剧成就的基础上又出现一些新的特点，其中戏剧舞台上的名著改编成为当下热门话题。北京人艺近年来上演了曹禺三部名剧，其中《日出》《原野》与原著相比改动较大；林兆华导演的莎士比亚戏剧《理查三世》运用了较多创新的艺术手法。大师们留下的经典剧目纷纷被改编、创新，再创造过程中注重感情的表达，这一现象在最近十年的戏剧领域中占有重要地位。"孟京辉戏剧"也在近年来的戏剧领域发挥了重要影响。他的代表话剧有《恋爱的犀牛》、根据马雅可夫斯基作品改编创作的话剧《臭虫》及著作《先锋戏剧档案》等。孟京辉戏剧在剧本创作、音乐及结构的安排上都获得了一定程度的美学突破。

第二节　新时期以来的戏剧创作

　　1977 年至 1980 年前后，新时期话剧进入复苏阶段。围绕着"人的重新发现"这一主题，话剧文学首先开展了对"文化大革命"十年的反思和批判。金振家、王景愚的《枫叶红了的时候》，苏叔阳的《丹心谱》，宗福先的《于无声处》等是这方面的代表作。党的十一届三中全会的胜利召开，使话剧创作从揭露、批判进而转入反思，这一时期，现实生活中的拨乱反正、解放思想、厉行改革、振兴经济等一系列重大课题都在创作中得以表现。沙叶新的《陈毅市长》，宗福先、贺国甫的《血，总是热的》，梁秉坤的《谁是强者》，中杰英的《灰色王国的黎明》等以其思想的敏锐、题材的切中时弊而在广大观众中引起强烈反响。这些剧作基本延续了现实主义的创作方法，对易卜生、斯坦尼斯拉夫斯基的创、表、导体系多有借鉴。随着"四化"建设的不断推进，社会生活中出现了大量亟待解决的问题，因此在新时期戏剧中开始出现对现实生活问题进行思考的作品，如赵梓雄的《未来在召唤》、邢益勋的《权与法》、赵国庆的《救救她》、崔德志的《报春花》等。尽管这些被称为"社会问题剧"的剧作仍存在反映现实生活不够深刻，有明显时代局限等缺陷，但却给读者以很大的启发，在社会上引起了强烈的共鸣。其中最具代表性的剧作家是苏叔阳、沙叶新、崔德志等。

　　苏叔阳（1938—2019），河北保定人，新时期剧坛涌现出的卓有成就的新人，代表性作品主要有话剧《丹心谱》《左邻右舍》《家庭大事》《太平湖》，电影剧本《夕阳街》《盛开的季节》《春雨潇潇》《密林中的小屋》及长篇小说《故土》等，出版有《苏叔阳剧本选》。《丹心谱》创作于 1978 年年初，是苏叔阳的代表作，也是新时期出现较早的一部反映知识分子同"四人帮"做斗争的剧作。作品描写在周恩来总理提出的实现四个现代化宏伟目标的鼓舞下中医泰斗方凌轩为振兴祖国的医药事业，积极从事"03"新药的研究工作。剧本不仅反映了家庭亲属及朋友之间的矛盾冲突，也反映了"文化大革命"末期革命力量和反革命力量的激烈较量，实质上构成当时整个社会斗争面貌的缩影。作家对这场斗争的表现，准确把握了在特定历史环境下矛盾斗争的特点，着重描写不同人物之间的灵魂交锋。正气凛然的方凌轩与自私卑鄙的庄济生灵魂上的殊死搏斗贯穿全剧始终。剧情的发展、矛盾的激化、高潮的出现，都是以人物思想感情的冲突为基础展开的，这符合当时的生活真实，更有利于深刻反映社会本质问题。

该剧坚持现实主义原则，从生活实际出发塑造人物形象。无论是正面人物或是反面人物，都尽量避免公式化、概念化、脸谱化的倾向。方凌轩是作者歌颂的英雄人物，但并没有将他人为地神圣化。方凌轩作为经历了旧社会的老知识分子，他受到共产党和政府的支持关怀，为了人民的健康而勤恳从事科研工作。当"四人帮"企图从他主持的新药研制课题开刀来实现诬陷打倒周恩来总理的罪恶目的时，方凌轩一下子被推到了矛盾聚结的中心位置。面对险恶的形势，他没有畏惧，不曾退缩，没有为求得自身晚年的安稳而屈服妥协，而是正气凛然地与之斗争。但他本身是缺乏政治斗争经验的，用公开贴《方凌轩启事》的方法，决心把冠心病的研究是否为城市老爷服务的问题辩论清楚。这种斗争方式显得书生气十足。在真正认清了斗争的实质后，他的政治觉悟上升到新的高度，这时作家没有让他采取超乎寻常的壮举，做出轰轰烈烈的行为，而只是写他用自己力所能及的方式进行了适当的斗争。在高压、恐吓面前，他无所畏惧地坚守自己的科研阵地，在荣誉和地位引诱面前毫不动心，拒绝把自己的科研纳入为"四人帮"阴谋活动服务的罪恶轨道。方凌轩不是按英雄模式塑造的英雄，而是生活中的真实英雄。此外，剧作极力鞭挞了反面人物庄济生，作家没有人为地丑化和夸大这个人物，而是以生活本身为依据如实描写。

对这个典型的投机家、野心家，剧作通过真实而又典型的细节将其落落大方、通情达理的虚伪面纱小心揭下，从而充分暴露出掩藏其下的肮脏灵魂。但庄济生一开始并不是一个反面角色，作家从生活实际出发，描写了他走向反面时思想性格所发生的变化。在风平浪静的和平岁月里，庄济生不仅安分守己，而且颇有人情味，他对老丈人方凌轩恭顺敬重，对妻子温存体贴，与家人相处和睦。围绕科研的斗争刚发生时，他劝诱方凌轩听从"四人帮"的旨意遭到拒绝，上司又对他施加压力，这时他内心也发生了激烈的矛盾和痛苦。随着斗争的激化，为了保全自己、保住乌纱帽，他终于心甘情愿地充当了"四人帮"的走狗，不仅对坚持正义的老丈人和妻子加以陷害，视亲人为仇人，而且参与诬陷周总理的罪恶活动。作家以现实主义笔触描画的庄济生形象颇有深度，使我们看到了"文化大革命"时期那一类反派人物滋生的思想根源。

《丹心谱》在构思上也很有特点。剧作以方凌轩的家庭为纽带，以老丈人与女婿之间的冲突作为主线编织各种人物的关系。剧中人物个性色彩鲜明，戏剧情节并不复杂，但人物之间的矛盾冲突却激烈尖锐，特别是灵魂的搏斗令人瞠目结舌，扣人心弦，惊心动魄，给观众带来强烈的思想震撼。

沙叶新（1939—2018），回族，江苏南京市人。主要作品有《陈毅市长》《马克思秘史》《寻找男子汉》等剧。其中，《陈毅市长》荣获 1980—1981 年全国优秀剧本奖和 1980 年全国少数民族文学创作奖。

《陈毅市长》取材于解放初陈毅任上海市市长期间的感人事迹，从当时那种复杂的历史背景和特殊的典型环境中，突出表现陈毅"对经济建设的巨大热情，对人民生活的深切关心，对各界人士的真诚团结，对干部作风的严格要求，及自己对党风党纪的身体力行"，以此启示和激励人们重新认识和发扬在十年浩劫中遭到践踏的这种伟大精神，并把它化作推动社会前进的巨大动力。剧作在历史、现实和未来的扭结中，揭示了具有鲜明时代特征的深刻主题思想。

首先，《陈毅市长》成功地塑造了陈毅的光辉形象。陈毅既是一位伟大的无产阶级革命家，又是一个有独特思想、鲜明性格和丰富情感的普通党员。作品通过描写他对国民党留用人员、对资本家、对知识分子、对工人、对干部，及对自己的亲属等各种对象的态度和言行，惟妙惟肖地表现了他处处以党的利益和党的政策为重的崇高党性原则，同时描绘了他能够根据不同对象的思想性格特征对症下药，把握了既团结人又教育人的卓越的领导艺术。作者还紧扣陈毅的性格特点——赤诚、坦率、幽默来加以深入刻画，写他对同志、对朋友、对亲属都是赤诚相待，而对自己又是严格要求，严于律己宽以待人，做到了党性与个性的统一，从而表现了他对党的事业一片赤诚忠心。其中第七场出色地刻画了他对军长童大威和新闻处副处长魏里的态度和言行：敌机来轰炸，负责防空的童军长所属的八门高射炮竟有六门没打响，造成了严重损失。陈毅对童大威的批评十分严厉，"我且问你：你有几个脑壳？嗯？"然而，当上级询问此事，真要给童大威军法制裁时，他又站出来主动承担了部分责任以此保护干部，使这员虎将感动得流下眼泪。新闻处副处长魏里在报道中把敌机轰炸击中的目标也报了出去，客观上等于向敌人提供了情报，这使陈毅火冒三丈，怒发冲冠，把魏里训得浑身发抖。但当他得知魏里是一个非党员干部时，就感到自己的批评有点过分了，于是便非常恳切地向魏里道歉，鞠躬认错的举动使魏里感动得落泪。诸如此类动人情节的选取和刻画，使陈毅那种光明磊落的胸怀，诚恳谦逊的美德，对党风党纪身体力行的崇高风范，得到了富有个性的生动展现。剧本多层次、多侧面地刻画了陈毅对人民的高度责任感和崇高的道德品格。《陈毅市长》为革命家形象的塑造提供了学习借鉴的成功经验。

其次，《陈毅市长》具有独创的结构形式，这也是它的重要成功之处。作者突破了"一人一事"的传统形式，采用"冰糖葫芦式"的戏剧结构，把戏写得波澜起伏，跌宕有致。全剧没有一个贯穿始终的中心事件和冲突，十场戏穿插了十个小故事，以陈毅这个中心人物穿引各场。该剧中每场戏都是一个独立发展的单位，有独立的故事情节和矛盾冲突，从这一点来看它采用的完全是传统结构形式。但各场之间又是连贯一气的，这集中在一个人物身上，共同完成表现陈毅如何当市长这一总情节总主题。分场来演，像一出出折子戏，合起来演，又有完整的戏剧感。这种结构形式，打破了古典主义"三一律"所强调的时间、场景和动作的一律，近似布莱希特式的戏剧结构。可以说，《陈毅市长》别出心裁地把传统的亚里士多德式戏剧结构和布莱希特式戏剧结构加以结合，并且取得了比较成功的效果。

最后，《陈毅市长》的成功还在于它体现出独创的喜剧风格。过去的喜剧一般只表现反面人物，中间人物或地位低下的小人物，而不表现崇高的英雄人物。新中国成立以来描写老一辈革命家的作品以正剧为多。沙叶新大胆突破了传统的喜剧观，用喜剧手法塑造陈毅这样一个无产阶级革命家的伟岸形象。这种艺术上的革新和创造，是从生活出发的，因为现实生活中的陈毅本来就是一个风趣幽默的活生生的人，在他身上喜剧与崇高有着完美和谐的结合。因此，作者完全有可能用喜剧手法表现他的感人事迹。如在第三场（与资本家太太）、第四场（与年轻的女售货员）、第六场（与老丈人）等场面中，运用有趣的误会、夸张的情节、诙谐的语言等喜剧手法，使具有喜剧性格的陈毅卷入到喜剧性冲突中去，取得了寓庄于谐的艺术效果。在第三场中，资本家太太误以为陈毅是一个资本家老板，陈毅将错就错，承认自己是一个大老板，同这位资本家太太在融洽气氛中交谈，宣传了党的政策，消除了她对党的戒心，达到了"要资产阶级受我的影响"的目的。第四场中与年轻女售货员的误会则表现了陈毅对经济建设的极大关怀和支持。作者赋予陈毅形象一定的喜剧色彩，目的并非纯粹为了取笑，而是为了在达观开朗的笑声中展现陈毅的革命乐观主义精神和平易近人、和蔼可亲的品格，给人一种亲切感和贴近感，使陈毅的形象在观众心中留下更清晰、更深刻的印象。

崔德志，黑龙江青冈人，20世纪40年代开始文学创作，50年代后致力于话剧创作。1954年，他创作的《刘莲英》曾获全国独幕剧一等奖。此后他又创作了《时间的罪人》《爱的波折》《生活的赞歌》《韩巧苓》《春之歌》等剧本。创作于1979年的《报春花》标志着作家在现实主义道路上的新迈进。

作为一部社会问题剧，《报春花》之所以引起强烈的社会反响，正是因为它及时反映了现实社会普遍存在而又急需解决的问题，即必须彻底清除"血统论""唯成分论"极"左"思潮流毒对人们的影响，从而进一步解放人的灵魂，解放生产力。多年来推行的阶级路线使人们特别是一部分领导干部习惯以出身、成分去判定一个人品质的好坏，这使许多青年受到不公正的待遇，甚至遭歧视受迫害。"文化大革命"结束后，这种"血统论"在许多人思想意识里仍然存在，严重地阻碍了"四化"建设的进程。作家敏锐地觉察到这一社会问题，大胆冲破思想的禁锢，通过艺术创作进行批判揭露。剧本描写某工厂围绕能否树立工作成绩优秀，但家庭出身不好的青年女工白洁为标兵而产生的激烈矛盾斗争展开故事。在"文化大革命"动乱中厂长李健惨遭迫害，被搞得家破人亡，但复出后并不计较个人的恩怨得失，为了尽快改变工厂的落后局面，他坚持思想解放的作风，甘冒再次被打倒的风险，决心树立创造5万米无次布最佳纪录的青年女工白洁为标兵。党委副书记吴一萍对此坚决反对，她认为白洁出身不好，应该是教育改造的对象，树立这样的人作为标兵是丧失革命原则与阶级立场，因此不择手段地对李健进行诬陷。他们之间的矛盾冲突不是一般思想认识上的分歧，而是两种思想路线在本质上的矛盾冲突。白洁是个纯洁善良的姑娘，长期遭受精神折磨，做出成绩非但得不到肯定，反而还要受到歧视，甚至连自由恋爱的权利也被剥夺了。这正是吴一萍所坚持的"血统论"对人性压制和摧残的后果。剧作的深刻之处正在于有力地揭露批判了"左"的思想路线对人和社会的危害。

进入 80 年代，现代主义话剧创作实验此起彼伏，与此同时，写实性的戏剧并没有销声匿迹，而是获得了进一步的纵深性发展。其中苏叔阳的《左邻右舍》《家庭大事》，白峰溪的"女性三部曲"：《风雨故人来》《明月初照人》《不知秋思在谁家》，李龙云的《小井胡同》，李杰的《田野又是青纱帐》，魏敏等的《红白喜事》，何冀平的《天下第一楼》等是当时涌现出的杰作，这些作品都以典型的性格与细节刻画、优美的话剧语言散发出话剧动人的艺术魅力，体现了新时期话剧向现实主义传统的真正回归和强化。

继《丹心谱》之后，苏叔阳把艺术视角转向了北京城的普通市民，从而创作了《左邻右舍》和《家庭大事》。《左邻右舍》描写的是北京一座四合院内几户人家的日常化生活。剧作家没有刻意去组织故事情节和矛盾冲突，而是通过一幅幅日常生活画面展现这些普通人家的悲欢离合、酸辣苦甜及邻里之间政党关系的破坏和人性的扭曲，从而透露出 20 世纪 70 年代后半期中国社会政治形势的变化。尤其是作家敢于正视粉碎"四人帮"后社会现实中仍然存在的某些阴影，并且对这些阴影给善良的人们造成的精神重压做了真实的书写，使剧作呈现出鲜明的现实主义批判精神。剧作所刻画的赵青、李振民、李秀、吴萍、洪人杰等人物形象生动鲜明，表现了作家对遭受种种磨难的正直善良的下层百姓的深切同情和对趋炎附势、投机钻营的小人的鞭挞、嘲讽。最后的大团圆结局虽然有点牵强，似乎与全剧的悲剧气氛不太协调，但几个主要人物的不同命运给观众留下的反思是深沉的。

剧作《左邻右舍》在构思上、表现手法上、场面及人物语言的设计上都表现出作家对老舍《茶馆》的学习和借鉴，京华风味浓厚，集中体现了"京味"剧的一般特点：

第一，通过普通人日常生活的如实描写，反映国家政治生活的变迁。《左邻右舍》写的是在 1976 年至 1978 年这个历史转折时期北京一个大杂院的居民的日常生活。这个大杂院居住着不同职业的几个家庭，他们的命运随着国家政治生活的变化而变动，正如作者在剧本《前言》中所概括的那样："无非是张家怎么长，李家怎么短，没有什么惊天动地的大事情。可各人有各人的命运:酸、甜、苦、辣、咸、喜、怒、哀、乐、惧，仿佛是咱们国家的小影儿。"

第二，注重刻画人物，而不是注重铺排故事情节。剧本打破了话剧的主人公模式，没有贯穿始终的故事情节和矛盾冲突，而是通过日常生活事件表现人物个性，展现平凡人的群像画面，尤其注重刻画人物的精神气质。如对老一辈北京人赵春形象的刻画就很成功。他扎根京华乡土，阅历丰富，心地善良，爱憎分明，诚恳待人，不畏强暴，扶弱济贫，因此深受街坊邻居的尊敬与信任。他的一身正气主要体现在对待比较重大的政治问题上，比如，在李振民与洪人杰的争执中主持公道，对那些受"四人帮"影响的光拿钱不干活的人敢于提出尖锐批评，等等。女青年李秀的形象也塑造得很出色。她深爱青年工人钱国良，当国良因反对"四人帮"而被捕入狱后，她一直等着他，并无微不至地关心照顾钱大妈。当国良作为一个监外执行的犯人归来时，她勇敢地当众宣布："我爱他，我要嫁给他！"因为在她内心坚信国良并没有犯罪。作品有力地烘托出她在政治上的纯洁和爱情上的圣洁。

第三，语言生动、朴实且富有"京味"特色。作者常常是三言两语就活画出一个人物的性格特点和心理状态。因此，尽管剧中登场人物很多，但大都给观众留下了生动鲜明的印象。如对钱大妈这个人物，作者并没有过多使用笔墨，只写了她在儿子钱国良被捕时的一段对话和获释归来时的一段对白，但仅此已把她的形象活灵活现地刻画出来了。又如周静，这是剧末才出现的一个人物，作者也只用了寥寥几笔，就把这个铁骨铮铮、坚强不屈的形象刻画得栩栩如生。北京剧作家的语言自然带有浓郁的北京乡土味，他们常常在普通话中夹杂一些北京的方言土语，如"圣明""瓷实""杂和面""糊弄""寒碜""地道""腻歪"之类。这些词语如果单个说出来，外地人不好懂，但夹在人物的对话中，在特定的语言环境中出现，使外地人不但可以体味到它的意味，而且感受到北京独特的生活气息。

苏叔阳的《家庭大事》也是描写普通人家生活为主题的话剧。通过一个普通家庭在改革大潮来临之际引起的躁动不安、爱情的离异与重组，及两代人思想观念的碰撞，反映出20世纪80年代我国社会生活中出现的巨大变化。剧作在构思上与《左邻右舍》有相似之处，它们都不注重组织戏剧情节和戏剧冲突，而是关注在富有生活气息的日常生活画面中透视时代风貌，展现历史转折期的各种社会心态变化，从许多看似稀疏平常的生活细节中蕴含深厚的生活底蕴，从而达到启人思考、令人回味的艺术效果。

白峰溪，女，河北人，原为中国青年艺术剧院演员，20世纪70年代末开始戏剧创作。代表作有剧本"女性三部曲"，即《明月初照人》《风雨故人来》《不知秋思在谁家》。也许由于剧作家本身就是女性的原因，白峰溪对妇女的命运有着天然体验和丰富情感，正如她自己所说："一种激情的催动，我愿为她们的命运呼喊。"白峰溪剧作的重要特点和主要价值在于对女性问题的重视和探讨。

《明月初照人》是出现较早的女性戏剧代表作。全剧中的十个人物全都是女性，中心人物是省妇联主任方若明。方若明对待工作认真负责，每天四处奔波忙碌于处理家庭纠纷和各种婚姻问题，在她的帮助和调解下许多矛盾得以化解，很多女性找到幸福美满的爱情婚姻。她也因此成为婚恋自主的坚强维护者，妇女权益最有力的守护神。然而，更棘手的问题出现了：她当外语教师的小女儿爱上了一个水暖工，而作为研究生的大女儿又爱上了自己的导师，这位导师偏巧又是当年由于组织上的干涉而不能与她结合的恋人。这一切搅动了方若明内心隐秘的一角，传统的世俗观念和年轻时留下的爱情隐痛，使得这位妇女干部陷入了深深的烦躁不安与万分痛苦之中，这也暴露出她在言行表里、对内对外之间的新旧两种思想的剧烈交锋和矛盾冲突。作品由此写出了中国当代知识女性在不断走向觉醒的历史过程中所遇到的困惑、苦恼及觉悟的艰难。

白峰溪的剧作关注社会道德伦理题材；重视女性形象的塑造，在细腻的心理刻画方面尤见特长；在戏剧冲突的结构上，她充分注意到情节高潮与人物内心自我冲突的叠加；其语言既具有时代感又富有浓厚的抒情意味。

李龙云（1948—2012），祖籍河北河间县，出生在北京南城罗圈胡同，1979年考取南京大学中文系研究生，师从剧作家陈白尘。1982年起到北京人民艺术剧院任专职编剧。著有大型话剧《有这样一个小院》《小井胡同》《这里不远是圆明园》《正红旗下》，独幕剧《球迷》《人间烟火》，长篇小说《落马湖王国的覆没》、纪实文学《我所知道的于是之》等作品。

1981年发表了五幕话剧《小井胡同》，这是一部典型的"京味"话剧，它用流畅平淡的京味语言，采用素描手法表现老北京的各个阶层，特别是中下层老住户这些小人物充满喜怒悲欢的平凡生活，被赞誉为《茶馆》的续篇。该剧以北平解放前夕、1958年夏末秋初的"大跃进"期间、"文化大革命"时期、"四人帮"垮台的消息正式传出的前夕、1980年夏末三中全会以后这五个重大历史关头为背景，写出了小井胡同几十年的生活变化。剧作色彩斑斓而又笔力深沉，既描绘出大杂院内生动的生活画面，又通过市井小民的人心向背透露出历史大变动即将和必将带来的某些新气象。《小井胡同》充分展示了作家的戏剧功力和高超笔法，它的艺术特色主要体现在以下三方面：

首先，在结构上纵横交错，却杂而不乱。作者从纵向选择了五个历史非常时期，即从1949年北平和平解放前夕到1980年十一届三中全会之后的各个时期进行描写，展现不同的时代风貌。从横向上，他选择了一条胡同五户人家共四五十个人物，在纷繁复杂的社会关系中构成一幅现代北京市民生活的风俗画卷。作者说他在写《小井胡同》时，也曾希望多少搞点"革命"。人物过多，跨度过大，而人物命运又必须贯穿始终。于是，不得不逼着自己将人物不间断地调出院子。然后适当的时候再让他们回到院子里。这种结构经纬交织，形成了其结构艺术的系统工程。正如陈白尘所评价的那样，这种结构的戏剧在中国现代戏剧史上的确是罕见之作。

其次，在人物塑造上，全剧写了40多个人物，囊括了社会上的三教九流，形形色色的各种行业。这些人物大都具有鲜明的个性，即使对话很少的角色，如火葬场的工人、换房者等，也给人留下很深的印象。作者注重突出表现底层人民的人情美、人性美和人的尊严，如滕奶奶、刘家祥、水三儿、石掌柜等，正是这无数小人物的存在和相互依傍"筑起了中国的脊梁"，使黑暗邪恶望而却步、不能长存。

最后，整部话剧从剧名、人名到胡同街门贴的对子都显示了作者刻意追求的"京味"戏剧风格。其中剧名主要是从北京70多处与井有关的胡同名中择取的；剧中的人名如水三儿、大牛子、疤拉眼等也是"京味"活现，胡同街门贴的对子如"处事留余地，存心居自安"更是体现出老北京市民诙谐闲逸性格的神韵和生活色彩，所有的"京味"因素协调一致，浑然完整。

参考文献

［1］陈平原.作为学科的文学史:文学教育的方法、途径及境界(增订本)
［M］.北京：北京大学出版社，2016：519.

［2］中华人民共和国教育部.普通高中语文课程标准(2017年版)［S］.
北京：人民教育出版社，2018：8—9.

［3］戴燕.文学史的权力（增订版）［M］.北京：北京大学出版社，
2018：105.

［4］吉姆·崔利斯.朗读手册:大声为孩子读书吧［M］.沙永玲，麦奇美，
麦倩宜，译.天津：天津教育出版社，2006：149.

［5］郑惠生.大学生离经典名著有多远:大学生课外阅读调查研究之
三［J］.内蒙古师范大学学报（教育科学版），2005(9)：60.

［6］中华人民共和国教育部.义务教育语文课程标准(2011年版)［S］.
北京：北京师范大学出版社，2012：22.

［7］姚佩琅.高中语文学科新面向:整本书[J].文学教育(上)，2019(1)：
95.

［8］郑惠生.论文学经典的生成、意义和特性［J］.社会科学评论，
2009(1)：15.

［9］郑惠生.论朱光潜先生《谈美书简》的局限性［J］.汕头大学学报
（人文社会科学版），2009(1)：10-13.

［10］罗伯特·奥尔特.阅读的乐趣［M］.苏新连，康杰，译.北京：
商务印书馆，2019：2.

［11］李海燕.慕课时代下中国现当代文学课程的教学研究与改革［J］.
南昌师范学院学报，2017，38(2).

［12］方忠.论文学的经典化与中国现代文学史的重构［J］.江海学刊，
2005(3)：189.

［13］阎增山，李洪先.大学语文经典读本［M］.济南：山东画报出版
社，2007：1.

［14］吴燕，张彩霞.浅阅读的时代表征及文化阐释［J］.南京大学学报（哲学人文社科版），2008(5)：134.

［15］巴丹.阅读改变人生［M］.北京：东方出版社，2010：1.

［16］伊塔洛·卡尔维诺.为什么读经典［M］.黄灿然，李桂蜜，译.南京：译林出版社，2006：4.

［17］周作人.雨天的书［M］.北京：北新书局，1927：63.

［18］夏丏尊，叶圣陶.文章讲话［M］.北京：中华书局，2013：134.

［19］叶圣陶.叶圣陶语文教育论集［M］.北京：教育科学出版社，1980：69.

［20］林丽.人文阅读与写作［M］.南京：南京大学出版社，2006：8.